はじめよう、ヒーロー不在の戦線を。

服部大河

ファンタジア文庫

3447

口絵・本文イラスト　河地りん

contents

序章　ごめんね

星が落ちてくる。

人類最後の希望、主人公性人型兵器は一条の流星となって地上に落下した。

真紅の装甲は剝がれ、フレームが見え隠れしている。プスプスと音を立てていた。

人類と宇宙怪獣による最後の戦いが終わる。

「はあッ！　はあッ！　茜《あかね》……茜ッ！」

星の歪《ひずみ》は閉じて、戦いに勝利したはずの英雄も瀕死《ひんし》の状態だった。激しい戦いは天文市を瓦礫《がれき》の砂漠へと変貌させる。

「だめだ！　だめなんだよ！　おまえがいないと、俺は──」

高橋嗣道《たかはしつぐみち》は制服のまま瓦礫の上を走った。足場の悪い地面を踏み越えて、必死に。

主人公性人型兵器「スターゲイザー」の操縦者、小日向《こひなた》茜を地上で迎えるために。

しかし──。

無線で聞こえた茜の言葉が正しいのであれば。

「茜ッ！　茜！」

嗣道は操縦席の強化ガラスを激しく叩《たた》いた。

きい、と扉が開く。

「避難区域の護衛は完璧に成功っ、星の歪は閉じたし、天文市も無傷——とは行かなかったけど半分は何とかできたね！　蛍《ほたる》がしっかり指示してくれたお陰で、街のみんなも財閥職員さんたちも避難完了！　土門《どもん》も蓮《れん》もしっかり逃げてくれた！」

向日葵《ひまわり》のように。

「最高の結果だね、嗣道」

小日向茜は元気に笑って嗣道にピースを掲げる。

「茜……!?　おまえ——」

「どうしたの？」

既に半身がただの肉塊へ、変貌しているというのに。

操縦席には血の海が広がっている。シートには臓物が垂れていた。トレードマークだった赤のマフラーは濡《ぬ》れてその色を濃くしている。爛々《らんらん》と輝いていた左目は潰れ、はねた栗《くり》毛《げ》がかろうじて傷を隠していた。

「ああ、これね？」

事もなげに。

「星の歪を閉じる作戦さ、今の装備じゃ足りなかったんだよね。天文市も皆もあのままじゃやばかったし、最後の宇宙怪獣――オフィケウスだっけ、あいつ多分、あたしより強かったからさ」

茜は唸《うな》りながら事実の説明をする。

「嘘《うそ》じゃなかったのかよ……！　無線で聞こえてたの！」

「そうだね。主人公的行動『誰かのために命を捨てる』で開放したのは『至誠通天』――『操縦者の願いを叶《かな》える機能』。いやいや土壇場《どたんば》でこれを引けるあたし！　やっぱ持ってる！」

「おまえ！　死ぬんだぞっ！」

「知ってる」

茜は据わった瞳で微笑を湛《たた》えた。ぬるりと右腕を動かして嗣道の手を取った。

嗣道は血に染まった操縦席へと引きずりこまれる。

「星の歪が消えてからはしばらく、みんな混乱しちゃうと思うんだ。天文市はさ、宇宙怪獣と財閥の街だし――だからね、ううん、だからって特別な事する必要はないの。嗣道はいつもみたいに、いっつもやってるみたいにさ、みんなの事、助けてあげてね」

茜はぎゅうと嗣道を抱きしめる。嗣道は茜の半身より溢《あふ》れる血液と臓物に触れる。

「茜、嫌だ、無理だ、無理。無理だよ。俺が誰かを助けられた事なんてないんだ。ずっと、わかるだろ……？　おまえの後ろを歩いてきただけなんだよ、俺は……なあ、茜、行かないでくれ、行かないで、頼むよ、どうしてもっていうなら、一人にしないでくれ、俺も連れてってくれよ！」

「無茶言うなあ……、嗣道が生きてないと頑張った意味ないでしょ？」

身体《からだ》の震えが止まらない。自分の主人公が消えようとしている。

「嫌だ、嫌だ……っ！　認めない、許さないっ……身体の半分は良《い》いよ、諦める、俺がずっと支える、だけど神さま、お願いだ。茜を持っていくのは止《や》めてくれ、命を持っていくのだけは、なあ、頼むよ……っ！」

「ちょっ――ふふ、止めてよね。後悔なんてないし。あたしはあたしにできる事をやった。みんなをちょっとだけ、幸せにできた……と、思ってる……いや、どうだろ、あたし、すっごいわがままだったしなあ……あは」

「自分を犠牲にしてまで、誰かを守る意味なんてないだろ……茜が生きてないと――意味わかんねーよっ……どうしていっつもそうなんだ！　赤の他人を助けるために、簡単に自分の命を！」

許せない。

「俺がどれだけ！　心配してっ……！」

涙がぼろぼろと溢《こぼ》れる。滴と血液が混じり不透明の混濁に変わる。

「ごめんね」

「絶対、嫌だ、許さない、一生だ」

「……嗣道はいっつもあたしを子供だとかばかにするけどさ、大概だよ、嗣道も」

茜に頬を引っ張られた。

「左手ないと不便だね、泣いてる誰かさんを慰めるのにも一苦労」

痛々しい左目と、輝いたままの右目が嗣道をしっかり捉える。

「――ねえ、嗣道、最後にいっこだけ言わせて」

「言わせない、俺は、最後なんて、茜……遺言なんて聞きたくない、やめてくれ……！」

「無理でもいい。無理だと思ってもいい。自分にはできないと思っていい。だけど例えば誰かが困っている時に、例えば誰かが助けを求めている時に――」

体温が失われていく。嗣道は茜を揺さ振った。

「茜！　茜！　嫌だよ！　茜っ――」

「どれだけ無理でも、手を伸ばしてあげてね」

茜の呪縛めいた言葉だけが耳に焼き付いて離れてくれない。

†

何十時間も太陽を見ていない。嫌いだった。遮光カーテンに遮られた自室だけが自分の居場所だった。照明も点《つ》けるのを止めた。ブルーライトは目に痛い。しかし、パソコンの画面をじっと見てくだらないネットニュースを流していると、自然に時間を忘れられた。

部屋にはポテトチップスの袋とカップ麺の容器が転がっている。湯を沸かすのも面倒になり、最近はばりぼりと麺に粉を振りかけて食べていた。美味《おい》しくはなかったが空腹を紛らわす事はできる。

ただ――生きていた。

小日向茜が死亡して一年近くが経過した五月六日。

高橋嗣道は――財閥の運営する避難仮設住宅に籠城《ろうじょう》していた。

日光を忘れた肌は青白く、散髪を止めた髪はぼさぼさに伸びきる。

無地に「無理」と書かれたシャツ。ブルーライトのカットを目的とした厚底の眼鏡。

「あー、死にてー、死にてーよ、茜」

最近はずっと「死にたい」と呟《つぶや》いている。

激甚災害《げきじんさいがい》に対処するための特別の財政援助等に関する法律——通称「激甚法《げきじんほう》」によって宇宙怪獣災害を被った天文市の住民には、膨大な財政援助が行われている。

嗣道はそれらの援助金をひたすらに食い潰して暮らしていた。

「どうして、俺も連れて行ってくれなかったんだ」

父子家庭の嗣道は一人暮らしをしている。父親は嗣道に興味がない。海外で働いていて、たまに生活費だけが送られてくる。しかし今は口座に手をつける事もないため、本格的に父親との交流も失われていた。

『御子柴《みこしば》財閥研究局が星の歪の予兆感知を発表、宇宙怪獣再出現の可能性とは』

画面に目を凝らしていると、一件の記事が目に留まった。

「星の、歪？」

星の歪とは、宇宙怪獣がやってくる兆候——あるいは座標だった。

人類の敵である宇宙怪獣は、星の歪を通って世界に現れる。

星の歪は——茜が一年前にスターゲイザーの『至誠通天』を使用し、封じたはずだった。

「茜がミスるとか、ある訳ないだろ……」

東京の大学で教授を務めているらしい、白髪まじりの老爺《ろうや》が何事かを語っている。嗣道はそれらの言葉を聞いて鼻で笑った。

　——こいつに何がわかるんだ。

茜の『至誠通天』は完璧だった。自分の命と引き換えにして星の歪を閉じたのだ。以来、実際に宇宙怪獣はただの一匹とて地上に現れていない。

「宇宙怪獣がまた出てきたら茜の犠牲が無駄になる、そんなの冗談じゃない、あり得ない」

　嗣道は近くにあったカップ麺に手を伸ばした。フィルムを剝がして齧《かぶ》り付《つ》く。スナック菓子のように、ばりぼりと頰張る。栄養は足りてない。摂《と》る気もない。

「まっず……カップ麺ってお湯入れた方が絶対うまいよな……でもめんどいな、湯を沸かすのも、飯食うのも着替えんのも、生きるのもめんどうだ」

　狭い部屋にカップ麺を齧《かじ》る音だけが響いていた。

　ずっと、何をすればいいのかわからなかった。

　茜の身体を抱いた時の生温《なまぬる》さが、纏《まと》わり付く血液の感触が、嗣道の全てを支配していた。傷だらけの幼馴染《おさななじみ》に何もしてあげられなかった無力な自分。

「……だめだって、頭ではちゃんとわかってんだけどな」

　ちらりと、机の上に置かれた写真が目に映る。以前部屋を荒らした時に割れてしまったガラスの向こうで、一年前の茜《あかね》が笑っていた。周囲には嗣道《つぐみち》の他に三人の少年少女がいる。

土門孝之介《こうのすけ》。

貴山《きやま》蓮。

御子柴蛍。

嗣道と茜を加えて五人は、放課後に集まっていろいろな事をした。迷い猫を捜したり、弱小野球部の助《すけ》っ人《と》に行ったり――茜に巻き込まれて、必ずしも気の合う訳ではなかった四人が、ずっと一緒にいた。

茜が死に、嗣道は引きこもった。他の三人は――今は何をしているのだろう。

自分の時間だけが止まったまま、動かない。

「茜がいないと、何もする気が起きないよ、俺」

時に――扉を叩く音がした。

最初は籍だけを置いている高校の同級生か、あるいは担任の教師がやって来たのかと思った。大穴は数年帰国していない父親だった。しかし――。

「……うるさいな」

叩《たた》くと言うよりは、殴っている。乱暴にガンガンと「攻撃」をしている。嗣道の知人にここまでの乱暴者はいなかった。

「……うるさいって、言ってんだろ」

忌々《いまいま》しげに扉を睨《にら》んだ。ため息をついてヘッドホンを装着。弊社ではアポイント無しの来客を許可していない。対応はしない。他人には関わらない。

ぽこぽこしたエレクトロニック音を遮ったのは爆音だ。周囲一帯に響き渡る轟雷《ごうらい》。

ド派手に扉はブチ破られた。周囲が煙に包まれて初めて爆破された事を理解した。

嗣道は口を開けたまま「あわわわ」と泡を噴く。人間、常識を超えた出来事が起きると、正気を保ってはいられなくなる。辛《かろ》うじて意識が残っていたのは、欠片《かけら》ほどのプライドだったのかも知れない。自分の城で気絶してたまるか、と。

「ドアを叩いたのに出ないのはどうしてだ？　仕方がないのでプラスチック爆弾を使ってしまったぞ。イギリス製のほら、わかるか？　しーふぉーだ、しーふぉー」

「は、はあ、しーふぉーね、うん、しーふぉー……C4《シーフォー》……っ!?」

発音と実在する爆弾の種類が結びつく。

「客人の対応を怠ったのだから家を爆破されても仕方なかろう――っと、この国は住居内での土足が厳禁だったな。それからええと、うむ、お邪魔します」

「あ、どうぞどうぞ……礼儀正しい方なんですねー……」

ぽかんとしていた嗣道は意識を取り戻す。

「ってそんな訳ねーだろ！　人の家に何してくれてんの⁉」

「だから、爆破したのだと説明したではないか。『ば、く、は』、火薬や爆薬の使用による物質の破壊。意味がわからなければＷｉｋｉなり何なりで調べろ」

「そこがわかってないなんて誰も言って――っ！」

煙が晴れて姿を現したのは、少女だった。さらさらとした銀髪が印象深い、美しい少女。丈の長い白衣を、ものの見事に着こなしている。

頭につけた大きなゴーグルを外し、僅かに目を細める。

「――いじけてはいるが一応、興味は残ってるらしいな」

少女は視線を嗣道の背後にあるパソコンへと向けた。画面上では「星の歪《ひずみ》の予兆」について、暇人の議論が始まっていた。嗣道は何となくばつが悪くて、画面を隠す。

「な、なんだよ、つーかおまえ……誰？」

「…………まあ、そうなるか」

「そりゃ、そうなるだろ……！」

「ああ、そうだな。そういえば一度も名乗っていなかったな。私は――山田麒麟《やまだきりん》。財閥の科学者だ。科学者と言われてもどうせぴんと来んだろう。なのでとってもやさしくわかりやすく言ってやると、主人公性人型兵器を造った張本人だ」

――スターゲイザーを造った？

嗣道は目前の少女――麒麟を訝《いぶか》しんで言った。

「科学者って、まだ未成年じゃないか……」

「才能に年齢は関係ない、という事だ。私は十歳からたったの六年で異次元分断存在――通称、宇宙怪獣研究の第一人者にまで上り詰めた天才美少女だからな」

「いじげ……なんて？　つーか自分で美少女っておまえ」

「謙遜しても嫌味じゃないか？　だって私、『かわいくないんですぅー、てへ？』というにはあまりにかわいすぎるだろう」

「自己評価がすっげー高いのはわかった」

「高いのは自己評価ではなく自己分析能力だ」

麒麟は無表情でピースを作り、ちょきちょきと動かした。

「端的に話すが、星の歪が復活したのは誤報ではない。小日向《こひなた》茜が最後に放った『至誠通天』は失敗した」

言いながら麒麟が薄暗い部屋に侵入してくる。開いたままの扉。背後に見える欄干は爆発の影響で折れ曲がっていた。

「今から三ヶ月後に星の歪は完全に完成し、小日向茜が最後に戦った再生の宇宙怪獣、オフィケウスが現れる。私達人類は再びあの最強の怪物と戦わねばならない」

「だけど――」

「ああ、小日向茜は死んでしまった。主人公性人型兵器は最高の操縦者を失い、残念ながら人類には為《な》す術《すべ》がない」

　麒麟は腰を低くして座ったままの嗣道に顔を近づける。

「な、なに……？」

「ふっ、いや。変わっていないと思ってな」

「なに言ってんの？　訳わかんねえ……」

　麒麟はさらりとした髪を揺らして首を傾《かし》げる。シトラスの香りが鼻孔《びこう》をくすぐる。

「おまえがやるのだ」

「は」

「小日向茜は生前、スターゲイザーの次期操縦者としておまえを設定している。仕様上、設定された人間が死なない限り変更はできん」

　麒麟は頭を掻《か》いた。

「まったく面倒な事をしてくれた——しかしやらねば街《ラボラトリー》が滅びる」

「今街を実験場《ラボラトリー》と読ませたよな」

「失礼なやつだな、読ませてないぞ」

平然と嘘《うそ》をついた。ご丁寧に口笛まで吹いている。嗣道はゆっくりと後退《あとずさ》る。

「つーか待ってくれ、無理無理無理、死ねる。次期操縦者とか、冗談じゃない。だいたい、ただの引きこもりに何を期待してる、俺は——」

スターゲイザーは主人公性人型兵器だ。

「俺は凡人だ……！　スターゲイザーには乗れない！」

スターゲイザーの機能は、操縦者の「主人公的行動」によって開放される。

嗣道は自分が凡庸である事、茜が特別であった事を、両方よく理解していた。

「誰もおまえに期待などしていない」

麒麟は扉の向こう側から差す光を背にして嗣道に告げる。

「天才美少女の私が付いて、三ヶ月でおまえを主人公にしてやる」

麒麟は嗣道の襟を摑《つか》んで、新しい玩具《おもちゃ》を買ってもらった子供のように笑った。

「三ヶ月後のオフィケウス戦に備えて主人公性を上昇させる、スターゲイザーの機能を開放する。迷っている時間はないのだ。高橋《たかはし》嗣道、おまえは——」

言葉が拗《す》ねたままの嗣道を縛り上げる。

「小日向茜の代わりに、戦わねばならない」

面白くもない冗談だ。

嗣道は数ヶ月振りに人と会話し酷使された喉で答える。

「無理」

春風が玄関を通り抜けてカーテンを揺らす。

第一章　にへーっとしてる！

午前の日差しが嗣道と麒麟を照らしている。

「はあ、はあ、まだ、着かねーのかよ……」

「『まだ』？　おいおいしっかりしろ男の子。歩きはじめて二十分も経《た》ってないぞ。運動不足にもほどがある。というか、もっと鍛えてもらわねば困る」

「ぐっ……おまえな、そういう事言うのは自分の足で歩いてからにしろよ……」

麒麟は思いきり、嗣道に身体《からだ》を預けていた。嗣道の両腕にちょこんと抱えられている。

「わかっているさ、わかっているとも。女の子に身体を密着させられてどきどきどぎまぎしているのだろう？　心臓の鼓動が速まっているのがわかるぞ？」

「あのな、坂道を五十キログラムの物体抱えながら歩いてたら、心臓の鼓動も速くなるに決まってるだろ、そりゃ……」

「ぶ、物体だとっ⁉　おまえこの超絶かわいい天才科学者を今物体と言ったのか？　許さん、死罪に値する……それに私、五十キロもないぞ……」

どきどきしていないかと言われたら嘘になるが、それ以前に体力の低下が著しい。そのせいで腕の中の美少女が、忌々しい肉の塊にしか見えなかった。

はあ、と立ち止まって、嗣道《つぐみち》は眼下に見える街を振り返った。

歪《ゆが》んだ平地に同じ形のマンションが乱立している。いずれも建物こそ新しいが、造りは非常に簡素。マンションというよりは街全体を敷地《しきち》とした、巨大な団地のようだった。

嗣道の暮らしている一室も、その中の一つに存在する。嗣道だけでなく、怪獣被害にあって住む場所を失った市民の多くは、財閥の建設したこの仮設住宅で生活していた。

「増えたよな、高い建物……」

二年前、宇宙怪獣が出現するまで天文市は普通の地方都市だった。現在は宇宙怪獣対応を政府に一任された御子柴《みこしば》財閥によって、街全体が大きく改造されている。

そして宇宙怪獣がいなくなって一年が経った今も、天文市は「財閥の街」だった。

嗣道と麒麟は財閥職員である事を証明するＩＣカードをさげた作業服の一団をやり過ごす。工事中と書かれた看板に従って道を曲がる。

坂の上にぽつんと雑木林が現れた。枝をかき分けて二人は歩く。

進んだ先にあったのは古ぼけたガレージ。周囲を緑に囲まれている。半分剝がれたトタンの屋根からは木漏れ日が差していた。

そして、ガレージの中心にある大きな立体は。

「なんでこれがこんなとこに……」

麒麟が焦げたベージュの耐火シートを引き剝がすと、腰を下ろした鉄の巨人が静かに佇《たたず》んでいた。運搬用のスライドに足を接地させている。

「小日向茜《あかね》が生きていた時は財閥で管理していたらしいが、今スターゲイザーの全権利は開発者――正確に言えば加工者である私に戻ってきた」

「加工者っていうのは」

嗣道の疑問に麒麟は答えない。諦めて上を見た。

スターゲイザー。茜と共に戦った真紅の人型兵器。

二人で伸びた両脚の側を歩いた。「壊れてなかったっけ、スターゲイザー」「直した」平然と言った。まじかよ。驚きはするが疑いの余地はない。一年前の戦いでスターゲイザーの左脚と右腕は完全に崩壊したはずだった。

だが、いま嗣道の見ているスターゲイザーの左脚は、しなやかな黒の肢体も、それを覆った赤の骨格《フレーム》も、腰回りの楕円《だえん》シールドも完璧に修繕されている。短剣や小銃などといった細かな装備はすべて除去されていたが、ほとんど完全な状態である。

また、破壊された右腕に関しても同様だった。上腕に備わった半球の大袖、しな垂れた形状記憶繊維のマフラー、超硬質のアーム・プレート。

麒麟《きりん》が垂れ下がったケーブルの一本を摑んだ。操縦席の扉は背中にある。スターゲイザーの全長はだいたい二十メートル、座っているので十メートル程度として麒麟に上れるとは思えなかった。ケーブルを摑んだ時点で既に、頰は上気し筋肉は痙攣《けいれん》している。「へぐっ！」予想通り、奇妙な音を立てて落下した。

「無理すんなよ……」

仕方なく嗣道が先に上って麒麟を引っ張り上げた。「上出来だ、褒めてつかわす」「はいはい、さっさと上ってくれ」脚に上がって、またスターゲイザーを見上げた。カーマイン、アンテナの付随した鉄兜《てつかぶと》の下。わずかに隠れたオート・レンズが嗣道を見下ろしている。

全身のエネルギー・ラインは灯ることなく閉じている。スターゲイザーは少しも動いていない。茜が生きていた時のような有機物めいた胎動もない。

しかし、嗣道はどうしてか、感情を以《もっ》て「それ」に責められている気がした。

肩まで到達すると麒麟は当たり前のように言った。

「まずは初期設定をするぞ、スターゲイザーに乗れ」

断れば何をされるかわからない。渋々、麒麟のあとに続いた。操縦席の扉を開く。麒麟が手を取って無理に引っ張ったので、嗣道はバランスを崩して落下した。「痛っ！」腰をどこかに打ちつける。

ひさびさに訪れた操縦席は思っていたよりもずっと狭かった。麒麟と身体が密着しているので少し気まずい。

「これさ、二人乗り想定してないよな」

嗣道と麒麟が乗るだけで限界だった。車の前席より少し広い程度の空間。狭い場所は居心地が良《い》い——しかし、ここだけは別だった。

嗣道がバランスを崩して落下した足元には反動軽減スライドと移動ステップ。

視線を上げる。

「思ってたより視界広いんだな」

「実際に起動すれば近距離や遠距離にピックした視認情報を、本人の思考に従って自動で拾うようになっている。視点移動を両スティックで動かしたり、Rボタンでフラットな状態に戻したりといった小難しい操作は必要ない」

「……懐《なつ》かしいな、それ。昔の携帯ゲームだっけ」

前面と側面はガラス張りにされており、周囲の様子を詳しく窺《うかが》える。

前面下部には、無数の開閉器、幾らかの数値と、英語ではない言語の記録された液晶。

「液晶に現れる必要な情報は脳を介して音声として接続される」

麒麟は話を止《や》めて、嗣道にぴったりと密着してきた。距離を取ろうとするとさらに身体を詰めてくる。

「ふっ、狭いから寄っているだけなのだが？　どうした？　肉の塊に密着されているだけだ、気にする事もあるまい？」

「汗すごいな」

ビンタされた。

嗣道と麒麟は一人用の席に二人で座った。両アームには操縦桿《かん》が設置されている。前面を見つめた。雑木林に囲まれた廃墟《はいきょ》同然のガレージを背景に自分と麒麟の顔が映る。

――茜はここで。

気付けば目前のガラスに映っているのは、茜だ。

『人の事を見捨ててのうのうと生きてるんだね、嗣道。どうしてあの時助けてくれなかったの。大事な幼馴染《おさななじみ》が戦っているのを、嗣道はずっと見ているだけだった』

茜が言うはずのない言葉をペラペラと喋《しゃべ》る。茜がこんな事を言うはずはない。しかし一年前に茜が死んだ日からずっと幻視する。

「正論だ、俺は何もできなかった、見ているだけだった……うぐ」

嫌だっ。ぐるぐると視界が回って現実と想像の境目が消えていく。頭を抱える。

「……おい、どうした？　もしかしてどこか痛いのか？　しっかりしろ」

「やばい、やばいやばいやばい、だめだ、無理」

茜を意識するだけで胃が痛くなる。厚底の眼鏡をかけ直して、身体を揺さ振る。

「す、少し待っていろ！　すぐに薬を出す、確かこの辺にもるひねが――」

「絶対持ってちゃだめだろ、そんなもん……」

ぴこん、と音がして液晶が点灯した。

『高橋嗣道を認証しました――これより主人公性システムを仮契約します』

無感情な女性の機械案内が聞こえて。

「仮契約か……だいたい予想通りではあるが、まだ主人として認めた訳ではないようだな。いや、それよりも大丈夫なのか身体の方は、どこか痛いとことかないか？」

「『それよりも』じゃないだろ……認証とか言ってたぞ、今！」

無骨な鉄鋼を紅で彩《いろど》った操縦席が、淡い橙《だいだい》の光に包まれる。一応は起動したようだ。

『現在は機能を使用できない状態にあります、主人公的行動を達成し、機能を開放してください』

「機能の開放、って」

『本機は主人公性システムを採用しています。主人公的行動を達成し機能を開放、拡張してください。本機は主人公性に応じて力を貸与します』

「……ずっと一緒にいたのだろう？　であれば話は聞いているはずだ。まさか主人公性人型兵器の概要について忘れた訳ではあるまい」

麒麟に呆《あき》れられている。「一応、基礎くらいは」と返答した。

スターゲイザーは主人公性人型兵器だ。

操縦者の「主人公的行動」により機能が開放される。

嗣道は眼鏡を触った。

「『主人公的行動』っていうのは世に溢《あふ》れている主人公らしい行動の事だ。例えば――困っている人間を迷わずに助けるとか、異常なほどの人望があるとか、あとは変わり種で言えば、ブルジョアの友人がいるとか、すっげー大食いだとか――」

「両親を早くに亡《な》くしている、生き別れの兄弟がいる、悪運が強い、何度も死にかけた事がある、誰にでも優しい、仲のよい幼馴染がいる――誰かのために自分の命を捨てる」

「どれかを達成すれば、達成した『開放条件』に応じたスターゲイザーの機能が開放される。余談だけど、茜は最初からほとんどの機能が開放されてたよ」

「……ああ、やつは化け物だった。間違いなく異常な『特異点』だった」

まるで知っているような口ぶりだ。嗣道は少しだけ疑問に思いながらも、話を続ける。

「化け物じゃない、人類を救った英雄だ。スターゲイザーが求めてた『主人公』っていうのはまさに茜の事だったんだよ。困ってる人間は迷わずに助けた、周囲にはいつも人がいた。仲間を背にして戦って――そして最後は自分の命を懸けて世界を守った……」

スターゲイザーが求めていた輝き。

「あいつはスターゲイザーにとって理想だったんだろ。力を貸す価値のある『主人公』だったんだ。でも、俺はそうじゃない」

嗣道は肩の力を抜いた。移動ステップから足を離して腰を上げる。

「待て、どこへ行くつもりだ」

「明らかになったよな、スターゲイザーは動かないし、俺は主人公《あかね》じゃない」

「……眼鏡の向こうにある瞳がよどんでいる、私の知っているおまえは、もっとかわいげのある人間だった」

「かわいげなくて悪かったな、だいたいずっと一緒にいた訳でもない、今日会ったばっかのおまえに、俺の何がわかるんだよ」

「……確かに私はずっと一緒にいた訳ではないな。だが、だからこそ知っている事もある、認識している事もある」

涼しい顔で語っているが、その言葉には熱がこもっているように感じた。だから嗣道《つぐみち》は訊《たず》ねる。「例えば？」と。

「高橋《たかはし》嗣道が誰かのためにずっと、誰にも賞賛されないまま戦い続けてきた事」

嗣道は薄く唇を歪《ゆが》めた。

「くく、誰の話だよ、それ」

戦った事などない。戦っていたのは茜だけだ。自分はただ、彼女を眺めていただけ。彼女の苦しみを見過ごしていただけだった。

「私の知っている高橋嗣道は、自分の世界を軽視するような嘲笑をしない」

麒麟は毅然《きぜん》として言った。

――わかったような口をきかないでくれ。

嗣道は咎《とが》めるような視線を見ているのが嫌で目をそらす。

「……つーかもう疲れた。帰る。帰って寝る。二度と俺の前に現れるな。今度請求書を送る。いくらぐらいなんだろ……ドアの修理代――」

降りようとしたら「ばちばちっ」と背中に鈍痛が走った。火傷《やけど》の痛みだ。

麒麟の手元では眩《まばゆ》い火花が散っている。

「ス、スタンガン……!?　何、何でそんな事すんの!?」

「まだ帰っていいなんて一言も言ってないぞ。指示を出していないのに動くな」

麒麟の目は据わっていた。嗣道はとりあえず降りるのを諦める。妥協と諦念で生きている自分に、「諦めが悪い」などと言った主人公性はなかった。腰掛けて操縦桿を弄ぶ。

嗣道の諦めを確認して麒麟は静かに言った。

「正式な起動はできていないな……おい、このまま動かす事はできないのか」

『起動に必要な『主人公的行動』が不足しています』

「なるほど、ただ『機体を動かす』のにも『主人公的行動』が必要だと」

機能には開放条件がある。ゲームのトロフィーのように主人公的行動に応じて機能が開放される。例えば茜《あかね》が最後に使った機能、操縦者の願いを叶《かな》える『至誠通天』の開放条件は、操縦者が命を捨てる事だった。

「そもそも、さっきから疑問なんだけどさ」

「何だ」

「造ったの麒麟なんだよな。だったら主人公性の定義とか、どうすれば開放できるのかとか、全部把握してんのが普通じゃないのか?」

「何度も言わせるな、私はこいつを加工しただけだ。スターゲイザーが操縦者に何を求めているのかは憶測でしかわからん。いや、逆だな。憶測ではわかっていると言うべきか」

嗣道が質問の続きをする前に、麒麟は会話を遮った。

「さて、できない事が明らかになりやるべき事が決まった。これより『機体を動かす』ために行動をはじめる。三ヶ月後の戦いまで時間がない」

「戦いって言うけどさ、実際には何が起きるんだよ」

「星の歪《ひずみ》が完全に開く。小日向《こひなた》茜が最後に戦った宇宙怪獣は覚えているか」

忘れる方が難しい。

骨格だけで出来上がった歪な姿に一体化した黒鉄の鎧《よろい》。纏《まと》った衣裳《いしょう》の下には無数の虚空《こくう》が開き、背面に展開した巨大な杖《つえ》を操る。

黒衣の怪物。

茜が命を捨てた「再生の宇宙怪獣オフィケウス」との戦い。

「小日向茜はオフィケウスに敵《かな》わなかった」

「敵わなかった訳じゃない……方法はたくさんあったのにあいつは、天文市を守るために自分の命を捨てる事を選んだんだ。どうしようもない……大馬鹿だよ」

勝つ方法はきっとあった。しかし茜は、オフィケウスを討つ事ができなかった。

市民と街の被害が甚大《じんだい》になる事を恐れた茜は。

最後の力を振り絞り、『至誠通天』でオフィケウスごと星の歪を封印した。

「星の歪が開放されれば、奴ですら勝てなかったオフィケウスが復活する。再戦だ」

嗣道は息を呑《の》んだ。

「……少し考えればわかるだろ？　あんな化け物に対抗できるの、茜だけだよ」

「積んでいくしかない、それしか方法はない」

麒麟《きりん》は立って嗣道を見下ろす。

「まずは、スターゲイザーを動かす」

当然のように言った。

「動かすって言ったって――」

「理論は見えている。機体を動かすなどと言うのは、初歩の初歩、大前提だ。つまり、明らかに達成不可能な開放条件は設定されていないはず――だからまずは」

麒麟は嗣道を指さした。

「学校に通うのだ」

「は」

「おまえの在籍している天文高校に行く」

――何言ってんの、この人。

前後の文脈と繋《つな》がらない麒麟の物言いに首をかしげる。

†

嗣道の在籍している天文高校は丁度昼休憩の時間だった。食堂に向かっている生徒や体育館でバスケットをしている生徒。吹奏楽部は中庭で新歓の演奏会をしているらしい。地域一帯では随一のマンモス校だ。人が多く賑《にぎ》やかで、活気がある。

入学して一ヶ月。引きこもりの嗣道が天文高校へやってくるのは初めてだった。

「人が多い、無理無理無理、帰りたい、帰っていいか、ねえ、帰っちゃだめ?」

「だめに決まってるだろう、怖いのなら私の袖でも握っておけ」

嗣道も麒麟も制服を着ていた。嗣道の制服は一応、買ったもの。麒麟のは職員室近くの倉庫に放置されていたものだ。

「そもそもどうして高校に……」

「高校生活とは主人公性の宝庫だ。あらゆるイベントが『主人公的行動』になり得るポテンシャルを秘めている。『機体を動かす』機能の開放など青春をプレイすればたやすい」

「それはだな、天才科学者。主人公としてポテンシャルの高い人間が通えばそうなるよ。でもね、俺は凡人の中の凡人なの。高校三年間教室の隅で寝ている振りをして過ごすだけの人間なんだよ」

「おまえ、学校通ってないじゃないか」

そうでした。嗣道は何も言い返せずに黙った。

「それに、人を主人公にするのは主体的な行動だ。凡人が自分で何かを選び、行動した時点で主人公的行動になる。大事なのは主体性だ」

「それっぽい言葉で言いくるめられると思うなよ……それはそれとしてトイレ行ってくる」

「逃すと思っているのか？」

「違う違う！　何を勘違いしてんのか知らないけど、普通に吐きそうなんだよ、人酔いして！」

「……やれやれ、万が一逃げればおまえの家を爆破する」

「……さっきされたばっかだから洒落《しゃれ》にならな——ああ、洒落じゃないのかよ……わかったよ、逃げないよ！　そもそもここ二階だろ、逃げ場所なんてないから」

嗣道はトイレに入り、走って窓枠を摑《つか》んだ。風が吹く。

「冗談じゃない、黙って高校まできたけど、やっぱない！　主体的行動？　それができるなら困ってねーよっ！」

高いが飛べない距離ではない。意を決して明らかに間違ったフォームで跳ねる。「あひゅっ！」茜と違って運動は得意じゃない。

しかし何とか着地した。ズレた厚底眼鏡の位置を修正する。痛くなった胃をぎゅっと摘《つま》んだ。深呼吸をして日陰に入る。

「帰る帰る帰る！　スターゲイザーとか知った事じゃない！　ビリビリ科学者はイカれてるし、高校で青春をプレイとか！　無理無理無理無理！」

だっ、と帰路へ向けて走り始めた矢先、小路《こみち》から出て来た誰かに衝突した。嗣道は派手に撥《は》ね飛ばされて転がる。自分の貧弱な身体《からだ》が恨めしい。

「嗣道」

見上げると――。

「土門《どもん》」

きょとんとした表情の少年。上背は高い。耳にピアスをつけている。茶に染めた髪はフワリと揺れている。食堂の袋をパサリと落として、笑った。垂れ目を細めた人懐《ひとなつ》っこい笑顔だ。

「――良かった」

目尻に涙を溜《た》めている。

「散々無視しやがって、言い訳の準備はできてんだろうなっ！　まじでオレがどんだけ心配したと思ってんだ！　オレだけじゃねえ、うちの家族も――同中のやつらだって……何回家に行っても出てこねーし！」

土門は嗣道の首を絞める。

「ちょ……やめ、やめろ土門！　体格差考えろよ！」

嗣道はすっかり大きくなってしまった幼馴染《おさななじみ》を突き飛ばす。

土門孝之介《こうのすけ》は嗣道の親友である。

引きこもった嗣道の家を粘り強く訪問し続けた、親しい友人。

「意外に似合ってるけど、眼鏡とか掛けてなかったじゃん？」

「はずすんじゃない」

「今バイトしてっからちょっとだけ財布に余裕あんだわ。金やるよ。みっともねえからその伸びきった髪、切ってこい」

「母親か」と突っ込んだところでようやく解放される。土門に悪意はない。嗣道を揶揄《やゆ》するつもりもない。純粋に嬉《うれ》しい事を表現しているだけなのだが、今の嗣道には鬱陶しいだけだった。

「……はあ、何を騒いでいるのさ。頭が痛むからでかい声で喋《しゃべ》らないでくれない？」

土門とは対照的に冷ややかな声音がした。

「蓮《れん》、嗣道《つぐみち》だ！　ようやく嗣道が戻ってきたぜ！」

建物の陰から出てきたのは髪の長い少年。嗣道とは違い、ただ伸ばしている訳ではない事が窺《うかが》える。スマートフォンを弄《いじ》りながらチラッと嗣道を見た。

「ああ、君、まだ生きてたんだ。財閥の補助金を使いきったの？　それとも今更、普通の青春なんてものがほしくなった？」

「れ、蓮……」

「ていうか、まだ天文市にいたんだね。僕はてっきり、とっくに街を離れていると思ってたよ。ここにいると自分のせいで茜が死んだ事を、ずっと思い出さなきゃいけないだろ」

感情のない薄笑いを浮かべる蓮を、土門がばこん、と叩《たた》いた。

「いったいな！　何するんだよ馬鹿っ！」

「今のはひさびさに会った友達にかける言葉じゃねえ」

「友達じゃない。僕が彼と友達だった事なんて一回もない」

「五人でいろんな事してきただろ？　蛍《ほたる》の持ってる豪華客船で無人島に漂流したり、オレの親父《おやじ》が監督やってた少年野球チームで全国大会出たりさ、茜《あかね》が中学の生徒会長になれたのは亘の功績だし——宇宙怪獣との戦いだってそうじゃんか」

土門の言葉に嗣道は思い出す。茜を中心とした五人で過ごした、非日常的な日常を。

「なあ、蓮だって、嗣道だってさ。オレ達また昔みてえに――」

楽しかった。時には誰かの力になれて、嬉しかった。だけど。

「……僕が一緒にいたかったのは茜だけだよ。どうして今更君達と――」

「無理だよ、土門」

嗣道は蓮の言葉を遮って言った。

「無理、って、いやいや、そんな事ねーだろ、嗣道……無理なんかじゃ」

「茜がいないのに何しても無駄なんだよ。茜がいなくなった世界に意味なんてないんだ」

話していてしっくりとくる。茜のいない世界に自分は、価値を感じられないのだと。

蓮はスマートフォンに視線を移して言った。

「……君、ようやく気づいたんでしょ？　スターゲイザーの次期操縦者に選ばれた事」

「どうして、知って――」

「僕達は一年前に知ってたよ。君が引きこもってすぐに、スターゲイザーは君にしか動かせない事がわかった。茜は後継者に君を選んだんだ。どうしてなのかはわからないけど」

くす、と笑って話を続ける。

「茜の『至誠通天』が不完全だった事も僕達は知ってたよ。三ヶ月後にオフィケウスが復活する事も知ってる。僕は結構悩んだんだよ。茜の守ったものをどうやって守ればいいのか。令嬢も必死に、ここにいる馬鹿もへらへらしてるように見えるけど、一生懸命に考えてた——で、君は」

嗣道は言葉に詰まる。

「茜にスターゲイザーを託された君は一日中引きこもって考える事を放棄して、直前になってのこのこと僕達の前に現れて『茜のいなくなった世界に意味はない』、笑えるよね」

蓮は嗣道を睨《にら》みつける。

「諦めるのは勝手にしなよ、僕と君には何の関係もないから。ただ——」

嗣道は気づけばジリジリと後退していた。

「覚悟がない人間は今まで通り引きこもっていてくれ、邪魔だからさ」

「うっ……ぐっ……！」

嗣道は蓮に何の反論もできずに。

逃走する。怖くて、辛《つら》くて、蓮の覚悟に気圧《けお》されて、嗣道は必死に逃げた。

——覚悟がない。

蓮の言っている通りだ。自分には何もない。意志も覚悟も、危険に晒《さら》された街を何とかしたいとも思わない。ただ、逃げたい。懐古していたい、茜のいた日々の事を。

嗣道は頭《かぶり》を振った。

校門近くのバス停に辿《たど》り着《つ》く。

深呼吸をして心を落ち着ける。強固な自分を作り上げるために笑った。

「はは、ふざけんな……俺には関係ない、乱されるな」

悪態をつく。額に垂れた汗がコンクリートの地面に点を作った。

「……ああ、やってられるかよ、無理無理無理無理」

「ほう、何をやってられないのか説明してもらおうか、ゆっくりと」

ばち、と火花の散る音が聞こえた。電子掲示板に背中を預けた少女が、スタンガンをばちばちと鳴らしている。じとーっとした瞳で嗣道を見ていた。

嗣道は苦い顔のまま振り向く。ノスタルジックな切迫感が、彼女の操る電撃への恐怖に塗りつぶされていく。

「……何で、ここにいるんだよ」

「約束を破られる確信を持ってたからな、先回りして待っていた」

「信用ないんだなっ、俺」

「させてくれると私も嬉しいんだが」

じりじりと距離を取ろうとした瞬間に、麒麟《きりん》はスタンガンを向ける。電流が宙を媒介し放出される。嗣道の身体に電撃が走った。

「ぐあああああっ！」

「身体に当てなくても電流を浴びせられる自家製のスタンガンだ。どうだ、すごいだろう。褒めてもいいぞ」

ばたりと倒れた嗣道に、麒麟はゆっくりと近づいてくる。

「ごめんなさいは？」

「ごめんなさい……」

「諦めの早さだけは一流だな」

嗣道と麒麟が下らないやりとりをしていると——。

こつこつと音を鳴らしながら誰かの歩いてくる音がした。嗣道は倒れたまま顔を上げる。

「見すぼらしさに磨きが掛かっていますわねえ、庶民？」

立っているのは、「御子柴《みこしば》」と書かれた扇子を持った少女。

制服は他の生徒の物と微妙に異なる。「理事長」と「生徒会長」の腕章を巻いていて、全体的な装飾が他の生徒よりも豪華だった。長い髪をロール状にし腰の辺りまで垂らしていて、広いデコが露《あら》わになっている。派手な睫毛《まつげ》と自信に満ちた表情。

麒麟が振り向いて、じっと少女を見た。

嗣道が返事をするより早く。

「これは想定外だ、おまえがこない日を選んだのだがな」

「貴女《あなた》がとうとう高橋《たかはし》嗣道の元を訪れたと聞いて、仕方なく予定を動かしたのですわ。死ぬほど忙しいのに余計な事しないでくださる？　一年がかりで修理したスターゲイザーを持って帰って、ドイツでソーセージでも食べてなさいな」

「理事会に余計な横槍《よこやり》が入っただけで、もともとは私のものだ」

二人が知人同士だという事は見当がついていた。

麒麟は財閥と契約をした科学者で、スターゲイザーの開発に携わっている。

そして少女——御子柴蛍は、一族経営を鉄則とした大企業、御子柴財閥の血族であり、主人公性人型兵器の開発、運用を目的とした計画「スターゲイザープロジェクト」の最高顧問だった。

†

嗣道、蓮、土門《どもん》、蛍は、共に過ごす事が多かった。実態はどうあれ友人として接していた。バラバラだった四人が共に過ごし、さまざまな経験を重ねてきたのは偏《ひとえ》に茜の功績である。

しかし今は――。

「意味、ありませんわよ？　あんながらくたに乗ったところで何が変わる訳でもない、それを貴方《あなた》は、とっくにご存じだと思っていたのですが？」

天文高校の五階にある理事長室。赤い絨毯《じゅうたん》の敷かれた部屋。絹でできたブラインドから僅かに日の光が漏れている。昼休憩はとうに終わっていた。

蛍に言われるがままやってきた。机には大量の書類が積み重なっている。

組織としての天文高校は御子柴財閥の傀儡《かいらい》――というよりは、御子柴財閥の所有物だった。蛍は財閥の命を受けて理事長職をこなしていた。

「三ヶ月後のオフィケウス戦で貴方が戦場に出る必要はありませんわ。ふっ、むしろお聞きしたいのですが『自分にも何かできる』などとお思いだったのかしら」

ソファの前で立ったままの嗣道と麒麟に、蛍は言った。

「だが、戦力に当てになどないだろう。宇宙怪獣を倒せるのは同種である――」

「貴女がたでは当てにならないと言っているのですわよ、おわかり？」

「やれやれ、結局困るのは現場の人間だ。いいか、スターゲイザーは――」

「ええ、特別ですわ。小日向茜の乗っていたスターゲイザーは」

蛍は嗣道を流し見する。

言いたい事はわかる。そして正しい。

「しかし小日向茜《こひなた》は死に、残されたのは使えない兵器と使えない操縦者。今のスターゲイザーはさながらお湯のないカップ麺ですわ」

「じゃあ食えるだろ……」

「何を言っているんですの？」

「いや、なんでもない……」

「後者には同意するがな。おまえの言う通り、確かにこいつは使えない。そのうえいたいけな女心もわからないかわいそーな愚か者だ」

「おまえ、俺の味方じゃないのかよっ！」

「事実を言ったまでだろう？」

嗣道《つぐみち》は言葉に詰まった。反論の余地がない。

「天文市には五十万人以上の市民が住んでいますわ。三ヶ月後の戦いでは当然特別の避難体制を敷く。しかし確実に、街自体は無事では済まない。人の暮らす場所は、生きる土地は、築き上げた財産は、無傷という訳にはいきませんわ」

蛍《ほたる》は天文市の最高権力者として発言する。

「ノブレス・オブリージュ、という言葉をご存じかしら。御子柴の血族として力あるわたくしには相応の責任がある。相応の責任を以《もっ》て無責任な貴方達に頼る訳にはいかない」

「無責任……」

反射的に呟《つぶや》いた言葉を、蛍は咎《とが》める。

「自覚がなかったのかしら？　小日向茜が死に、すぐに自分は無関係だと主張するように引きこもり、国による支援金を食い潰し毎日を無為に過ごす貴方が無責任ではない、と？」

「別に引きこもったのと、責任は、関係ないだろ……俺が茜の後継だって知ったのは数時間前だ……だからスターゲイザーとか、宇宙怪獣とか、俺にはもう関係ない」

蛍は一瞬、目を見開いた。失望の表情だとわかって嗣道は目を伏せる。小さな息遣いのあとに、こらえきれなくなったような声が続いた。

「誰もスターゲイザーの話などしていませんわ」

「してるじゃないか、俺がスターゲイザーに――」

「託された意志の話をしているのですわ。わたくしは、ずっと」

「……なんだよそれ、訳わかんねーよ」嗣道は頭を掻《か》いた。

瞬間、電子音が流れる。蛍のスマートフォンだっ

「――失礼、言いたい事は言わせて頂きましたので、さっさと帰って構いませんわよ。くれぐれも二度と宇宙怪獣に関わろうなどとは思わない事ですわ」

嗣道は踵《きびす》を返す。

「言われっぱなしで帰るのか？　ここは威勢よく言い返す場面だと思うのだが」

「……別に、蛍の言う通りだしな。やっぱ外に出てもろくな事がない。帰ってネットサーフィンだ」

麒麟が呆《あき》れ顔《がお》で言った。

「……他にやる事ないのか、おまえ」

ない。無為に過ごすのが一番楽だ。時間を忘れるほどに脳内で情報を氾濫させる。

眼鏡を触りながら扉を開けようとした時。

「……何ですって⁉　位置は！　出現状況と予測時間は！」

蛍が大声で叫んだ。

「……どうしたんだ、蛍のやつ」

「ああ、星の歪《ひずみ》が生まれたのだろう、恐らくは宇宙怪獣が出現できるほどのな」

「……いやいや、オフィケウスの復活はまだ先のはずだろ⁉　どうして今」

麒麟は嗣道の額を指で弾《はじ》いた。思わず仰け反る。

「三ヶ月後、オフィケウスは復活する。しかし星の歪の群発とオフィケウス復活はまた別の話だ。小日向茜《あかね》の『至誠通天』は完全ではなかった。例の穴は時を経て少しずつ開きはじめている」

スマートフォンによる音声通話が僅かに漏れ聞こえる。

『予測時間は現在——出現位置は——』

「……こちらの準備など待つつもりはない、と。そういう訳ですのね」

蛍がブラインドを開けて窓を見る。麒麟も窓の外を指さした。

「オフィケウス復活の前哨戦《ぜんしょうせん》。巨大な災害の前には、得てして前兆が起こるものだ」

窓の外には。

扉と言うにはあまりに簡素。

天文高校の上空に、ただ開いた虚空《こくう》。

「出現位置は、天文高校か。やれやれ……できすぎているな」

星の歪が、広がっていた。

†

『宇宙怪獣の出現が確認されました。市民の皆さまは速やかに――』

けたたましいスマートフォンの警報《アラート》と共に、街中で財閥による避難勧告がはじまる。

防災無線、雑踏と喧噪《けんそう》。嗣道と麒麟もたくさんの生徒達に紛れ、避難所に指定された天文市立総合体育館を目指した。財閥職員の誘導に従って、制服の集団が移動する。「午後の授業なくなんの?」「警報、一年振りだよね」その表情に焦《あせ》りはない。

「のんきな連中だな、平和慣れしている」

「宇宙怪獣なんて、天文市では珍しくもない。警報も避難もとっくに日常だ」

嗣道はずれる眼鏡の位置を修正する。

宇宙怪獣は茜が何とかしてきた。街の人々は今回も何とかなると思っている。

しかし――。

ギギギ、と金属を引っ掻くような不協和音が財閥の避難勧告を塗り替える。嗣道は反射的に耳を塞いだ。奇怪な音だ。気味が悪い。

来た道を振り返る。避難している多くの市民も同様に。

上空に開いた虚空。世界の矛盾である虚無の円が、少しずつ、生々しく形を変えていく。

淵《ふち》を摑まえた大きな両手が星の歪を広げていく。腕に装着されたハサミが顔を出す。

「カニの、ハサミ?」

甲殻類の頭がギョロリと街を睨視《げいし》した。

鋭いハサミを取り付けた手甲。校舎よりも大きな体軀《たいく》。無骨なフォルムは生身を感じさせる白の肉体と騎士の鎧《よろい》のような装甲に分かれている。剝《む》き出《だ》しになった眼球は奇妙な恐ろしさがある。

恐怖よりも先に。

「……蛍は」

三十分前、嗣道と麒麟《きりん》が避難する時、蛍はたった一人で財閥基地の方へ行くと言った。

「蛍はその、ちゃんと、逃げんだよな……？」

『わたくしにはしなければならない事がありますわ。貴方達は即刻退避を……高橋嗣道、くれぐれも、馬鹿な事をするんじゃありませんわよ。貴方は小日向茜とは違う。どこにでもいる、ただの凡人なのだから』

蛍は側にある星の歪を余所目《よそめ》に、各所へと連絡を取っていた。

「……やつは一組織の指導者だ。自分が消費されるべきコマでない事は理解して――」

「少しだけいい？　その制服、天文高校の子だよね！　蛍さまの話をしてなかった？」

突然話しかけてきたのは避難誘導をしていた若い女性職員だ。焦燥が滲《にじ》んでいる。

「さ、三十分前に別れたばっかですけど、基地に行くって……」

「三十分前……」ぼそりと呟いて職員は顔をしかめた。「あの、蛍に何かあったんですか」聞いてどうするんだ。しかし口を衝《つ》いて出てしまった。

「連絡がつかないの、蛍さまの指示がなくて指揮系統が混乱してる。もし見つけたらすぐに教えてくれない？　これ私の連絡先……避難の時は財閥の電話、繋《つな》がりにくいから」

職員は名刺を渡して避難誘導に戻っていく。

「……やつがこのタイミングで、理由なく音信不通になるなどありえん」

麒麟は無表情で言った。「蛍」と嗣道は呟く。天文高校の理事長室で見たのが最後だ。土壇場《どたんば》で職務放棄をする人間では絶対にない。何かあったに違いないのだ。

「指揮系統の混乱、英雄の不在、落伍《らくご》者に遺《のこ》された赤の戦士。なるほどな、要するに状況は整ったという訳だ」

ぽつりと麒麟は呟いた。

「高橋《たかはし》嗣道、あれは私達で片付ける」

何を言ってるんだこいつ。嗣道はため息をつく。

「あのな……無謀にもほどがあるだろ。スターゲイザー、動かなかったじゃん。それに何度も言うけど、俺があんなもんに乗る事はないんだよ……何を期待してんのかは――」

「しかしやらねば滅びるぞ」

平然と、麒麟は何の感情も込めずに言った。淡々と、これから起こる事実を。

嗣道の心中には奇《く》しくも、彼女とは正反対の人物が浮かび上がる。

最初の宇宙怪獣「レオニス」が現れた時。

『だけどやらなきゃ滅びるよ』

小日向茜は確かに言った。

「……何でこんな時におまえが、同じ事を言うんだよ」

麒麟は唇をかんで俯《うつむ》いた。すべてが似ても似つかない。しかし麒麟は、茜と同じ事を言った。少なからず感じるところはある。まるで茜が状況を鑑《かんが》みて――麒麟に言葉を喋《しゃべ》らせているような。身体《からだ》に熱が甦《よみがえ》る、立ち上がる気力が一瞬だけ、湧き直す。

「だけど」

嗣道は拳をぐっと握って、宇宙怪獣からも麒麟からも目を背けた。

「無理だって……俺には」

「無理じゃない、やれ」

目を背けた嗣道の首を思い切り摑《つか》んで麒麟はスタンガンを押し当てる。

「ぐあああああっ！　や、やめろって言ってんだろっ！」

ばちんと、嗣道は必死に麒麟を引き剝がす。「はー、はー」やってる場合じゃない。宇宙怪獣は天文高校にいるのだ。ここからそう離れた距離ではない。全然逃げきれていない。

「完全に致死量の電流なんだよそれ！　人に使っていいもんじゃないんだよそれ！」

やれやれと麒麟は手を振った。目視できる距離で宇宙怪獣はのっそりと動き始めている。近くにあった病院をじーっと眺めて、もたれかかった。重さに耐えかねた病院は崩れ落ちる。道路沿いにあるパン屋が瓦礫《がれき》の下敷きになった。

「目を背けるな。放っておけば街は壊れる。人が大勢死ぬぞ。おまえの知っている人間も、当然知らない人間もな」

「だから、関係ないんだよ。俺がやらなくても、財閥が何とかしてくれる！　蛍も言ってただろ？　俺達要らないんだよ、財閥で何とかできるんだよ！」

「……小日向茜《こひなた》が間に合わなかった戦いで、街はどうなった？　御子柴蛍《みこしば》の行方も知れん。財閥は万全な状態か？　宇宙怪獣とは近代兵器で、抗戦できる敵なのか？」

「財閥には最新鋭の対物ライフルも……小規模だけど弾道ミサイルだってあるんだ。これで勝てなきゃどっちにしろ勝てねーよ……！」

「そんなものは二年前にもあったさ。それらを使って財閥は、いとも簡単に敗北した」

「知るかよ、関係ない！」

「関係はあるだろう」

「なくなったんだよ……！　茜が死んだあの時から、俺は全部がどうでもいい！」

「いつまでいじけているつもりだ」

いじけているつもりは、と言いかけて嗣道《つぐみち》は閉口する。

「私の知っている高橋嗣道は、弱い。平凡だ。特筆すべき所がない。優柔不断で艱難辛苦《かんなんしんく》から逃げ回るマジョリティの代表のような凡愚に相違ない」

「うっさいよ、だから……今日会ったばっかのおまえに、何がわかんだよっ！」

拳を握りしめた。悔しい。言われっぱなしになる事がではない。麒麟の言っている事のすべてに自分が納得している事に、神経が苛立《いらだ》った。

「知ってるよ、正解だ。俺は弱い、凡人だよ。だからわかるだろ。茜の代わりなんて務まらない、主人公性なんて欠片《かけら》もない！」

小日向茜は超人だった。傑物だった。特別だった。

主人公だった。

託された自分は――。

「俺は主人公じゃない」

麒麟は無表情で言った。

「……私が間違っていた」

麒麟はくるりと踵《きびす》を返す。宇宙怪獣はどしん、と周囲の建物を赤子の手を捻《ひね》るように破壊している。嗣道は麒麟を引き留める。「避難所は向こうだ、逃げないと」弱い言葉だった。麒麟は足を止めずに歩き出す。返答する事も無く、避難所とは反対の方向へと進んでいく。

「待てよ！」

嗣道の制止などまるで聞こえていない。

麒麟の姿が見えなくなり、宇宙怪獣は咆哮《ほうこう》した。

嗣道は麒麟のいなくなった坂道と暴れ回る宇宙怪獣を見比べて呟《つぶや》いた。

「……俺には、関係ない」

目を逸《そ》らす。

†

西宮駅《にしのみやえき》までくれば天文市立総合体育館まではすぐだ。嗣道は、必死に走ってようやく先程の一団に追いついた。

駅に展開しているスーパーマーケットには大量の自転車が放置されている。怪獣映画よろしく、道には乗り捨てられたままの自動車がぎっしりと並んでいた。真《ま》っ直《す》ぐに延びた高架橋を眺める。当然電車は止まっている。

「壊れる街と、宇宙怪獣……ここも」

茜《あかね》の初陣《ういじん》を思い出す。

二年前、天文市と隣の市の境界にあった嗣道達の故郷は、最初の宇宙怪獣によって完全に破壊された。たった半日の出来事だった。人口五十万人の大都市で死者数は五百人に及んだ。損壊家屋は十二万軒以上。

宇宙怪獣の出現を予測していた御子柴財閥だったが、用意していた近代兵器は、異次元の侵略者にいっさい通じなかった。

財閥は市民に宇宙怪獣の事を伝えていなかった。本当は出現時期も迎撃準備も整っていたのに、「財閥の研究所で開発していた試験機がたまたま役立った」事にしたと、嗣道は蛍《ほたる》から聞いている。

『最悪の状況に置かれた民衆を懐柔する計画だったのですわ。最初から準備を公表していればどれだけ被害を抑えようとも責任を追及される。ですが――』

偶然役に立った体裁を装《よそお》えば「財閥の研究所が天文市にあって良かった」と思われる。

財閥は市民に恩を売り、宇宙怪獣を「財閥でなければ対処できない問題」と認識させた。

「……悪どい事するよな、実際」

今や天文市は政府に指定された第一級災害対策指定特区だ。他の街とは異なるルールの適用される、御子柴財閥の独立国家。

唯一のイレギュラーは茜だった。

『このままじゃもっとたくさんの人が死ぬよ！　見過ごせない！』

泣き叫んでいる市民を見て茜は避難している途中に「財閥にある研究所では対策できる兵器が開発されているかもしれない」と想像した。嗣道と二人で研究所に赴き、保管されていた主人公性人型兵器スターゲイザーを見つけたのだ。

茜はスターゲイザーを強奪し——契約者として唯一無二の肩書きを得た。天文市の維持と市民生活の保守に取り組んだ。

そして現在の天文市がある。

平和と日常と、緩やかな停滞を得た天文市が。

「あんな別れ方しなくてもよかったんじゃねーの？　いつもの嗣道だったらもっと、軽く流してあしらってたはずだ」

不意に、背後から声をかけられた。

「いつから見てたんだ？」

土門《どもん》は右手で双眼鏡を弄んでいる。「ずっと」にかっと笑って言った。

「両刃の宇宙怪獣アキュベンス。装甲が硬いだけで特殊な能力は持ってない。白兵戦に適した宇宙怪獣、チェスで言えばポーン、初陣に相応《ふさわ》しい敵だと思わないか？」

「……どうして、土門が現れた宇宙怪獣の情報なんて知ってんだよ」

嗣道達は茜の戦いを近くで見ていた。宇宙怪獣やスターゲイザーについて多少の知識はある。

『オレ馬鹿だからなあ、宇宙怪獣とか正直よくわかんねーわ！』

しかし――土門は宇宙怪獣との戦いに関してほとんど興味を示さなかった。

「蓮《れん》も言ってたじゃねーか、茜がいなくなったあと、オレなりにやれる事をやっときたくてさ。で、いろいろ頑張った。そんでいつの間にかこうなった」

土門は少しだけ目を細める。

答えになっていない。だがそれより。

「……何だ、それ」

そんな事よりも。

嗣道は歯軋《はぎし》りをする。

どうしてだ。どうして皆。

「確かに茜がいなくなったのはつれーよ。だけどさ、茜がいなくなったあとも世界は続いていくんだ。残されたオレ達には、考える義務がある。茜がいなくなってどうするか――」

「どいつもこいつも」

土門の言葉を断じた。聞きたくなかった。

「何でそんなに――茜をないがしろにした事言えるんだよ……？」

眼鏡を外す。眉間によった皺《しわ》を軽く摘《つま》んだ。

呼吸を深くする。

「茜がいなくなったあとも世界は続く？　残されたオレ達には考える義務がある？」

薄く笑った。

「冗談も大概にしてくれよ……！」

「嗣道……」

「茜がいなくなった時点で世界は終わった……何度でも言ってやる。茜のいない世界に価値なんてない……！　前を向く必要も意味もない。全員、ずっと茜がいなくなった事に打ちひしがれて生きろよ……！　どうして簡単に立ち直れるんだよ！」

茜を喪《うしな》った事に絶望し、喪った事を悔恨して生きる。嗣道は選択した。

わかっている。自分は間違っているのだ。しかし言葉は止まらない。

「土門が、蓮が蛍が財閥の連中が！　どうして茜がいなくなったあとも戦いを続けられるのか、世界に対して期待できるのか教えてやるよ。茜の事なんてどうでもよかったからだ。結局おまえらと茜がその程度の関係だったからだよ！」

——俺は間違ってる。

本当にムカついてるのは。

本当に許せないのは。

——自分だ。

ずっと茜の側にいたはずなのに何もできなかった。止めどなく流れる血液をただ掬《すく》い上げようとする事しかできなかった自分が、悔しい。

「そんな事、思ってないだろ。おまえは」

「うるさい、黙れ、帰ってくれ……嫌なんだ、関わりたくない、誰にも、何にも」

「……怖いんだろ、ずっと。最後まで茜の側にいたおまえは」

土門は震える嗣道の手を握った。

「本当はずっと自分を責めてるんだ。自分の人生を無下にする事が、茜への贖罪《しょくざい》になると思って——だけどそんなの、茜が望んでる訳ねー、少し考えりゃわかる」

潰れた半身がフラッシュバックする。肉塊と化してしまった半分。血溜《ちだ》まりになった操縦席。満足げに笑った少女。最も輝いた星の終わりを、思い出す。

――見たくない、嫌だ。俺は。

目を逸らして言った。

「……ずっと、夢を見るんだ。茜が死んだ時の夢を見る。冷たくなった茜の身体《からだ》が回収されて、国から災害の支援金が届いた。街に平穏が訪れて、皆が日常に回帰していく。茜だけがいなくなって、茜のいない世界が回っていく……幸せそうに……」

濡《ぬ》れる瞳を押さえる。涙は流したくない。嗚咽《おえつ》を必死に止める。

土門の顔を見る。土門は。

土門孝之介《こうのすけ》は――。

「はは」

笑っていた。心底、楽しげに。

一瞬で脳が疑問符に支配される。流れそうになった涙が違和感で払拭《ふっしょく》される。

「ああ、いや、悪い、違うんだよ、これは、くく」

土門は顔を押さえる。歪《ゆが》んだ口角を修正するように。

「はーあ、変わってなくてよかった、嗣道《つぐみち》が。これでようやくスタートラインだ」

指をさした。避難所とは逆の方向だ。カニの宇宙怪獣――アキュベンスに荒らされていない東側。ずっと遠くへ歩いていけば東端には天文市防衛の要、財閥基地がある。

「仮設住宅ばっかの通りにさ、昔よく行ってた古い映画館があんだろ?」

脳内の地図が場所を告げる。歩けばすぐに着く。十分程度。

「予定では瓦礫《がれき》になってる、行け」

「行く訳、ないだろ、何言ってんだよ……一緒に避難所に――」

「悪いけどオレもブラブラして行くよ、特等席がほしくなった」

土門は指を下ろして頭に手をやった。「どこに行くんだよ」嗣道の制止など無視してきた道を引き返していく。「待てってば!」土門は一度だけ、思い出したように振り返る。

「ああ、言い忘れてた」

光が土門に影を作る。妖しく輝いた瞳だけがシルエットに現れる。

「山田《やまだ》麒麟《きりん》、嗣道が思ってる以上にやベーやつだから、期待しとけよ」

嗣道の疑問を防災無線による財閥のアナウンスが掻《か》き消《け》した。

『市民の皆さまは職員の指示に従って――』

気付けば土門は既にいなくなっている。

「俺、どうすれば……」

止まった嗣道は少し迷って——歩き出した。

財閥ではなく土門の指示に従ったのは決意などではなく。

一時の、気の迷いだった。

†

西宮駅《にしのみやえき》と天文駅の間を少し歩くと、土門の言っていた古い映画館はすぐに見つかった。

半壊して整備された道路には瓦礫の山が築かれている。辛《かろ》うじて建物の様相は保っていたが崩れるのも時間の問題に違いない。

「ほんとに崩れてる……」

よく見れば近くにはパン屋の残骸が転がっていた。天文高校近くにある店だ。おそらくはアキュベンスが投擲《とうてき》したのだろう。周囲一帯はところどころ崩れて、軽微な被害が出ている。

「人っ子一人いない……避難は完了してるらしいけど、こんな所で」

どうして自分は、土門の言う事を聞いたのだろうか。

——何が起きるって言うんだよ。

「……誰かいらっしゃるのかしら。いるのであれば少しだけ、手を貸してくださらない？」

少女の声が聞こえた。瓦礫の方だ。嗣道は築かれた瓦礫の山に潜った。鉄骨を避けて暗がりを覗《のぞ》く。中にいたのは。

「蛍《ほたる》！　おまえどうしてこんな所に！」

バツの悪い表情で「……高橋《たかはし》嗣道」と。

「……『避難しなさい』と指示を出したはずですが、貴方《あなた》こんな簡単な命令も聞けませんの？　義務教育って大事ですわね。一年ボイコットしただけでこんなに――」

「そ、そんな馬鹿話してる場合じゃないだろ……っ！　それ」

蛍が、大きな瓦礫に足を挟まれていた。端整な顔が煤《すす》と泥に汚れている。

「遠距離攻撃できるんなら先に言っといてくださいなって感じですわ、お気に入りだったのに二度と着られませんわよ。しかし……癪《しゃく》ですが、貴方に手を借りる他ないようですわね」

「悪態つかないと喋《しゃべ》れないのかよ……少し待ってくれ、時間はかかるけど瓦礫どけるよ」

「瓦礫などあとに回しなさいな。まずは今やるべき事がありますわ」

蛍は嗣道のポケットにあったスマートフォンを取り出して、録音機能を使った。

「わたくしのやつ壊れてますの。星の歪《ひずみ》の出現位置からして緊急用以外の通信設備はやられてますわ。なので、今からわたくしがありがたあい指示を録音しますので、職員の誰かに届けなさい。いいですわね？」

蛍は息を吸った。

「避難誘導が終わり次第、宇宙怪獣への対処を開始。例の兵器は使用しないように、暴走のリスクがありますわ。また、財閥の全権はわたくしが戻るまで統括局長の橘《たちばな》に——」

すらすらと決まっていたように蛍は「指示」を述べる。

蛍の脚は、激痛に苛《さいな》まれているはずだ。いつ崩れるかもわからない瓦礫に囲まれているのに、蛍は街の状況を優先する。

「そんな事より、おまえそれ早く処置しないと……！」

蛍は話すのを止《や》めない。

——どうして、一生懸命に戦えるんだ。

姿はまるで、土門にも通じた。

「茜《あかね》」

「ではありませんわ、凡愚」

蛍は言葉を止めて嗣道の感傷を一蹴する。深くため息をつき強い視線で見つめた。

理事
生徒

「いつまで彼女の亡霊を見ているのです、貴方は」

嗣道は呼吸を止める。蛍は続ける。

「小日向《こひなた》茜は特別だった。太陽だった。誰もが彼女に何かを抱かずにはいられなかった」

蛍は語気を強める。「だけど」と。

「特別だっただけだわ。追いつける。遠ざけて、遠ざけて、遠ざけて。自分には到底及ばないと、見ない振りをするのは間違っていますわ。小日向茜はいなくなった。戦いは終わってない。貴方、次はどうするおつもり?」

「お、俺は——」

「わたくしは、戦いますわ。特別でなくとも小日向茜を超えてみせる」

嗣道は何も言えないまま、蛍が録音を再開する。

「続けますわよ。録音が終わった時点でスマートフォンを財閥職員に渡しなさい。わたくしが戻ってくるまでの間は統括局長の橘に全権を委譲。これから指示を続けますが、わたくしの方では状況が確認できてませんわ。ですので、指示と状況に齟齬《そご》があった時点で、状況の改善を優先しなさい。第一に——」

蛍が言葉を止める。嗣道の背後を見ていた。

「指示を撤回しますわ、高橋嗣道。すぐに場を離れなさい」

振り返ると。

「何だ、あれ……」

高速回転して嗣道達の方に飛んで来るのは、球形の物体。白と赤紫の混じったカラーが近くのマンションに突撃した。一瞬でマンションが崩れて瓦礫が周辺に降り注ぐ。土煙と粉塵《ふんじん》が立ち上り、どうしてか作動したスプリンクラーが霧を作った。

ごとりと持ち上げた腕には両刃。二対の鋏《はさみ》。

「アキュベンス……どうして！　全然、距離があったはずなのに！」

「身体が活性していますわね。星の歪を出た時よりも世界環境に適応していますわ」

宇宙怪獣は星の歪を出た時、世界の環境に適応できていないと言われている。異次元の怪物がパフォーマンスを十全に発揮するには、多少の時間経過が必要なのだ。

「冷静に分析してないで逃げないと！」

「貴方一人で逃げなさい！　瓦礫を退《ど》かしている時間はない！」

「置いて行ける訳が……」

「方法もないのに理想を掲げるのは止めなさい！」

「……ッ！」

「貴方に心配されるほど落ちぶれたつもりはありませんわ。この御子柴《みこしば》蛍──いずれはお祖父さまの跡を継いで御子柴財閥を掌握する女ですわよ？」

「だけど」

「『だけど』はない！　さっさと逃げる！」

嗣道は、後ずさる。瓦礫に挟まったままの蛍からゆっくりと離れる。

──いいのかよ、俺。

背後にはアキュベンスが迫っていた。眼球は嗣道と蛍を捉えている。ミシミシと音を立てて蛍のいる瓦礫の山へ歩いていく。嗣道は、立ち止まった。振り返る。

──仕方ない、何もできない。状況は変わらない。

蛍がアキュベンスを睨《にら》みつけていた。

──俺は、主人公じゃない。

蛍の言っていた事は正しい。最適解だ。自分にできる事は何一つとしてない。合理。蛍を見捨てて逃げるのが正しい。残る意味がない。アキュベンスに相対する意味がない。

「無理だ」

呟《つぶや》いた言葉に、誰かの遺言が重なった。

『無理でもいい』

主人公の言葉が、重なった。

アキュベンスはハサミを横に振《ふ》り翳《かざ》す。瓦礫を横薙《よこな》ぎにするつもりだ。蛍が目を瞑《つぶ》った。呪いだ。合理性の欠片《かけら》もない理論。

『無理だと思ってもいい。自分にはできないと思っていい』

足の震えは止まらない。強張《こわば》った身体《からだ》は言う事を聞かない。走る意味などない。助けられる訳がない。嗣道は思った。

――なのに、どうして。

どうして自分は、走り出しているのだろうか、と。

「蛍にッ！　手出してんじゃねーよ甲殻類――ッ！」

「何をしているの⁉　逃げなさいと――」

アキュベンスが嗣道《つぐみち》の方を向いた。嗣道は蛍とアキュベンスの間を目指す。

――どうして、俺は！

自分が何を考えているのかわからない。衝動的な行動の理由を説明できない。明滅する視界には築かれた瓦礫の山。怪物と少女。装備は鉄骨の枝。当然通じる訳はない。乱れた呼吸。

嗣道は不正解を選択する。

生と死の境界線で後悔は止まらない。

しかし。

仕方がないのだ。嗣道は諦める。

理由など説明できない。

奇《く》しくも、幾千幾万の主人公達がそうであったように。

高橋嗣道は気付けば。

気付けば身体が動き出していた。

†

にやりと笑ってアクセルを全開にする。

「よく言った、私の主人公」

正面衝突だ。目前に迫る巨蟹《きょかい》の鋏に――。

†

突然、高速で走ってきた財閥の装甲車がアキュベンスに衝突した。アキュベンスは転倒し、背後にあったいくつかの商店を破壊する。装甲車の前面はぐしゃりと潰れていた。運転席から降りてきたのは。

「やれやれ、私がいなければこの程度の敵も倒せないらしい。私、今の完全に命の恩人だな。おまえには私の言う事を聞く義務が発生したな？」

「貴女《あなた》、山田《やまだ》麒麟《きりん》！　どうしてこんなところにいるんですのっ⁉」

「なんだおまえ死んでなかったのか。すっごく心配したぞー、わー、よかったよかった。ぱちぱちぱちぱち」

「口調と表情くらい作りなさいな！　この状況でその冗談、洒落《しゃれ》になりませんわよっ！」

麒麟は「聞きなさい！」と叫んでいる蛍を無視して嗣道の前にやってくる。

「どこに行ってたんだよ」

麒麟は無言で装甲車を指さした。背後には。

「スターゲイザー……」

移動用のスライドに乗せられたスターゲイザーが鎮座していた。

「スマートフォンにGPSを仕掛けておいた。どこにいるかは一目瞭然だ」

麒麟は嗣道を無理に引っ張る。「待て待て待て！」「何を言っている」スターゲイザーの操縦席に突き落とした。「説明を」「必要か」シートに頭を強打する。拍子に眼鏡が割れる。

麒麟に追従してスターゲイザーに乗る。ほのかな橙色《だいだいいろ》の光が嗣道と麒麟を照らした。

相変わらず機器類、計器類、共に無反応だ。

「う、動かないよな……ははっ、そりゃそうだ……土壇場《どたんば》だからって動くなんて主人公っぽい事――」

「動かんさ、動く訳なかろう」

「……わかってるよ、わかってるんだ！　だけど！」

「だけど背後には、助けを求めている人間がいる」

麒麟は、目を瞑って唇だけを折り曲げた。凛《りん》として笑い。

「で、乗るのかおまえは、スターゲイザーに」

そしてそのまま嗣道を見つめる。

「俺は――」

俺は。嗣道の脳裏には小日向茜《あかね》の最後がフラッシュバックする。夕日に照らされたスターゲイザー。空に掲げた一番星。血溜《ちだ》まりと化した操縦席。瀕死《ひんし》の幼馴染《おさななじみ》。

無理だ。自分にはできない。

『どれだけ無理でも、手を伸ばしてあげてね』

だけど少女は。たった一人で世界を護《まも》り続けた少女は。

「目を逸《そ》らす事にしたのに」

小日向茜は何故《なぜ》か託した。

他でもない自分に、スターゲイザーを託したのだ。

「誰かを護りたいなんて思えないよ、やっぱり世界に価値なんてない。小日向茜のいなくなった世界に、俺は価値を感じられないんだ」

金魚の失われた水槽が割れても、何も思わないのと同じように。

「だけど——」

今度はしっかり、見据える。麒麟の瞳を。

「茜が大事だった世界は、護りたい」

麒麟は最終確認をするように尋ねた。

「やれるのか、小日向《こひなた》茜の役割を」

相対する巨蟹は太い首を回した。空に向かって奇怪な音を鳴らす。同時に鋏を大きく振って鎮座するスターゲイザーに接近する。背後の蛍《ほたる》が目を閉じた。

「どれだけ無理でも、やる。助けを求める誰かのために、手を伸ばし続けるよ」

恐怖心は殺した。常に自分の根底にいる、今はいなくなった少女が。

——主人公性人型兵器。向いてないよ、俺には。だけど。

理由はわからない。しかし少女は確かに——自分に。

「——小日向茜に託されたから」

スターゲイザーが輝き出す。

『主人公的行動『操縦者に交戦の意志が生まれる』を確認しました。『交戦覚悟』——本機の起動が承認されます。これより主人公的行動のカウント、機能開放が正式に行われます。高橋《たかはし》嗣道を契約者として認めます』

感情のない機械の『声』がファンファーレのように鳴り響く。

『本機は一部声紋認証を採用しています。高橋嗣道——叫んでください』

知っていた。何度も聞いた彼女の言葉をずっと、覚えている。

スターゲイザーの操作方法が頭の中に流れてくる。

アキュベンスの鋏が座り込んだスターゲイザーの頭に届く直前。

嗣道はレバーを思い切り引く。「行け」と麒麟が呟いた。

『煌《きら》めけ！　スターゲイザぁぁあああ——ッ！』

カッターで鉄の壁を引《ひ》っ掻《か》くような音と共に。

スターゲイザーは屹立《きつりつ》する。

†

右腕に生まれた刀剣でアキュベンスのハサミを受け止めた。スターゲイザーの手甲に生えた鉤爪《かぎづめ》のような紅蓮《ぐれん》の剣。スターブレード。近接戦闘のメインウェポンだ。

「ふっふっふ、ほら見ろ嗣道。私の言った通りだったろう。スターゲイザーはしっかり動き出したぞ？」

「そ、そんな事言ってる場合じゃないだろ！　うっわ、ほんとに動くと思わなかった……勢いだけで、無理無理無理無理無理っ！」

麒麟がどやあ、と笑みを湛《たた》えて美しい相貌を接近させる。

「なんだおまえまだ緊張しているのか、ふふん、意外に愛《う》いやつめ。これから何度だってこの美少女と一緒に乗るのだ。難しいかもしれんが、早めに慣れてもらわねば——」

「尻もうちょいそっちにやってくんない？」

ビンタされた。

「だいたいなんだおまえっ！　『ほんとに動くと思わなかった』とは！　ようやく主役を張る覚悟ができたのだろう⁉　さっきまでの威勢はどうしたのだっ！」

「そのまんまの意味だよ！　動くと思わないじゃん！」

「こういう時ぐらい最後までかっこつけたらどうなんだっ!?　ぜんっぜんすまーとじゃなかった！　主人公なんだからもっとかっこよくしなきゃだめだった！」

「はいはい、どうせ向いてないですよ！　かっこつける余裕もなかったですよ！　つーかおまえな、二度とあんな事するんじゃ――」

「まえまえまえ、見ろっ！　二発目がくるぞ！」

麒麟に無理矢理首を曲げられる。操作は間に合わず、立ち上がったアキュベンスのハサミに吹き飛ばされた。超重量が落下して、麒麟の乗ってきた装甲車がいよいよスクラップに変わる。嗣道と麒麟は互いを睨《にら》んだ。

「誰が油断していいと言った！　私の機嫌を適度に取りつつ、宇宙怪獣にも適切な対処をしろ！」

「何でこの状況でおまえの機嫌を取らなきゃいけないんだよ！　いや、そんな事より！」

狭い操縦席には大音量の緊急警告が鳴り響く。目の痛くなる赤い光に包まれている。

「この大重量の物体が動き回ってたらうしろの蛍はほんとにやばい。場所を移さないと」

『機体損傷率七十八パーセント、次に攻撃を受けた場合機能を停止します』

「……き、機能停止？　待て待て待て、まだ一発攻撃食らっただけだろ。笑えないんだけど。茜の時はこんなんじゃなかったのに！」

茜の乗るスターゲイザーは対物ライフルを何十発と受けても無傷だった。今のスターゲイザーとは比べ物にならない鋼の肉体。

現在右液晶の衛星カメラに映っているスターゲイザーの姿は、実際悲惨だった。

胸の辺りで内部のフレームが顕《あらわ》になっている。操縦席が無事なのは、奇跡に近い。

「スターゲイザーって宇宙怪獣に対抗できる唯一の兵器なんじゃなかったのかよ……」

「スターゲイザーに搭載されている『主人公性システム』は操縦者の主人公的行動を反映して機能を開放する——装甲強化や武器強化、耐火性能の向上などといった基礎値の上昇も同様だ」

麒麟の仮説によると、「主人公的行動」のガチャには『至誠通天』のような超レア機能、スターブレードのようなメインウェポンだけでなく、ただパラメータをアップさせるだけの「機能」も入っているらしい。

「要するに、攻撃力や防御力といった基礎値上げにも主人公的行動は必要だという事だ」

『主人公的行動『異性と人型兵器に同乗する』を確認しました。『恋情同行』——本機の装甲性能が向上します』

麒麟の推測を裏付けるように主人公性システムは言った。

「ほらな、私が乗っていてよかっただろう？　基礎値がちょっとだけ上がったぞ？」

『主人公的行動『突発的に戦いへと巻き込まれる』を確認しました。『偶然戦禍』――近接戦闘用兵装スターブレードの使用が承認されます』

スターゲイザーの右腕を這《は》い出《で》た鋼糸が包んでいき、アーム・プレートが鋭く伸びる。現れたのは膝下まで延長されたブレード状の甲剣だった。全身に奔《はし》るエネルギー・ライン同様、仄《ほの》かな輝きを灯している。

メインウェポンの名に恥じない迫力のある変形。しかし、嗣道《つぐみち》が感じたのは疑問だった。

「スターブレードって茜が使ってた時はこう、もっと剣っぽい感じだった気が……」

スターブレードとは本来、腕と一体化したブレード状の甲剣ではなく、独立した両刃の長剣だったはずだ。茜が使っていた時よりも明確に弱体化している。到達範囲も可動域も狭い。自分と茜の能力差に苦笑した。

呆《あき》れる嗣道にアキュベンスが突進を仕掛けた。間一髪で躱《かわ》すが、バランスを崩して高架橋に寄り掛かる。ガードが重量でみしみしと音を立てた。

「ぐぐ、こいつ、力強い……っ！　あと近くで見ると顔グロい……っ！」

「見ろ、ふふ、泡を吹いているぞ。今朝がたのおまえを思い出すな、嗣道」

何笑ってんだ。嗣道は隣でくすくすと口元を押さえる麒麟を睨んだ。

『主人公的行動『前操縦者が死亡している』を確認しました。『意志継承』――現在の高橋嗣道には使用が許可されていません』

「開放されたのに使用できないって、どういう事だよ、そんなのもあんのかよ！」

「いや……そんなものはレポートでも確認されていなかったはず……おまえ、どっか変なボタンを押したりしたのではないか？」

「そりゃこんだけ狭かったら意図してないとこに肘当たったり――うわっ！」

アキュベンスのハサミが大地を削った。衝撃でスターゲイザーは壁にぶつかる。

「ああー、もう嫌だー！　帰りたい帰りたい帰りたい！　弱すぎるだろ、俺！　茜のときはこんなんじゃなかったのにっ！」

「駄々をこねるな！　弱音を吐くな！　小日向茜の名前を出すなっ！」

ぽこぽこと眉根を寄せた麒麟《きりん》に殴られるが、まったく痛くも痒《かゆ》くもない。少し走ると息切れを起こして汗だくになったり、そもそもの筋力や身体能力がものすごく低いのかもしれなかった。

「まったく愚か者め……！　いいか、まずは状況の整理だ。今開放されている機能は四つ。『交戦覚悟』、『恋情同行』、『偶然戦禍』――そしてどうしてか使用できない『意志継承』。『交戦覚悟』はスターゲイザーを起動させる機能、『恋情同行』は装甲性能の向上、基礎パラメータの底上げと考えていい」

　基礎値上昇系は実質ハズレだ。上昇した値が大きく戦闘に影響する事はない。

「つまり俺達は『偶然戦禍』によるスターブレードだけで敵を倒さなくちゃいけない。いや、無理だね、完全に無理です、終わりです」

「どうする」

「今からでも遅くない、全部諦めて逃げよう」

　麒麟が祠道をじっと見ながらスタンガンを押し当てる。

「ぎゃあああっ！　うそうそうそ！　冗談じゃん、ほんの冗談じゃ――その虫を見るような目やめてくんない？　頑張るから、まじめに頑張りますから！」

「……ぎりぎり許してやろう、私は寛容だからな。だが次はないぞ。私の前では常にかっこいい主人公でいろ。破ったら死にたくなるような目に遭わせる」

「何されんの、俺」

「死にたくなるような目に遭わせる――さて、では発想を逆転させよう」

　麒麟が美しい双眸《そうぼう》をわずかに細めた。

「発想の逆転？」

「ああ、おまえは今スターブレードだけでどうやって勝つのだと嘆いたな」

「だってそうだろ。格闘技とかもそうだけど、才能以前に慣れってのがある。スターブレードは多分、戦いを続ければ続けるほど有用になっていく武器だ、と思う。経験値がそのまま強さにつながるっていうかさ」

淀《よど》みながらも嗣道は言った。刃物は達人が使えば効果的な凶器になるだろう。だが、素人《しろうと》が持ったところで打撃の有効範囲が伸びるだけだ。戦況を変える一手になり得ない。

「その発想を逆転させるのだ。スターブレードでは勝てない。であれば、スターブレードに頼るのはやめる。おまえの言っているように、今必要な武器ではないからな」

「いや、これなしでどうやって……あ！」

「そうだ、武器を増やす」

麒麟は合格だと言わんばかりに微笑する。しかし。

「主人公性の獲得を行うのだ」

「それこそ無茶な話なんじゃないのか……？　当てがない、探してる間にやられるぞ」

「そう焦《あせ》るな。この天才美少女が何の考えもなく策を提案する訳あるまい。つまりおまえは私の言う事だけ聞いていればいいのだ。ほら、さっさと私の指示通りに移動しろ」

他に何か手がある訳でもない。嗣道は高架橋を越えて麒麟の指示に従い走り出した。西側にある西宮駅《にしのみやえき》の方向へ移動する。スターゲイザーの背をアキュベンスが追いかける。

茜《あかね》が乗っていた時のアスリート然とした走りもいまは遠く。嗣道の駆るスターゲイザーは、ずしんずしんと、慣れない泥の中を走るようだ。

辿《たど》り着《つ》いたのは西宮駅の先にある——。

「ここ、市民体育館……」

天文市立総合体育館。市民の健康増進を目的として十年前に設置された、国営の施設である。五階建ての巨大な空間にはアリーナや屋内プール、武道場だけでなく、フットサルコート、スタジオ、果てはアーチェリールームまで存在する。

そして現在は財閥の支援により、宇宙怪獣出現時の緊急避難場所に指定されている。地下の避難所にはすでに、天文市の住民が何万人と収容されているに違いなかった。

周辺にはまだ、避難を誘導する財閥職員や宇宙怪獣を眺めている少数の市民が残っている。興奮する者、狼狽《ろうばい》する者。反応はさまざまだが、とにかく。

「い、いや……こんなところで戦ったら避難した人達がやばいだろ！」

アキユベンスがスターゲイザーを狙ってハサミを振るった。ぎりぎりで躱すが近くのオフィスビルが一部崩壊し、建物の瓦礫《がれき》が市民に飛来する。

嗣道は降り注ぐ瓦礫を撥《は》ね除《の》けて、市民を護《まも》った。

「それでいい、私の計算が正しければ——」

ピコン、とスターゲイザーの液晶が明るく光った。

『主人公的行動――』

「新たな主人公性の開放だ」

『主人公的行動『市民の避難を援助する』を確認しました』

麒麟は得意げに、にっと笑った。市民達は総合体育館の方へと走っていく。

「市民の安全を守るのは主人公の役割だからな」

「危険に晒《さら》したのも俺達じゃねーか！　マッチポンプって正義の味方が一番やっちゃだめな事だと思うよ⁉」

「あのな、理解していないようだから教えてやるが、おまえはノブレス・オブリージュなどと生意気な事を言える立場ではないのだ。むしろワンフォーオールだ。助けてやっているのだから奴《やつ》らにも命を張ってもらう。皆は一人のために、だ」

それを一人側が言ったらだめなんじゃなかろうか。嗣道は思ったが、麒麟がどやあ、と腕を組んでいたので考えるのをやめた。

「そんな事より重要なのはここからだ！　機会は作ってやった、あとはしっかり、この状況を覆《くつがえ》せる一手を引けるかどうかにかかっている！」

嗣道と麒麟は固唾を呑《の》んで見守る。マキュベンスは既に攻撃の態勢に入っている。次の一撃を喰《く》らえばスターゲイザーは機能を停止する。

『民草庇護《ひご》』――本機の反射性能が向上します』

これは。嗣道と麒麟は顔を見合わせて互いに目を丸くした。

「き、基礎値上昇系だと⁉」

「うそだろ⁉　この土壇場《どたんば》でハズレかよっ！　どうすんだこれ、どうすりゃいい⁉」

「とりあえず衝撃に備え――」

麒麟が言い終わる前にアキュベンスの攻撃がスターゲイザーに届く。嗣道はスターゲイザーに回避行動を要求したが、遅い。硬質なハサミが星型のシンボルに届く。

スターゲイザーが機能を停止する。嗣道が絶望に押し潰されそうになった時。

『民草庇護』の効果によってほんの少しだけ向上した反射性能が、さながらプロボクサーのスウェーイングのように衝撃を外へと逃がす。

「躱し――」

バランスを崩したスターゲイザーは今までにないくらい揺れる。瞬間的な無重力により嗣道と麒麟の身体《からだ》が浮いた。倒れるスターゲイザーの中で浮いた二人は身体を自在に操る事もできずに視線を重ねる。

抵抗できない物理法則に導かれるまま。

「ムぐうッ！」

口先が触れる。歯と歯が当たる。柔らかさなど微塵《みじん》も感じない。痛みがじんわりと口元に広がっていく。嗣道は赤くなり唇を押さえる。

「き、麒麟ごめっ……！　つーか今のわざとじゃなくて、ほんと、事故で――」

「……や……えと…………ん」

――やばい。全然こっち見てくんない。完全に怒ってる。鬼ギレしてる。

味わった衝撃を。

上書きするように主人公性システムが淡々と告げる。

『主人公的行動『異性と意図せずキスをする』を確認しました。『霹靂接吻《へきれきせっぷん》』――』

スターゲイザーは大型アリーナの壁に横たわり、嗣道《つぐみち》と麒麟は訳のわからない体勢で身体を丸めた。

足が天井の方にあり、頭は足元の方にある。右腕と左脚が混在し、麒麟の左腕は嗣道の首を絞めていた。心臓が恐怖で胎動する、麒麟の顔を見る事ができない。

嗣道は頭《かぶり》を振る。そんな事を考えている場合じゃない。麒麟もどうやらいったんは許してくれたらしく、同じタイミングで頭を振った。目が合う。ああ、やっぱ怒ってんじゃん、すっごい怒ってんじゃん。麒麟の顔は怒りで真っ赤になっていた。

「き、きす、程度でっ、動揺している場合じゃないぞ……っ！　こんなもん別に普通にあるし、ドイツだったら日常のすきんしっぷだったし！」

「日常のスキンシップでキスすんの、ドイツ？」と思ったが妙な意見をすると怒られそうだったので「ですよね、そうですよね」とひたすらに頷《うなず》く。

『──広域戦闘用兵装スターキャノンの使用が承認されます』

条件反射。嗣道は声を聞いた瞬間に、「何故《なぜ》か」理解している操作を行った。

「発動までどれくらいかかる！」

「すぐいけるはずだっ……きっと、いやわからん！　大丈夫かこれ!?」

スターキャノン──茜の戦闘を見てきた嗣道は知っている。広域戦闘用兵装。スターゲイザーの左腕が変形する。筋肉のように放出された組成が左腕を紅蓮《ぐれん》の鋼鉄に再縫製する。顕《あらわ》れたのは大筒。右腕の刀剣に相対する火砲。

「一撃で仕留められるのか！」

──それは無理、厳しい。

説明する時間も惜しい。

スターキャノンはチャージされたエネルギー弾を放射する武器だ。一個一個の威力は高くない。嗣道はスターゲイザーの左腕を構える。接近したアキュベンスとの距離をさらに

詰めた。「何を」麒麟《きりん》が疑問を呈する。

スターキャノンの破壊性は知れている。アキュベンスの外殻をぶち壊せる程の威力はない。

しかし。

「柔らかい、生身の部分を攻撃すれば！」

アキュベンスがスターゲイザーを威嚇する。泡の吹き出した口を大きく開けた。歯列は人間のようだ。奥は暗い。何も見えない。

嗣道は迷わず、アキュベンスの口に左腕のスターキャノンを突撃させる。

アキュベンスが鋏《はさみ》を振り回すよりも早く。

放射される無数のエネルギー弾がアキュベンスの口を貫いた。身を焦がし、大量の液体が周囲に散発する。どどどどと重低音が連続的に響く。巨蟹《きょかい》が少しずつ崩れていく。

嗣道は呼吸を整えて呟《つぶや》いた。

「はあ、はあ、はああ……やった、やったん、だよな、今これ」

「高橋《たかはし》嗣道」

麒麟は嗣道を見て、微笑を浮かべた。

アキュベンスを葬《ほうむ》った眩《まばゆ》い赤光《しゃっこう》が、天文市の空を駆け抜ける。

「——私達の勝利だ」

今一度訪れた夜を明るく、照らし出すのだと告げるように。

†

小日向《こひなた》茜は主人公だった。

鮮烈に咲き誇った少女の物語は落下する星と共に終結した。

†

アキュベンスの被害は大きい。破壊された建物は無数にある。芝生と雑木林に隠された

ガレージも同様、鉄筋の瓦礫に潰されていた。重機の類はぺしゃんこにされている。

アキュベンスを倒した嗣道と麒麟は、スターゲイザーを降り、完全に廃墟《はいきょ》と化した拠点

を見つめる。スターゲイザーの装甲はアキュベンスの体液で濡《ぬ》れている。

「ガレージが壊れた。要するに、おまえのせいで帰る場所を失ってしまった。言うまでも

ないが、責任を取るつもりはあるのだろうな？」

「おまえ、こんなとこに住んでたのかよ。ちょっと常識疑うぞ……って、まあ家にC4仕掛けてくるやつに、常識がどうとか説いても仕方ないか……」

よく見ればガレージの中には人の住んでいた痕跡が、存在しているように見えなくもない。大量の缶詰だったり土で汚れた白衣だったり。嗣道は少し呆《あき》れてため息をこぼした。

「最悪屋根さえあれば人は暮らしていける。日本の高校生はちょっと甘えすぎだ」

「はいはいそうですか……つーか屋根さえあれば暮らしていけるっていうならさ、スターゲイザーの中で暮らせばいいいんじゃないのか」

「……えっち」

「ええ⁉　何が⁉　今の発言にそんな要素なかっただろっ！」

「こんな狭い場所に二人で暮らすとか、さすがの私でもちょっぴり引いてしまうぞ、まったく。というかおまえ、口では狭いだの窮屈だの言いながら、やっぱり私のような天才美少女と同じ密室にいるのが、よっぽど楽しかったらしいな」

楽しい訳が、と言いかけて嗣道は首をかしげる。二人で暮らす？

「ちょっと待て、二人で暮らすっていうのは何の話だ、何を言ってる？」

苦笑する嗣道に、麒麟はやれやれとため息をついた。

「私はおまえの家で暮らす。他に行く当てもない。私には、おまえを主人公として矯正していく役割もある。同居するに越した事はない。既に決まった。異論は認めん」

「無理無理無理無理、無理だって……だいたいおまえ、ガレージのごみ山から見るに家事はまったくできないタイプの科学者と見た。そんなやつを家に入れる訳には――」

「……私の『初めて』、おまえに奪われたんだが」

麒麟がいじらしく、白衣の余った袖で顔を隠した。うるうるとした瞳で嗣道を見つめてくる。「私、あんなの初めてだったのだが……」いやそれは事故じゃないですか、こっちだってわざとやった訳じゃないじゃないですか、つーかそれはずるいじゃないですか。嗣道は身体中からだらだらと噴き出した汗を必死に拭う。

麒麟はそんな風に焦《あせ》る嗣道をよそに、ぺろりと舌を出した。

「ま、緊張するのはわかるがな。私は自他共に認める天才美少女だ。だが安心するといい、同棲《どうせい》による金銭の授受は発生しない。完全無料のフリー美少女だ。やくとくだ、やくとく」

「その自分に対する自信はどこからくるんだ？」

「自信というかただの事実なのだがな。私はすっごくかわいいので」

麒麟は嗣道に向き直る。

――悔しいが確かに。

美しい顔は、煤《すす》と生傷に塗《まみ》れている。戦いによって生まれた勲章——とは言いたくない。戦場と化した街で付いた煤。暴れた怪獣の付けた生傷。「ただの事実」だ。麒麟のように傷ついた大勢の人が、困っている。助けてくれ、と。

麒麟は最初に言った言葉を復唱した。

「天才美少女の私が付いて、三ヶ月でおまえを主人公にしてやる」

座ったままの嗣道に手を伸ばす。

†

小日向茜《あかね》の物語を、正伝と取るのであれば。

此《こ》れより始まるは流伝にして外伝。

残された持たざる少年少女。

†

嗣道は麒麟の手を取った。立ち上がる。何ができるのかわからないまま、それでも目を逸《そ》らすのは止《や》めた。眩い星の輝きを、美しさを、それが何よりも綺麗《きれい》だった事を、思い出してしまったから。高橋嗣道は立ち上がる。

——無理。

自分に茜の代わりは務まらない。しかし。

——だけど、やってみるよ。

凡人なりに足掻《あが》く必要ができてしまった。

だって自分は、小日向茜に託されたのだから。

†

これは小日向茜が——。

主人公がいなくなった後の、物語だ。

第二章　ね、ね、DLCで実装の予定は？

二年前。茜が生きていた頃。蛍《ほたる》がまだ何の力も持っていなかった頃。

財閥基地の屋上で、蛍は目を細めた。

雨上がりの空を背景に、赤の戦士が大翼を広げた宇宙怪獣を撃墜する。背面のノズルより噴出されていた赤光が消失し、落ちてくる。風にマフラーを揺らして。

蛍の側にスターゲイザーが着地した。操縦席から降りて来たのは小日向茜だ。

「スタージェットの制御後半利《き》いてなかったんだけど、何これ！」

「……エネルギーの供給に問題はなかったはずですわ……では」

先程まで死闘を繰り広げていたとは思えない雰囲気で。

「修練が足りない感じ？　ぐぐぐ、悔しいな！　嗣道連れてもっと練習を――ってどうしたの蛍？」

蛍の視線に気づいた茜が頬を掻《か》いた。

「……こんなの、おかしいわ」

茜は「何が」と首を傾《かし》げた。彼女は、強い。確かに最高の「主人公」に相応《ふさわ》しい。

だけどそれは無敵だという事ではない。小日向茜も消費する、消耗する。

腕に作った切り傷に触れる。生ぬるい血液が蛍の爪を彩《いろど》る。茜だって常に、命の危機に晒《さら》されている。

「どうして貴女《あなた》一人が傷つかねばならないの？　貴女は強い、このわたくしが認めざるを得ないくらいに――でも、誰かのためのたった一人が存在するなんて、そんなのは」

「やだな、蛍。あたしが嫌々やってるように見えるの？　というか、蛍に心配されるなんてちょっと気味が悪いなあ――ああ、うそうそっ！　そんな怖い顔しないでって、ね？」

茜は少しあせあせと両手を振ってため息をついた。しっかりと、蛍を見つめる。

「あたしが決めたからだよ？　あたしがやりたいと思ったからやってる」

茜は柔らかく笑って続ける。

「助けられない方がムカつくよ。誰かが傷ついてるのに見てるだけなんてあたしは嫌だ」

決意でも何でもなく当たり前だと主張するように、小日向茜は言った。

彼女を戦わせているのは、誰だ。答えるまでもない。

――わたくしですわ、「御子柴《みこしば》」が彼女を戦わせている。

蛍は子供だ。何の力も持っていなかった。対宇宙怪獣計画の指揮を執っているのは、山《やま》田麒麟《だ》の研究を引き継ぎ、宇宙怪獣研究の最前線にいる、統括局長の橘《たちばな》。

御子柴の娘であるだけの自分とは違って。

「どうしたの蛍？　神妙な顔してさ、ほらほら笑ってる方がかわいいぞー」

小日向茜は特別だった。もしも世界が誰かのために描かれた物語だとするのであれば、小日向茜は紛れもなく、主人公だった。

「……貴女を戦わせているのは、わたくしですわ」

「感謝してるよ、蛍のお陰で今のあたしがある」

感謝などされていいはずもない。少女は自分のせいで戦いを強いられているのだ。財閥が宇宙怪獣の誘導地点に天文市を選択しなければ、今頃。

快活に笑った少女の横顔には、幼さが残っている。財閥の娘であった自分を秋祭に連れ出した茜。一緒に商店街の運動会に参加した茜。東京まで出向いてわざわざ一緒にパフェを食べた茜。お高く止まった自分と、本気で競ってくれる茜。

茜に存在する「普通」に、蛍は光を見出《みいだ》していた。

故に蛍は、茜の主人公性を否定する。茜の「普通」に訴えかける。

「貴女にはわたくしを、憎悪《ぞうお》する権利がありますわ……恨みつらみを、思っている事をわたくしに吐き出しなさい。抱えているすべての悪意を、わたくしに」

「……蛍ってマゾなの？」「なあっ！　違いますわっ！　何を言っているの⁉」

茜がくすりと笑った。トレードマークの赤いマフラーが風に揺れる。

「言ってどうにもならない事は、蛍が一番知ってる。抱えている責任を自分への罰に変えるのは卑怯《ひきょう》じゃない？」

茜は蛍の頬に手を添える。耳元で囁《ささや》くように言った。瞳が妖しく輝く。ぞくりとする。

「気に食わないなら蛍があたしを支配してみてよ、権力でもなんでも手に入れて、あたしが戦わなくてもいいようにすればいい。蛍にはそれを可能にする才能も素質も土壌もある
——やってみせてよ」

離れていく茜に、聞き返した。「わたくしが貴女より」と。

「できないの？」茜は悪戯《いたずら》っぽく笑った。

振り向く。マフラーを翼のように翻《ひるがえ》したスターゲイザーと共に。乱反射した光が辺り一帯を黄金に染め上げる。薄い光が少女に天輪を飾った。神々《こうごう》しい風景に眩《まぶ》しさを覚える。

「——だったらあたしは行っちゃうよ、蛍が追いつけないような場所に」

小日向《こひなた》茜にはきっと、他人の運命を定める力があった。人を導く天使のように「君の生き方は既に決まったのだ」と、少なくとも蛍は言われた気がした。

——小日向茜は。

「蛍さま、失礼致します、試作機の件で統括局長が話をしたいと」

呼ばれて――意識を引き戻した。目前に立っているのは蛍の信頼する秘書の一人。

広大な天文市の東端エリア、隣の市と接する場所に存在する財閥基地。五十二棟に及ぶ基地の中央第十棟最上階に存在する顧問室。

眼下遠くに見えるのは大量に乱立した財閥の避難用仮設住宅だ。真白で簡素で無機質な建築物が、天文市の多くを侵略している。

そして基地の周辺では同様の白に彩られた工廠《こうしょう》が活性化している。宇宙怪獣にも一定の効果があるとされる、ＡＳＢＭ《抗宇宙怪獣誘導弾》や、宇宙怪獣の行動抑制、鎮圧を目的とした冷気弾放射機、宇宙怪獣誘引装置、灯《ビーコン》――そして最後の戦いで茜が解き明かしたオフィケウスの弱点、極限温度下でも生存できる宇宙怪獣の特性からは考えられない、「耐熱性の低さ」を突くための特別工作施設。当然、一般市民が財閥基地に立ち入る事は禁じられている。

蛍は景色を眺めて振り返る。

「試作機の研究は凍結。覆《くつがえ》す気はありませんわ。橘は優秀ですが――安全性と倫理性を無視しすぎる。大人しく宇宙怪獣の対策へと戻りなさい！」

蛍はぴしっと秘書を指さして、冷えた紅茶に口をつけた。試作機の話をしている場合ではないのだ。机上の資料に再度、目を通す。準備も計画も完璧。今回は、予測の精度も高い。

「伝えておきます。飛行部隊の話ですがポイントへ到達した模様です」

「了解、既に星の歪《ひずみ》は発生していますわ、心配はしていませんがくれぐれも注意を」

秘書は眼鏡の端を摘《つま》んで、頷《うなず》いた。

「最後に、スターゲイザー操縦者の高橋嗣道《たかはしつぐみち》と――」

「操縦者は、小日向茜ですわ。高橋嗣道は関係がない、訂正なさい」

「……失礼致しました。高橋嗣道と山田麒麟《きりん》については」

「予定通りに――」

蛍は短く呟《つぶや》いた。液晶に映った「星の歪」を見据える。戦いが始まる。今度は一人だ。

「天文市におけるスターゲイザーの使用は禁止、両者に関しては――捕縛とします」

「承りました」と秘書は去って行く。蛍は深呼吸をする。

――誰も追いつけない場所に行った貴女を、わたくしは。

少女の決意を高橋嗣道は――知る由《よし》もなく。

†

新緑の季節。風が生い茂った木々を揺らす。ジリジリと人々を照りつけている日差しは夏のようだった。黄色の帽子を被《かぶ》った小学生の一団が手を上げて横断歩道を渡っている。正門で挨拶運動を行っている風紀委員を流し見して、騒がしい下駄箱《げたばこ》を通り抜ける。

——人、多い。

視線を下げて見つからないように教室へ。事前にリサーチした自分の席は中央。ガラガラと戸を開く。一瞬、周囲の視線が集まった。

掛けなくなった眼鏡が恋しくなる。前髪で目を隠し、席に着く。制服のサイズは合っている。一応、散髪もした。

高橋嗣道は、天文高校に通いはじめた。

「……あれ、不登校だった高橋君だっけ。どうして来てなかったのかな」

「わかんないけど確か親の仕事の関係らしいよ、土門《どもん》君が言ってた」

顔を伏せた嗣道にもひそひそと噂話《うわさばなし》は聞こえる。親の仕事。当然、嗣道が不登校だった事と親の仕事は関係ないのだが、きっと、土門が気を回してくれたに違いない。

——馴染《なじ》めるビジョンがまったく見えねえ。ああ、無理無理無理無理。

『学校に行け』

麒麟の命令だった。

『戦いに備えて主人公性を開放していく必要がある。以前も話したが、学校は主人公性の宝庫だ。青春を体験し主人公性人型兵器を強化する』

主人公性の開放は「主人公的行動」を達成した時に行われる。家でネットサーフィンをしているよりは高校に出向いた方が、主人公性開放の可能性は高い。

嗣道は麒麟との会話を思い出しながらスマートフォンを眺める。行きたくはないが仕方がない。家で引きこもっていれば鬱陶しく絡《から》んでくる科学者がいる。ため息が漏れる。

――で、結局教室でネットサーフィンしてんだけど、本当に青春の体験とかできんの？

電子の波。ネットの記事にはアキュベンス処理の様子が写真に撮られている。噴出した体液と破壊された街。『宇宙怪獣ってまだいたんだ、一年振りじゃね？』『例の赤いロボットも出たってまじか、天文市のヒーロー？』コメント欄は二万件を超えていた。

アキュベンス戦の事後処理には二週間かかった。

嗣道と麒麟は財閥によってスターゲイザーに関する一連の尋問をされ、咎《とが》められる事なく拘束を解かれた。嗣道は麒麟と財閥の間で交わされた契約について詳細を知らないが、スターゲイザーの所有権は完全に麒麟へ譲渡されているらしい。押収《おうしゅう》されなかったスターゲイザーは、現在も廃ビルの地下駐車場に鎮座している。

「なあ、蛍知《ほたる》らねえ？　仮設住宅への引っ越し手続きで聞きたい事あったんだけどさ」

「今日も来てないみたいだよ。蛍ちゃん忙しいんだって。ていうか何？　引っ越しって。あんたの家って街の端っこじゃん。こないだの被害すらないじゃない」

「被害はねーけど、ばあちゃんが宇宙怪獣、完全に怖がっちゃってさ。いっその事隣町に引っ越すか——もしかしたら親父《おやじ》の実家に戻るかもしんねえ」

神妙な面持ちで話す男子生徒を女子生徒は鼻で笑った。「は、びびりすぎ」「うっせえな、いろいろ事情があるんだよ」嗣道は彼らを横目で見て、「蛍、またきてないのか」と少し不安になる。

怪我《けが》の治療と財閥での業務に追われているらしく、蛍にはあれから一度も会えていない。

嗣道は、教室の端にある土門の席を眺めた。

『山田麒麟、嗣道が思ってる以上にやベーやつだから、期待しとけよ』

——何だったんだ、あれ。

土門も蛍と同様に、欠席のようだった。聞きたい事はたくさんある。問題は何も解決していない。疑問は募り続けている。しかし今はただ単純に——。

——話せるやつがいない学校ってこんなに居づらいのかよ。

友達として土門が必要だった。

一応、同じ教室に知人はいる。窓際《まどぎわ》の席。髪を伸ばした少年が座っている。少女と見まがうほど端整な顔立ち。目は合わない。窓の外に広がる風景を眺めている——。

——蓮《れん》も……まったく馴染めてないな、親近感とか微塵《みじん》もないけど。

犬猿の仲である貴山《きやま》蓮も、同じクラスだった。一瞬だけ嗣道を見ると、苦虫を噛《か》み潰したような顔で「ちっ」と舌打ちをされた。嗣道も不快な気分になる。茜《あかね》がいないと関わる機会はない。

がらがらと、戸が開く。

「あーっと、席に着けガキ共。だりーから騒ぐなよ、まじで。朝弱いんだアタシは」

出席票をゆらゆらと振りながら一人の女性が入ってくる。スタジャン。担任だ。担当教科は確か体育。「ん、誰だっけおまえ、えー、あ」目が合った。「高橋だ」「です」会話終了。特別扱いするでもなく苗字《みょうじ》の確認。嗣道はほっとする。人前で話すとか当然無理。

「今日は……転校生がいんだわ、あれね、騒ぐなよまじで。振りじゃねーよ」

「先生！　振りにしか聞こえねーってば！　皆転校生を拍手で——ブッ！」

挙手して立ったパーマの生徒が額にチョークを投げられた。

「体罰！　体罰ですよ！」

「黙れ小此木《おこのぎ》、次は眼球に当てんぞ」

——怖いんですけど。

内心でツッコんでパーマの生徒——小此木を見る。額を押さえていた。無視して担任は続ける。戸を引いて入ってきたのは。

「転校生の山田《やまだ》麒麟だ、以後よしなに」

きゃーと教室が歓声に包まれた。「美少女だ！」「かわいいー」「何でどや顔なの？」その中で嗣道だけが目を丸くする。

「えーと、え、何でっ……？　聞いてないんだけど……」

「言ってないからな、さぷらいずだ、さぷらーいず。びっくりしたか？」

麒麟は棒読みでピースサインをちょきちょきと動かしている。

「山田は今年ドイツから天文市にやってきた帰国子女だ。日本の事——とりわけ財閥の街である天文市の事については明るくない。困っていたら迷わず助けてやってくれ」

「という訳で今しがた紹介があったが、うちゅーかいじゅーの事も赤いひーろーの事もなーんにも知らないので助けてくれるととても嬉《うれ》しい」

——おまえその「赤いひーろー」を造った張本人じゃないか。

「はいはーい！　麒麟ちゃんに質問！　どこ住んでんの⁉　俺は二十三棟っ！　委員長と同じ階に住んで——」

「小此木、最っ低！　初対面の子に住所聞いたり人の住所ばらしたりしないでよ！」

「十七棟だ、そこにいる高橋嗣道と二人で暮らしている。今朝も私がご飯を作った」

「息をするように嘘《うそ》をつくなっ！　思いきり俺に作らせ――あっ……」

クラスメイトが一斉に嗣道を見た。冷や汗が噴き出す。異性と同棲《どうせい》。麒麟は――雑に束ねた銀髪、モノトーンのマフラー、黒縁の眼鏡。妙な変装をしているが素材はピカイチだ。男子の視線には嫉妬と憎悪《ぞうお》が混じっている。「殺す」「住所特定は」「今済ませた」「爆破する」爆破は一回された、と心中で弁解してみる。何の意味もない。

「いや、同棲は違くて、そのっ、そう！　親の仕事の都合なんだよ！」

「私と嗣道の親はそこそこ歴史の続いている旧家でな。私達はずーっと前から決められていたいーなずけなのだ」

「許嫁《いいなずけ》だって！」「きゃーロマン！」女子はきゃーきゃーと騒いでいるが、男子の方は全員が全員、今にも飛び掛かって嗣道を絞め殺そうとしている。

「そうそう、そういう都合がありまして……って違う！　いつの間にそんな設定追加されたっ！　だいたいあの時キスしたのだって不慮の――」

さくっと、嗣道の頬を何かが横切った。たらりと切り傷から流血する。男子生徒の一人が定規を放ったらしい。眼鏡の奥の瞳はこれでもかというくらいに充血している。

「不用意な発言に気をつけろ？　ここはすでに貴様を断罪する『処刑場』と化した」

弁解を求めて麒麟の方を見るが、麒麟は麒麟で「ぐぐぐ……」とうめきながら顔を隠している。まったく目を合わせてくれない。女子生徒の方からもブーイングが飛んできた。「高橋さいってー!」「麒麟ちゃんの気持ち考えなよ!」どうしてこうなった! 嗣道は歯《は》軋《ぎし》りをした。

殺気と騒々しさが教室を包む。担任は隣で「面倒だ」と頭を抱えている。「操縦席」で「偶然」と補足したかったが、嗣道がスターゲイザーに乗っている事を知っているのは、一部の人間だけだ。黙ると殺気は増幅した。

「き、きすの事はあまり人に、その……も、もういい! 冗談だっ! 全部冗談っ! 少し事情があってな、ひじょーに仕方なく、不本意ながらこの元にーと暮らしているのだ!」

麒麟は気を取り直して言った。

「そして、悪いが私には目的がある。それは、この男を『主人公』にする事だ!」

ざわめきが鎮静する。しーんとなった教室で、担任も瞬《まばた》きをする。「主人公」と。

「私はこいつを主人公にするためなら何だってする。という訳でそこにいる女々しい長髪、嗣道《つぐみち》と席を交代しろ」

「――何を馬鹿な事言ってるんだよ、君は」

麒麟《きりん》が指さしたのは、蓮だ。蓮は嗣道と麒麟を交互に見る。

「教室で主人公が座る席とは古来より窓際と決まっている。つまりそこは嗣道の席だ。おまえの席ではない」

「どうして僕が引きこもりのために席を代わらなきゃいけないんだ。突然高校までやってきて自分本意な要求をするなよ、自称天才科学者」

「『自他共に認める』と『美少女』が抜けている、言い直せ」

「お断りだよ。僕は君と引きこもりの言う事だけは聞かない事にしてるんだ。どれだけ君達が正しくても、どれだけ僕にとって利益のある提案でもね」

蓮が微笑する。「貴山君って捻《ひね》くれてるよね」「人の事見下してんだよ」教室の小声に蓮は「ふん」と顔を背けた。

「……あーだりー。だりーわ。席替えするか……やってなかったし。山田の要求を呑《の》まない方が後々面倒な事になると教師生活八年の直感が告げてる」

担任が箱を出す。中にはくじが入っているらしい。騒ぐクラスメイトに紛れて嗣道は麒麟の隣に行った。男子の殺意に満ちた視線は気になるが。

「目立つような事するんじゃない、青春をやるんだろ？　普通の高校生をやるんだよな」

「おいおい、おまえ意外と何もわかっていないのだな。日本の学生生活において席替えとは青春感満載のイベントなのだぞ。引き起こした私に感謝しろ？」

「やり方がすごくだめだ、猛省しろ」

「しかし――主人公性は戦いを左右する必要不可欠な要素だ。取れる可能性があれば取っておく。今回の席替えに関しても論拠がある。過去のレポートに拠《よ》ると絶対的主人公であった小日向《こひなた》茜は十年連続で窓際の席を獲得していた」

麒麟は自分の頬に指を当てる。

「窓際の席で頬杖《ほおづえ》。風でカーテンが揺れる。紹介される『美少女転校生かっこ私』と視線を重ねてときめく。転校生が来た際の、主人公の正しい様式美だ」

「……仮におまえの推論が正解だとして、四十分の一なんて引ける訳ねーだろ」

嗣道は担任に襟を摑《つか》まれる。「おまえの番だ、うだうだ言ってないで引け」と。

「安心しろ、策もなく動くほど愚かではない。なぜなら私は天才美少女だからな？」

麒麟は特に表情を変えずに言った。「策？」嫌な予感がする。

麒麟に疑問を呈するのと同時に「どごーん」と爆音が鳴った。非常ベルが火災の発生を告げる。「なになになに！」「もしかして宇宙怪獣⁉」「早く避難しないと」「みんな落ち着いて！」教室、校舎全体に混乱が広がっていく。

『火災です、これは訓練ではありません。校内の皆さまは速やかに避難してください、火災です、校内の皆さまは速やかに――』

生徒達は狼狽《ろうばい》する。担任の指示に従って避難をはじめる。逃げ遅れた嗣道と麒麟だけが教室に残る。麒麟は箱の中身を確認する。

「しーふぉーだ、しーふぉー、爆破はすべてを解決す――いたたたたたっ！　嗣道っ、何をする、この天才美少女の顔を！　はーなーせっ！」

嗣道はがしっと麒麟の小さな顔を摑んだ。麒麟は手足をばたばたとさせている。

「うちを爆破すんのとかはぎりぎりいいけどな、いや、全然よくないけど……とりあえず、人さまに迷惑をかけるような事するんじゃありません」

麒麟のへなちょこな拳がぽかすかと当たるが少しも痛くない。ため息をついて頭を抱えていると、くじの箱から「7」と書かれた用紙が風で舞った。嗣道はそれを拾ってもう一度ため息をつく。麒麟はがさごそとくじの箱をあさり「14」と書かれた用紙を取り出した。嗣道のとなりの席だ。満足げににこにこしているのを眺めていると、麒麟がじとーっとした視線で言った。

「……これはあれだぞ、被検体のとなりにいた方が何かと便利だと思ったからであって」

「まだ何も言ってないだろ――つーかわかってるよ、そんなに言い訳しなくても。おまえに『こいつもしかして俺の事好きなんじゃ……』とか、そんな勘違いしねーよ……――

何故《なぜ》か強めに蹴られた。ばすんと尻が間抜けな音を響かせる。

教室に戻ってきた生徒達は一点を見つめている。

「さて、繰り返しになるが今後諸君のクラスメイトになる山田麒麟だ。天才だが会話のレベルは諸君に合わせるし、かわいいのは自覚しているのでわざわざほめる必要はないぞ。気軽に話しかけてくれて構わない。それと先程も話したが――」

見られているのは麒麟の宣言通り、窓際《まどぎわ》の席に座っている嗣道だ。嗣道が喋《しゃべ》り続ける麒麟と、視線を重ねた時。

『主人公的行動『窓際で転校生を眺める』を確認しました。『窓際邂逅《まどぎわかいこう》』――操縦者の身体操作性が向上します』

頭にスターゲイザーの『声』が響いた。脳内に直接、とか思ったりもするが驚きはしなかった。今更だった。目前の状況の方が余程。

「私は高橋《たかはし》嗣道を主人公にする。障害は排除する。諸君には協力を要請したい」

麒麟はニコリと笑った。向日葵《ひまわり》のように晴れやかな表情で。

「以後、よしなに」

麒麟に視線を戻した同級生達は、だいたい同じ顔をしている。窓際の席に座った嗣道を見て、先程の爆発を誰が起こしたのか、理解していた。

——こいつ、やばい。

嗣道は同級生の唖然《あぜん》とした顔に、高校生活で初めて共感する。「わかるわかる、こいつやべーよな」と。

†

二限目の授業は体育だった。嗣道は体操服を着て、授業の準備に参加する。

「何て言やいいんだ、最初は羨ましいとか思ってたんだけどさー、高橋の事。だけど実際見てると、マジで大変っぽいよなー、あれの相手は——あ、ビブスはいらねーよ」

体育倉庫でサッカーボールを運んでいると、パーマの生徒——「小此木《おこのぎ》か」が話しかけてきた。隣にいる小柄な少年は「確か、越前《えちぜん》だっけ」「正解だよ、よく覚えてるね」と。

嗣道は前日にクラスメイトの出席簿を確認していた。小此木は陽気なムードメーカーで越前は女子に「かわいい」と言われる中性的な美少年とされているが。

「僕はエロくて好きだけどね、山田さん。外国の血が混じってるらしいし、将来的に胸は今以上に大きくなるんじゃないかな。やっぱし、柔らかいのかい主人公くん?」

美少年の皮を被《かぶ》った欲望の化身だった。「引いてんだろうが」小此木が越前の頭を叩《はた》く。

「俺の愛称って、やっぱ主人公で決定？」

「イカれヒロインの彼氏が対抗馬」「鮮烈だったからねー彼女の自己紹介」

「だよな……ああ、無理無理無理無理、まったく馴染《なじ》める気しない……」

「いやいや俺も昼飯に毒盛る計画とか立てたけどさ、今はこれでも同情してんだぜー。あれの相手は『主人公』じゃねーと無理だわ。ま、何かあれば助けるし――」

突然、耳を引っ張られた。「ぎゃっ！」と遅れて背中に電流が走る。

「何をしているのだにーとめ、私の側を離れるなと言ったのだが聞こえていなかったのか。それともわざと無視しているのか？」

「女子は体育館でバスケじゃなかったのかよ」

よくよく見れば麒麟はたらりと鼻血を出していた。ずびずびとすすっている。顔を赤くして目をそらしている。目をつむって、嗣道に向き直る。

「か、かごにボール入れるだけの競技の何が面白いのだっ！　私はなっ！　ねいちゃーに論文が載った事だってあるんだぞっ！」

――自分の得意分野でマウント取りにきた……いや、すごいけど、めっちゃすごいけど。

麒麟が強化スタンガンを振り回す。嗣道に当たって「ぎゃあっ」と身体がしびれる。

嗣道は小此木と越前に視線で助けを求める。

「ま、何かあれば助けるし、気軽に言ってくれよな！」

「どうも見ても今が何かだろっ……助けてくれ小此木！　越前！」

「だめだよ高橋、小此木はどうでもいいけど僕は山田《やまだ》さんに関わりたくないし。彼女は遠くで胸とか尻を見て興奮するだけでいいタイプの美人だ。性格が苛烈すぎる」

「は、薄情者……っ！」

助ける素振りも見せない同級生二人を余所目《よそめ》に、あれよあれよと嗣道は連行される。

「天文高校のサッカー部は古豪だ。五月の最初に行われる体育の授業はサッカー部の入部試験も兼ねている。利用しない手はない――あれを」

麒麟の指した方向を見ると、青のユニフォームを着た筋骨隆々の軍団が立っていた。

「レギュラー陣だ、奴等《やつら》にアピールして合格すれば、主人公性獲得の可能性が高い。試験で秘められた才能を見初められるのは主人公の定番だからな」

嗣道は茜《あかね》の事を思い出す。茜はあらゆるスポーツに長《た》けていた。クラブ活動や体験教室に参加すれば、必ず「君には才能がある！」と個人レッスンの申し出が来るのだ。

踏まえると、麒麟の言う事はあながち間違っていないように思える。

「無理だと思うけどな……昔少年野球はやってたけどさ、サッカーはからっきしだし、俺の運動不足っぷりはわかってるだろ?」

麒麟はきょとんとした。「無論、期待はしていない」「ポーズくらい作ってくれよ……やる気出させる気ある?」モチベーションくらい上げてほしかった。

「だがまあ大丈夫だろう、先程手に入れた主人公性が役に立つはずだ」

「……さっきの『声』って、もしかして周りの全員に聞かれてるのか……!?」

「そんな訳がないだろ、ばーか。他の連中に聞かれていればもっと大事になっている。『声』——つまりはスターゲイザーの案内システム、『通告《オペレーション》』が聞こえるのは私とおまえの二人だけだ」

麒麟が首の後ろを指差した。イヤホンに似た小型の金属を取り付けている。

「スターゲイザーの『声』を聞くために開発した装置——本来操縦者にしか聞き取れないはずの通告《オペレーション》を聞き取る事ができる。怪獣使いの力を応用した技術だな」

「かいじゅ……何それ? また新しい単語かよ……」

嗣道が麒麟に尋ねようとしたところで。

「高橋君……」

小動物のようなかわいらしい少女に肩を叩かれた。「あのね」頬を赤くしている。少女の背後に立っているのは確か、「委員長」と呼ばれていた女子だ。「がんばれ!」と少女の背中を押している。

――うわ、かわいい……癒《い》やし系だ癒し系。こういう子はスタンガンとか爆弾とか使ってこないんだろうなあ……いや、それが当たり前なんだけど。

甘酸《あまず》っぱい雰囲気が周囲に漂い、嗣道《つぐみち》も微《かす》かに「青春」の波動を感じる。

麒麟《きりん》を見た。満更でもない顔で麒麟は親指を立てている。少女は嗣道に――。

「高橋君がドイツ帰りのユース日本代表だって話は本当？」

「……は」

「膝の怪我《けが》でいったん前線を引いたんだけど日本サッカー界の至宝と呼ばれていた過去を忘れられずに地獄のリハビリを重ねて高校サッカーへと戻ってきたって話は――」

嗣道は少女の質問に答えず麒麟に詰め寄った。「何した」「別に」麒麟は口笛を吹いている。

「今回の計画は二段構えだ。入部試験で才能を見初められて主人公性を開放。集まったギャラリーを魅了し形成したハーレムで主人公性を開放。我ながら完璧な計画だなっ！」

「ど、どこまで余計な事を……！　無理に決まってんだろ！」

詰め寄ってきた女子生徒はたしかにかわいい。だが、それとハーレム云々《うんぬん》は別の話だった。主人公性を積んだ方がいいのは理解できるが、できる事とできない事がある。一年間しっかりと引きこもったせいで対人スキルは劣化している。いや、すっげーかわいいんだけど。視線が体操服に包まれた胸元に吸い込まれる。馬鹿か、俺は。嗣道は頭《かぶり》を振った。

無理無理無理無理。麒麟を見た。物凄《ものすご》い形相だった。

「……何で目血走ってんだよ」

「別に何もないが……!? ただ、寄ってきた女子生徒の胸元を凝視している変態がいたのでな？ 私としては少しは節度を保った行動を心掛けてほしいだけなのだがな……？」

取り出したスタンガンはオンの状態になっている。宙に小さな稲妻が奔《はし》る。

「高橋も罪な男だよねー、きりんちゃんだけじゃなくてうちのクラスの親指姫まで魅了するなんて――せっかくだから私もアピールしちゃおっかなー、なんて」

「……っ！ 不埒《ふらち》で淫靡《いんび》な愚か者どもめ、おまえら全員同級生に色目使う事しか考えてないのか……？ おい、嗣道！ おまえも簡単にたぶらかされるな」

「……ハーレム作戦なんだよな？」

麒麟の言葉を補強するようにバスケをしていた女子生徒がグラウンドに集まってくる。

サッカー部の生徒は「ドイツの帰国子女」や「至宝の高橋」などと口々に話をしていた。

「つーか担任は何やってんだ。女子生徒帰さなくていいのかよ？」

木陰で煙草《たばこ》を吸っていた担任は、紫煙をくゆらせた。

「高橋と山田が起こした騒動だろうが、アタシには関係ねーよ……バスケの担当は別のやつだし女子生徒の管理は管轄外。あとはサッカーでもゴルフでも好きにしてくれ」

「まじかこの人……」

「いいからさっさと行け。悪いようにはせん。適度にだ、適度にがんばれ。あんまり活躍しすぎるな。目立ちすぎると女子連中が邪魔だからな」

麒麟の言葉に嘆息する。「他人事《ひとごと》だからって」整列に加わった。周囲の期待が苦しい。

――適当に誤魔化して、あとで弁解しよう。

嗣道は中央に置かれたボールの前に立った。ホイッスルが鳴る。

瞬間、右脚がなめらかに動く。敵フォワードのプレッシャーを軽く躱《かわ》してドリブルを続ける。「ディフェンス！」焦燥が耳に響く。自分以外の声が風景に融《と》ける。

――何だ、コレ。

行動に余裕がある。視線でミッドフィルダーの行動を誘導する。パスを――回すよりも自分で行った方が早いと判断してボールを蹴る。ヒールリフトで一人、エラシコで一人。背後には誰も付いて来ていない。敵も味方も嗣道をただ眺めているだけ。

「何と流麗なドリブル……間違いない、やつは天文高校始まって以来の逸材だ……」

誰かの呟《つぶや》きが聞こえるのと同時に。

『主人公的行動『素人《しろうと》が才能を見初められる』を確認しました。『逸材発掘』——』

脳内でスターゲイザーの通告《オペレーション》が響いている事よりも疑問の方が強い。

——ゴール前まで、来ちゃったんですけど。

ボールの動かし方を、身体《からだ》が理解していた。

何の変哲もないシュートがゴールキーパーの届かない隅へ放たれる。ネットが揺れる。

周囲は歓喜に包まれ嗣道だけが——。

「……何かした？」

激しく乱れる呼吸と共に、「おーぱちぱちー」と棒読みで言いながら手を叩《たた》く麒麟を見ていた。

†

屋上には二人しかいなかった。フェンス越しの風景は愉《たの》しげだ。

午前の授業が終了して昼休憩が始まる校庭では数人の生徒がキャッチボールをしている。

「おかしいよね完全にっ」

嗣道は渡されたユニフォームを麒麟に投げつける。麒麟は頭にユニフォームを被ったたま

ま購買のハンバーガーを食べていた。側にあるコーラでごくりと流して。

「何もおかしな事などない、スターゲイザーの機能だ。『窓際邂逅《まどぎわかいこう》』の効果は『操縦者の身体操作性向上』、つまりは操縦者へのバフに相違ない。機能開放系、基礎値上昇系、操縦者強化系、スターゲイザーの主人公性システムは、大きく三系統に分かれている」

操縦者の身体機能性向上。確かに今朝方脳内に響いた通告《オペレーション》は言っていたが。

「サッカーで活躍できても死んだら意味ないだろ、死ぬとこだったよ？」

今も心臓がどくどくと激しく音を立てていた。筋肉は動かすだけで激痛が走る。嗣道は授業終了のチャイムと共に、グラウンドで動かなくなった。屋上までこれたのは奇跡だ。

ボールの動かし方を知っていた身体は。

「当然だ、『窓際邂逅』で向上したのは身体を動かすセンスだけ。センスを実現できる肉体はセットじゃない。ぶんですりーがの技術に元にーとが追従すれば、それは死にかけるに決まっているだろう」

「先に言えよな、ほんっとに。洒落《しゃれ》になんねーよ」

少し沈黙してから麒麟が言った。「……おまえが他の女にうつつを抜かしているからだ」

「他の女って何？」麒麟がすす、と寄ってきて嗣道の頭を膝の上にのせた。ふわりとシトラスの香りがする。

「他の女は他の女だ、私以外の女と言っている」

絹のような銀色が額にたらされ、少女の美しい相貌が影を作る。少しだけむっとした彼女を見て、不覚にもどきりとした。あほか、と思い直して顔を背ける。

——つーかこれ普通にひざまくらじゃ……。

「しかし『窓際邂逅』の効果はともかく、今日だけで二枠の機能を開放したぞ。『窓際邂逅』と『逸材発掘』。やはり学校は主人公性の宝庫だな、私の見立ては正しかったようだ。主人公性の開放はどれだけ行ってもいい——敵は宇宙怪獣だけじゃないのだからな」

嗣道は「え」と、眉間に皺《しわ》を寄せた。寝返りを打って麒麟を見る。

「ちょっと待て聞いてないぞ、敵が宇宙怪獣だけじゃないってどういう——」

「怪獣使いだよ」

嗣道が振り向くと、人影が塔屋から飛び降りた。

「土門《どもん》⁉」

「よーよー嗣道、二週間振りだな！　いやー高校生活を楽しんでるっぽくて何よりだ！」

現れたのは土門だった。「オレは嬉《うれ》しい！」と嗣道の肩に腕を回す。麒麟は静かに土門を睥睨《へいげい》した。「土門孝之介《こうのすけ》」と。

「嗣道と小日向《こひなた》茜の幼馴染《おさななじみ》。世間に公表された最初の宇宙怪獣『レオニス』との戦いからスターゲイザープロジェクトの関係者となる。最近はなにやらいろいろと暗躍しているようだが」

「へー、よく調べてんだな。しかし嗣道、まさかまじで契約するとはよ、こいつ——山田《やまだ》に唆《そそのか》されたのか？　だとしたら可哀想《かわいそう》に……」

「土門、おまえにはいろいろと聞かなきゃならない事がある、避難の時——」

嗣道の口を土門が押さえた。「まあまあ」購買のホットサンドで塞がれる。おいしい。

「どうでもいーじゃねーか、別に。嗣道がようやく部屋を出たのに、つまんねー話はしたくねーよ。オレは嗣道が普通の日常を送れれば文句ねーし」

『主人公的行動『屋上で昼食を食べる』を確認しました。『青空休息』——スターゲイザーの移動速度が向上します』

「お、主人公性が開放されたっぽい？　よかったじゃん！」

「じゃなくて」

「確かに屋上での食事は、意識していなかったが主人公らしい行動だ」

「茜《あかね》も天気の悪い日以外は屋上で昼飯食ってたよ」

「おい、話聞けよ」

「何だよ、怪獣使いの話か。別にシンプルだよ。茜が戦った宇宙怪獣の中で、何体か死体を財閥で管理できてないのがいんだよ。『巨軀《きょく》の宇宙怪獣アトラス』とか、『暴食の宇宙怪獣リュカオーン』とかな。で、どうして管理できてねーか。要は怪獣使いを自称する連中に奪われちまったって話」

「……怪獣使い、っていう組織がいるのか？　そんな連中とも戦うのか？　無理無理無理」

「んー、組織っつーか……フリーでやってる奴《やつ》らが点々といる感じ？　だし、大抵のやつは人間と宇宙怪獣の戦いとか興味ないっぽいし、敵対はしないいんじゃね？　わかんねーけど」

「て、適当っ！」

麒麟がずずずとコーラをする。

「怪獣使いとは名前の通り、怪獣を操ることのできる人間のことだ」

「何人か知り合いはいるけど厭世《えんせい》的な連中でさー、まじ戦いとか嫌っぽいんだよ……つーか嗣道はそんなもんより『呪縛』について聞きてーのかと思ってた。ま、オレも山田以上の説明はできねーけど」

「……呪縛？」初耳だった。麒麟《きりん》を見るが。

「呪縛だよ呪縛。主人公単推しスターゲイザーくんの、厄介極まりないわがまま注文《オーダー》——

あれ、二人とも何その顔……まさか、この期《ご》に及んで教えてないとかねーよな？」

麒麟はぷいっと顔を背けた。下手な口笛を吹いている。妙に怪しいメロディの。

「山田……これ、命に関わる情報なんだけど……ほんとに教えてねーの？」

「私がいる限り嗣道《つぐみち》に命の危機が訪れるなど、ありえん。よって教える必要がないと判断した。それに、スターゲイザーと契約するデメリットとか説明したら、こいつ乗らんだろ？」

「え……なになになに？　怖いんだけど、何の話これ？」

「例えばここにオレの好物であるカレーパンがある。学食の名物だ。嗣道、ジャンケンをしよう、勝てばカレーパンはおまえにやるよ。ただし、負けたらカレーパンの代金はおまえが支払ってくれ」

「ホットサンド食ったばっかだよ。やる訳ねーだろ」

「うんうん、だよなー。でもま、そんなのはスターゲイザーさまにしてみれば関係がない」

土門が人懐《ひとなつ》っこい笑顔で言った。「は？」と言うのと同時くらいに声が響く。

『主人公性に反した行動を確認しました。カウントを開始します、10――』

「通告《オペレーション》!?　何だこれ……主人公性に反した行動って……！」

「ああ、そんなに慌てる必要はないぜ。とりあえずじゃんけんに応じればカウントダウンは止まるからさ。つー訳でほい、じゃん、けん、ぽんっ」

土門はチョキを出し、嗣道はパーを出した。敗《ま》けだ。土門はピースを作り、財布を広げる。嗣道も何が起こるのかわからなかったので、土門に従いカレーパンの代金を支払った。

「で、今の何？　めちゃくちゃ怖かったんだけど……」

土門が「説明してやれよ」と麒麟を流し見した。麒麟は渋々と説明を述べる。

「……スターゲイザーは主人公性人型兵器。操縦者の主人公性に応じて力を貸与する。半面、操縦者が主人公思想に反した行動を取れば、十秒以内に死ぬ」

「主人公たる者『戦いを避ける事など有り得ない』っつーのが、スターゲイザーくんの思想って訳だ。遊びに過ぎねージャンケンでも、命懸けのロシアンルーレットでもおまえは挑まれれば断れない――こんなのは『思想』の一例だけどな」

「あー、無理無理無理、無理です」と嗣道は首を振る。仰《の》け反《ぞ》り、焦《あせ》ったまま苦笑する。

「……何回死にかけてるかわかんねーよ、俺。何で隠してた？」

「だって言ったらスターゲイザーに乗ってくれないと思ったのだ、ぐすんぐすん」

麒麟がわざとらしくおいおいと泣いた振りをする。すぐに真顔になって。

「だいたい死んでいないのだから文句を言うな。むしろ感謝するべきだ。おまえが死なないように、今までさんざん管理してやっていたのだからな」

ちょきちょきとピースで嗣道を煽《あお》る。

「こいつ、開き直りやがった……」

「ま、山田の擁護をする訳じゃねーけど、普通に過ごしてりゃ問題ねーよ。茜みてーに毎日のようにトラブルに巻き込まれる訳でもねーしな。嗣道がいつも通りに、困ってるやつらを助けときゃ万事オッケーだ」

土門は歯をこするように笑ってカレーパンを口にした。嗣道は大きなため息をつく。麒麟は「ほら」と嗣道にハンバーガーの半分を差し出した。一応気を使っているらしい。

――どこに気を使ってんだよ。

と、思いつつも無下にするのは悪くて受け取った。レタスがシャキシャキとしている。

「――失礼」

屋上の扉がばたんと開いた。パンを頬張っていた三人は同時に視線を向ける。

立っていたのは、財閥職員の制服を着た女性と、その後ろにも数人の職員がいる。「嫌な予感しかしない……」嗣道は固まる。麒麟はもがもがとハンバーガーを食べている。微《み》塵《じん》も焦りがない。土門は「はは、まじかよ」と、苦笑していた。

「高橋《たかはし》嗣道と山田麒麟の両者を発見。確保に移る」

「すごく人違いです、確保したいのって山田麒麟だけだったりしません？」

「こら、ナチュラルに相方を売るのはやめろ」

「でも心当たりあるだろ？」と聞いたら、麒麟は自分の指を素早く折りはじめた。「あれとあれはのーかんとして……」ぶつぶつと呟《つぶや》いているが多分ノーカンじゃない気がした。

財閥職員がじりじりと迫ってくるので、嗣道は仕方なく麒麟の前に立つ。

「大変だねー、主人公ってのは。だけどまあ、オレ的には都合がいいや」

襲われる嗣道と麒麟を他所《よそ》に、土門は何事かを呟いている。抵抗は通じない。

「しかし、ここまでするかね――蛍《ほたる》のやつ」

意識はすぐに、薄れていく。

†

小さな揺れと共に目が覚めた。身体《からだ》が濡《ぬ》れている。足先が沈んでいく程度の水に浸《つ》かっていた。制服の袖が濡れ、少し身体が震える。

「何だ、ここ」

窓も扉もない密室だった。コンコンと壁を叩《たた》くと、硬質な音は響いたが、すぐ水音に掻《か》き消《け》された。嗣道の住んでいる部屋より、少し広いくらいの空間。

正面には大きなディスプレイが設置されている。しかし、それよりずっと気になるのは。

「……水が」

大量の水が、徐々に空間を満たしていた。ディスプレイ左側の壁に設置された排水溝から水が流れている。むくりと麒麟が起き上がった。「寒い」と不機嫌な様子で嗣道の袖を引く。

液晶が光り白の背景にハートを抱いた猫が浮かんだ。遊園地のマスコットのような。

『お、意外に起きるの早かったなー、もうちょいかかるかと思ってたんだけど。ま、何はともあれおはよう諸君——私は財閥の意志代行者、えーと……にゃいばつくん、そう、にゃいばつくんだにゃ！』

ボイスチェンジャーで変質した高音が、嗣道と麒麟に声を掛けた。「絶対今考えたよな、何だこいつ」「財閥に捕まったところまでは覚えているのだが」嗣道と麒麟は立ち上がってディスプレイで踊っている猫を眺める。

『諸君は蛍さまの命令で監禁されているのにゃーっ！　ざまあないにゃあ、ざまあないにゃあ、油断しているからそうなるのにゃあっ！』

「監禁って……蛍が俺達を、監禁……するな。全然するイメージある。しかもこれ水責めって……殺意すごいね、死ぬよね、これ？　無理だろ、終わりだろ」

『主人公性に反した行動を確認しました。カウントを開始します、10──』

麒麟はゆらゆらと余った袖を揺らしてぼしゃんと腰を下ろした。

「焦っても仕方なかろう、まずは深呼吸だ、すーはー、すーはー、そうそう──そして落ち着いたところで、スターゲイザーくんのご機嫌を取るひとことと」

「この程度の試練、あっさりと乗り越えてやるさ！」

カウントが止まった。呆《あき》れ顔《がお》で麒麟が「何だ、意外とノリノリじゃないか」と。

「命懸かってるからな、おまえは教えてくれなかったけど、全く教えてくれ──」

「しつこい」

猫が「ごほん」と咳払《せきばら》いをした。

『蛍さまは憂えておられる。高橋嗣道がスターゲイザーに乗った事に。託された事に鈍感だった落伍《らくご》者の少年に何ができるのだと、激昂《げきこう》しておられるのだ』

「それは……」

「結果を出したのだから文句なかろう。アキュベンスを倒したのは他ならぬ高橋嗣道だ」

『関係がないのにゃあ。蛍さまは諸君を認めていらっしゃらにゃい──しかし、慈悲深い蛍さまは審判の機会をくださったのにゃ。諸君が生存する方法はたった一つにゃ！』

「生存する、方法？」

『諸君にはとある課題が出されているのにゃ。クリアすれば無事に出してやるにゃーが、クリアできにゃければ――左側の水流は見えるかにゃ？　時間の経過により水は勢いを増し、三時間後にこの密室は水没するのにゃー！　溺死にゃ溺死にゃー！』

今も大量の水を吐き出している狭い排水溝を、嗣道と麒麟は見つめる。

――こ、殺される……！　けど蛍のやつ、まじでここまでやんのかよ……？

「いいからさっさとその課題とやらを言え。条件次第では聞いてやらん事もないぞ」

『はっはっは、威勢がいいのにゃ天才科学者っ！　そーいうやつは嫌いじゃないのにゃ！　課題といっても無理難題を押しつける訳じゃないのにゃ！　諸君には――』

笑顔になった猫のデフォルメされた指が、嗣道と麒麟をさした。

『互いに本気で好きだと言ってもらうのにゃーっ！』

「…………は？」

沈黙した密室に水音だけが響く。

†

財閥基地中央に屹立《きつりつ》する第十棟、地下六階に存在する監視室。顧問室の存在する第十棟には財閥基地の中でも特に重要な拠点が集中している。監視室は、財閥基地の施設すべての観察を司《つかさど》っていた。

『…………は？』

無数に並んだ液晶の中の一枚。水浸しになった部屋で少年と少女がぽかんとしている。主人公性人型兵器二代目操縦者、高橋嗣道。そして、彼を支える宇宙怪獣研究の第一人者、山田《やまだ》麒麟。

『どうすんだよ、これ！』『何とかするしかなかろう』

嗣道と麒麟のいる場所は、地下八階、財閥基地内の廃された貯水槽を少し改造した空間である。蛍が財閥職員達に命じたのは、嗣道と麒麟の財閥基地内への幽閉だった。

すべては二人を、これ以上宇宙怪獣に関わらせないために。

「さてさて仕掛けは整った。あとは結果をごろうじろ、っと！」

しかし蛍の命令を受けた財閥職員達は、全員が冷たい床に伏している。

「……何が目的だ、土門孝之介《どもんこうのすけ》……ッ！」

一人だけ、若い男が顔を上げる。土門を睨《にら》みつけた。

「げ、『アトテス』使ったのに動けるとかまじかよ！　やっぱなかなか上手《うま》くいかねーなあ、怪獣使い……」

「質問に！」

「イチャイチャが見てーだけだにゃー、はは、なんて――」

土門は背景の画面でハートを抱いた猫を踊らせた。爪を立てるように指を動かす。別に何でもよかった。たまたまネットで拾った画像だ。試練の形など、どうでもいい。何でもいい。

「『オレ達』の目的は決まってる、あいつが死んじまうずっと前からな」

若い男は骨が潰れるほどの重圧にさらされたまま、身体を起こす。

「二人を安全な場所に戻せ……蛍さまは、彼らが傷つく事を、望んでいない……！」

「わかってない。本気でやらねーと意味ねーだろうが。傷一つない主人公なんてのは存在しねーんだよ――それに死なない。高橋嗣道《つぐみち》は絶対に。ここで死ぬようなあいつは――」

猫の目が赤く輝いた。逆光が土門に影を作る。室内に赤い閃光《せんこう》が走る。

「解釈違いだ」

土門が「限定解除、アトラス」と呟く。瞬間、財閥職員は床に伏し――今度は完全に静止した。

†

ドドドドド、と滝のように止めどなく水は流れている。嗣道は壁に寄りかかった麒麟《きりん》を見つめた。濡れた髪を見ているのさえ不躾《ぶしつけ》な気がした。

「これ、本当に意味あるのか？　こんな動作入れても恥ずかしいだけなんじゃないのか？」

嗣道は壁に寄りかかった麒麟に尋ねる。麒麟は上目遣いで嗣道を見ていた。黙っていると本当にただの美少女なので、嗣道はぐぐ、と目をそらした。「つべこべ言わずにやれ」麒麟が無理矢理に嗣道の顔を曲げる。「わかったよ」仕方なく麒麟を見つめる。

「好きだ」

ああ、やばい、何だこの状況。つーかこいつ少しも表情変わってない、どころか瞳を爛々《らんらん》と輝かせて楽しんでるんだけど。「おい、次おまえだろ」頭を掻きながら嗣道は麒麟を促す。麒麟は微塵も目を離さず、瞳孔を大きく開いたまま。

「すきだぞ」

顔だけはやっぱり、誰がどう見ても美少女で。嗣道は少しだけ心臓がどきりとする。そして二人はそろって沈黙した。静寂。状況に変化がない事を感じて嗣道は呟いた。

「だめか……つーかさ、やっぱ意味ないじゃん、さっきの……壁ドン？」

「なるほど、確かに壁ドンは効果が薄かったようだ。顎クイも肩ズンも試したのだがよい結果は得られなかったな。次はどうする？　肘ドンか床ドンか？　いや、足ドンを試すのも悪くないな……いやいや、ここは一気に指キスまで」

　麒麟がぐるぐると水に浸された空間を歩き回る。「こいつが必死になるぐらいやばいって事かよ」嗣道はごくりと息を呑《の》んだ。

「つーかそもそもおまえさ、俺の事少しも好きだと思ってないだろ。いやわかるよ、おまえが俺の事を実験動物かそれ以下としか見てないのは。だけどほんのすこーしだけ俺に好意を持ってくんない？　少しの間、少しの好意を」

「私はずーっと本気で言ってるぞ、原因はおまえにある。反省して土下座しろ」

「この状況で土下座したら息できなくて死んじゃうだろ」

　嗣道はため息をついた。嗣道は麒麟に対して好意を抱いていた。やり方は強引だったが、自分を連れ出してくれたのは麒麟だ。仲間として信頼している。対して麒麟は、まだ自分に対して心を開いてはいないらしかった。

　――少しだけ傷ついている自分がいるな……しょうがないか。俺、頼りないし。

麒麟を惚《ほ》れさせる方法。無理だ、無理無理無理。嗣道は想像して頭を抱える。つーか、人が人を好きになる時ってどんな瞬間だよ。嗣道はぱしゃりと腰を下ろした。すでに水は膝の辺りまでたまっていた。少し肌寒い。ああ、つーかそうだよな。

嗣道はシャツと制服の上着を脱いだ。

「な、なっ！　おい何をしている！　そこまでいくのか、早くないか……？　わ、私とて心の準備をしていなかった訳ではないが……っ！」

「何言ってんだよ……早く脱げ」

「ぐ……と、突然強引なのだな！　言っとくが私は別に、誰にでも身体《からだ》を――」

「濡《ぬ》れてるだろ、服。おまえの方が体温低いし、俺のシャツと上着は無事だったから、こっちに着替えれば少しはましだと思う、だよな？　ましなはず」

嗣道は麒麟に衣服を渡して逆の方向を向く。麒麟が「うぐ……」とうめいている。

「つーか、懐《なつ》かしいな。誘拐とか監禁とか。茜《あかね》が生きてた時はしょっちゅうだったから。ひさびさ、ってのも変だけど……普通、こんなの人生に何回もないし」

背後で麒麟がごそごそと衣服を着替えている。たいして意識するでもなく嗣道は液晶の猫を見る。

「しょっちゅう、か。誘拐や監禁が。まったく物騒な話だな……それこそ人生で一度でもこんな目に遭えば、一生忘れられんだろう」

嗣道は噴き出した。自分でさえ一つ一つの事件を詳細に覚えていない。茜など巻き込まれた回数が多すぎて、一週間前の事件を忘れていた事もあった。

「ま、今回のは誘拐とか監禁とかっていうよりは、どっちかっていうと――」

『主人公的行動『デスゲームに参加する』を確認しました。『死亡遊戯』――防護戦闘用兵装スターバリアの使用が承認されます』

通告《オペレーション》が新たな主人公性の開放を告げる。

「『互いを好きだと思えなければ絶命するデスゲーム』、なるほど、状況は絶望的だったが悪くはない。それに――機能開放系か、あたりだな」

「防護戦闘用兵装……やった、これで紙装甲が少しは改善されるんじゃないか？　使えるのはここから脱出できたらって話になるけど――出れるのか？　出れない気がしてきた」

茜と一緒に巻き込まれていたならそんな心配はなかったはずだ。だが、自分は茜とは違う。命を懸けた遊戯に参加し、全員を救ったあと運営を崩壊させていた彼女にはなれない。

「ああ、無理無理無理無理……」

「……互いが本心で『好きだ』と言わねば脱出はできない。室内が水で一杯になるまでだいたい残り二時間といったところだろう。しかし、互いが本心で『好きだ』というのは無理だと判明した」

　制服を羽織った麒麟にぽかんと胸を殴られた。「何で？」「うるさい」不機嫌そうだ。

　麒麟は水の流れてくる排水溝を見て首を振った。「秘策はある」と呟《つぶや》く。

「人間が恋慕や愛情を感じた際に分泌される神経伝達物質がある。オキシトシンという代物だ。『好き』の判定が心拍数によるものでないと仮定すると、脳内で分泌されたオキシトシンの量が判定値になっているに違いない──好意の指標を他に思いつかん」

「どうして心拍数による判定じゃないって仮定したんだ？」

「誘拐された凡人の心臓が平常である訳なかろう。さっき私を抱っこさせた時も、心臓がばくんばくん鳴っていたしな」

　怖がっていたのがばれて、嗣道は頬を赤くした。気づいてたのかよ、最悪。少しは平常心を保てていたと思ってたのに。ごまかし半分に麒麟を指さした。

「つーか、おまえはこの程度でびびるようなやつじゃないだろ。心拍数による判定の可能性は残ってるぞ。少しも怖がってる素振りなかったし」

「……私とてどきどきする事くらいあるが、説明は省く」

　鉄面皮が崩れた様子などなかったが。ほんとに怖がってる瞬間があったのか？　思案するが答えは出なかったのでとりあえず流した。

「オキシトシンの分泌は異性との密接なスキンシップによって生まれるが、おまえには期待できん」

「はいはい、魅力に乏しくて悪かったな」

「……オキシトシンの分泌には条件がある。その内の一つが動物との交流だ。人間の脳内では動物と接触した時、好意を抱く異性と接した時同様のオキシトシン分泌が起こる」

「なるほど」と嗣道は思った。アニマルセラピーといった療法も存在するくらい、動物が人間の精神に及ぼす効果は大きい。しかし――首を傾《かし》げる。

「実験用のモルモットとか連れ歩いてんの？」

「連れ歩いてない。おまえは私を何だと思っているんだ。提案するのは――」

麒麟は嗣道を見つめる。

「完全再現だ。人間と愛玩動物の交流を残り二時間で完全再現する」

目を丸くする。一瞬、麒麟が何を言っているのかわからなかった。

「もともとは縛られていたのだろうな、私達を束縛していた錠が放置されている。ペット役はこれを首に装着し――」

「無茶苦茶言ってるぞ、しっかりしろ。だいたい誰がペット役だ」

「おまえに犬になれとは言ってない」

麒麟は錠についた鎖を弄んでいる。

「…………は？」

拾った錠を自分の首に着け──。

†

とぷん、と膝下の辺りまで水に浸《つ》かっている。液晶では相変わらずハートを抱いた猫が毛繕いをしていた。監禁されて既に一時間半が経過している。

嗣道は、鎖を持っていた。鎖の先には首輪を繋《つな》がれた無表情の麒麟がいる。

「わんわん、わんわん」

「おーよしよし、かわいいねえ」

「わんわん、わんわん」

「うんうん、ぽんぽんすいたねえ」

「わんわん、わんわん」

「いやもういいよ、地獄だよ、何やってんだよ俺達はっ」

嗣道《つぐみち》は鎖を投げた。

「わんわん」

「しっかり喋《しゃべ》ってくれ！　嫌だよ。知り合いのこんな性癖見たくなかったよ！」

「誰が性癖のためにやっているのだ、誰が。私はおまえのためにペット役を買って出ているのだが？　それに怒鳴るんじゃない、犬は繊細な生き物なのだぞ」

麒麟が「くーん」と唸《うな》った。「やめろ」嗣道は呆《あき》れる。

きいん、と音が鳴って液晶の猫が踊りはじめる。けけけと笑って「にゃいばつくん」の視線が二人に向く。

『にゃにゃにゃにゃっ！　一時間半が経過したにゃーっ！　活路は見いだせたかにゃ諸君──うわっ、きっつ……趣味をとやかく言うつもりはないんですけど、死にかけてる状態で性癖を発露するのはやめてください』

踊っていた猫が無表情で嗣道に言った。「敬語で距離置くなよ……」頭を抱えた。

「何度も言わせるんじゃない。性癖だと？　これは自他共に認める天才美少女科学者の私が考案した、超効率オキシトシン分泌術式だ。いずれはガンにも効く」

「効く訳ないだろ……つーかおまえ、何の用だよ。こんなとこに閉じ込めといてその上わざわざ煽《あお》りにきたのか？」

「おっとっとそうだったにゃ！　うっかり忘れるとこだったにゃーっ！　二人にどーして

も見てもらいたいもんがあったのにゃー」

「見てもらいたいもん？」嗣道が顔をしかめると、猫のマスコットは画面から消えて、ノイズ交じりの映像が映し出された。「……ハッキングだな、航空機の内部映像か？」眼《め》を鋭くした麒麟《きりん》が冷静に映像を分析する。

レバーと大量の開閉器に囲まれた中央の電灯は赤く明滅している。乗っているのはまだ若い女性。目前に視認できるのは――。

「何だよこれ、巨大な……大砲……？」

雲上に浮遊するのは、母艦だった。旅客機が十数機は着陸できるほどの広大さを有した「大砲」が、眼下の街に銃口を向けていた。各所に歯車のひしめく中身が露出している。本体の周辺には幾つもの時計が散りばめられていて、全ての時計が「一時間」の残時間を表示していた。

『時限の宇宙怪獣ホロロギウム。二時間前に発生した星の歪《ひずみ》より這《は》い出《で》た新たな宇宙怪獣なのだにゃーっ！　今は財閥が総力を挙げて対応しているのにゃ、頑張ってるのにゃー』

「おまえ、素人《しろうと》か？　宇宙怪獣は現界の物質に対して抗体を持っている。よって、こいつをどうにかできるのはスターゲイザーだけだ。財閥のＡＳＢＭ《抗宇宙怪獣誘導弾》だけでは火力が足りん。勝てる訳がない」

『にゃはは、大正解』画面が替わり。

財閥基地周辺が映し出された。基地と隣の市の境界となっている防護柵の一部が焼き切られている。

『時限の宇宙怪獣はすでに一度、街に光線を放ったにゃ』

基地の周辺は炎上していた。緊急避難の指令が出され職員達は慌ただしく移動している。割れた地面には雪のように、灰となった物質が舞っていた。

「街が……蛍《ほたる》は無事なんだよな！」

『今はまだ、ぎりぎり気合いで保ってるにゃー』

「やつは——御子柴《みこしば》蛍はな。自信過剰で傲慢で高飛車言動の情緒不安定女だ。なまじ金と権力を持っているのも厄介に尽きる。しかし誰よりも天文市に尽力し、誰かのためにと行動してきた少女でもある。小日向《こひなた》茜と対をなす立役者が」

麒麟は猫を見た。浸水した密室を眺める。

「私達を監禁するのはわかるのだ、やつは小日向茜原理主義者だからな。私達がスターゲイザーに乗るのを良しとしない事はわかる。だがしかし、追い詰める動機が見当たらない」

「……だよな、ああ、蛍がこんな事する訳ない」

目を細めた猫が二人を捉える。

「腹が立ったんだろ」

愉快だった合成音がしんと冷えた。猫が首を振る。「私が言いたいのは要するに」と、麒麟が指をさす。

「——誰だ、おまえは？」

「関係ないって思わねーか？　そんなのさ」

少しも焦《あせ》る事などなく。

「課題を攻略できなきゃ諸君は水死体になる。それだけ考えときゃいいんだよ。今はまだ難しい事考えなくていい。いっこだけ言っとくけどよ」

くだけた口調で猫は言った。

「本気で脱出しねーと、オレは嗣道も山田《やまだ》も殺しちゃうよ」

じじーっと破壊された天文市の様子は途切れ、それきり液晶の猫はただ踊り続けるだけになる。

「今のってもしかして……いや、つーか宇宙怪獣！　脱出までの残り時間もあと一時間ない……！　財閥が、蛍がやばい、何とかしないと……！」

麒麟がじとーっと嗣道を見て少し笑った。そして何でもない事のように言う。

「……変わったようでいて、おまえの根っこはやはり変わっていない。私はずっと知っている。おまえの本質を。おまえの輝きを」

不思議と麒麟は満足そうだった。嗣道は首をかしげてぽつりと呟く。「ずっと?」聞き返そうとした時、床がぐらりと揺れた。

「げ、じ、地震か⁉」

「天文市が宇宙怪獣の攻撃を受けていると考えるのが自然だろう。はっきり言って、このままいけば街は滅びるぞ。小日向茜《あかね》の守ったものは、跡形もなく灰になる」

「だめだ、それは! 早く何とかしないと!」

「出る方法は一つだけある。可能性の低い賭けにはなるがな」

「教えてくれ、蛍を助けないと。俺にできる事なら何でもする」

麒麟は大量の水が流れてくる排水溝を眺める。ため息をついて嗣道と見比べる。

「……提案しなかったのには理由がある。一に、成功率が限りなく低い事。二に、主人公たるおまえの命が喪《うしな》われる可能性がある事。だが、方法自体はとても単純だ」

嗣道は息を呑《の》んで麒麟の言葉を待った。

「排水溝をさかのぼって出口を目指すのだ」

†

ディスプレイでは相変わらず人を馬鹿にしたような猫が踊っている。

『主人公的行動『定められたルールの裏をかく』を確認しました。『窮余一策』——本機の装甲性能が向上します』

嗣道と麒麟の脳内に、スターゲイザーの通告《オペレーション》が響いた。水流の音にすぐ掻《か》き消《け》されて、嗣道は改めて目前の水路を眺める。

「ぐ……こんなの」

上れるのか？　苦い顔をした自分に気づいて、すぐに首を振った。「やるって決めたんだ」弱音を吐くのは悪い癖だ。嗣道は口をつぐんだ。

「常人であれば上るのは不可能かもしれんな。だが知っているか、嗣道よ。小日向茜は嵐の夜に、絶海の孤島を泳いで脱出したらしいぞ」

「あの時はさすがに死ぬかと思ったよ……全員無事で生還できたのは奇跡だ。茜は確かに主人公だった。だけどそのせいで、あいつの人生は苦難続きだ」

「ああ、そうして今度はおまえの番がきた。昼間に身体強化系の主人公性を獲得していたのは運がよかったな」

嗣道は少しずつ自分の身体を沈めていく水をすくった。

「俺、泳げなかったんだけどな。水が身体の一部みたいだ……しかし、ほんとに排水溝を上れば出口にたどり着くのか？」

「財閥基地の地図はすべて頭に入っている。繊維強化プラスチックに銅板を組んだ材質、地上を震源とした揺れの波及具合。計算すると、私達が監禁されているのは間違いなく財閥基地の地下八階に存在する緊急用の貯水槽だ。この大型排水管のさきは天文河付近の人口沈砂池につながっている」

すらすらと述べる麒麟をぼーっと見ていると、「……何だ、人をじろじろと見るな」怪《け》訝《げん》な顔をされた。「まじの天才なんだなと思ってさ」今まで自分で天才を連呼していたので、逆に実感がなかったが。嗣道は深呼吸をする。

「……本当にいいのか？　正直、自信ないぞ。わかってると思うけど俺は凡人だ。こんな足《あ》掻《が》き、全然意味ないかもしれ——」

「私が」

麒麟は真っすぐな瞳で嗣道に告げる。

「私が賭けたのは小日向茜でもスターゲイザーでもない」

薄く、どこか儚《はかな》げに笑って。

「おまえなのだ、高橋《たかはし》嗣道。私はおまえを主人公にすると決めた。おまえが命を賭けるのであれば、私も同様に命を賭ける」

「……どうして、そこまで」

麒麟は目を逸《そ》らす。何かを言おうとして口を動かし、きっと、言おうとした事を止《や》めたのだと嗣道にはわかった。しかしどうしてかそれを追及するのは無作法なように思えて。

「……別に天才の気まぐれだ、無駄話をする時間はない。さっさとここを出て戦うぞ」

ごまかした麒麟の言葉に頷《うなず》いた。浸《つ》かった鎖が水中で揺れる。嗣道と麒麟を結んだ鉄の命綱。一言だけ。

「手放さないよ、俺が死んでも」

きっと口だけの言葉だと思った。茜のようにはいかない。自分はきっと、自分の命と麒麟の命を天秤《てんびん》に掛けた時、麒麟の命を尊重できるような、高尚な人間ではない。

「……安いセリフだな」

麒麟が顔を背けた。嗣道も全く同じ気持ちだった。「安いセリフだ」と。

それでも、麒麟に何かを言わなければならない気がした。

「さて高橋嗣道《つぐみち》。技術は確かに身についた。しかし依然としておまえの身体はニートだった頃と何ら変わっていない。余裕などないぞ、死の覚悟がいる地獄の遠泳だ、やれるのか」

嗣道は一歩、水路に向けて歩く。時間がない。深呼吸をする。わかってる。絶対に。

「無理だ——けど」

街の破壊は続いている。蛍が危険に晒《さら》されている。誰かが助けを求めている。

——きっと茜は放っておかない。

だから。

「やってみるよ、俺は——小日向茜に、託されたから」

†

嗣道が小学生の時、茜が猫を助けるため雨中の濁流へ飛び込んだ事があった。土交じりの川は、巨大な龍が世界を破壊するために暴れ回っているように見えた。スポーツ全般に適性があった茜は水泳も得意だったが、激流に耐えられずあえなく流されてしまった。

一緒に下校していた嗣道と土門《どもん》は焦って、近隣の大人を呼ぼうとした。冷静な判断だった。茜を助けようとしても、ミイラ取りがミイラになるだけだった。第一、嗣道は泳げなかった。

それでも何故《なぜ》か、茜が死んでしまうと思った嗣道は。

濁流に向けて飛び込んでしまったのだ。

——あの時。

嗣道は激しい水の流れに押し戻されそうになりながら、必死に腕を回した。

水路を泳ぐ。呼吸はまだ続く。水流は激しいが何故か身体が水の流れを理解している。

どのように身体を動かせば抵抗を減らせるのか、背後にいる麒麟《きりん》の負担がなくなるのか。

実際、嗣道には麒麟の様子に気を配る余裕があった。

——あの時、俺は結局何もできなかったんだよな。

ランドセルの浮力などに意味はない。濁流に飛び込んだ嗣道は当然泳げなかった。泣き叫び手を伸ばす土門を見送って、嗣道は溺れた。近くの岩に頭を打ち、摑《つか》んだ枝で指を切り、砂利の入った目を擦《こす》る余裕もなく、ただ、流された。子供心に水死体が、どれだけ悲惨な状態で発見されるのかがわかった気がした。

何もできなかった。

運よく、嗣道は茜のいるところまで流された。

茜は猫を守るように抱えていて、嗣道は薄れる意識の中で、その姿がとても尊いものだった事だけを覚えている。

気づけば嗣道は茜と共に近くの病院へ運ばれて、その時はまだ元気だった母親にこっぴどく叱られた。野良猫《のらねこ》を助けた事など全く誉《ほ》められなかった。奇跡的にほとんど無傷だった茜と、順当に全治二ヶ月の怪我《けが》を負った嗣道。嗣道はとても損をした気分になったが、嬉《うれ》しそうに笑っている茜を見ると、どうでもよくなった。

——思えば俺が、茜にしてやれた事なんて一つもなかった。

押し流されそうになり、水路の繋《つな》ぎ目を摑んだ。視界は暗い。不安になる。

——ずっと助けられてばかりだった。

僅かな光と共に水が勢いを増した。出口に近づいている。自分を鼓舞する。この身体すら茜に借りている力だ。スターゲイザーは茜のもので、自分は茜に借りているだけ。

——茜には、ずっと、もらってばかりだった。

目を閉じる。景色は変わらない。水流の感覚は身体でわかる。麒麟が袖に力を込めた。大丈夫だと告げるように。よかった、まだ。

「もう少しだ」

聞こえるはずもないが呟《つぶや》いた。過去の自分は何もできなかった、だが今は、借り物の力に過ぎないが、前より抗《あらが》える、何かできる。『窓際邂逅《まどぎわかいこう》』の身体強化で嗣道は進んだ。

しかし。

さきに、タイムリミットはやってくる。一瞬だった。呼吸と、骨と血と肉と心臓が。一瞬ですべてのバランスが崩壊していく。昼のサッカーで起きた現象だ。麒麟に忠告もされていた。あらゆる運動に対する適性の上昇。それでも、身体はついてこない。

――ここで、かよっ……！

喉から空気が漏れていく。同時に水が身体を浸食しはじめる。薄れた視界で麒麟が強く鎖を引っ張った。嗣道の代わりに、水路を上ろうとしていた。貧弱なはずの身体で必死に、踏ん張っている。

――この隙に体勢を立て直して……もう少しだけ、持ってくれ身体……！

嗣道は麒麟の僅かな奮闘を無駄にしまいと、腕に力を込める。が、そもそも「力」の感覚が既になかった。無理矢理身体を動かしたつけが回ってきたのだ。

麒麟の腕力でそのまま水路を上りきれる訳もなく、二人は流されていく。

心のどこかで、嗣道は納得していた。それがとても悔しくて、情けなくて。「当たり前だ」と呟いていた。「当たり前じゃないか」と。

――茜がいなくなっておまえ、何してた？

茜を糧《かて》にする事を嫌った、と言えば聞こえはましになるだろうか。だがはっきりと、自分の「間違い」を嗣道は突きつけられる。単純だった。わかっていた。
自分は茜がいなくなり、ただ、全てを諦めたのだ。
一年、鈍《なま》りきった身体が押し流されていく。やがて呼吸は途切れ、意識も薄れていく。

†

『嗣道っ、しっかりしろ……！』
耳馴染《みみなじ》みのある声だった。それが誰のものなのかは思い出せなかったが。
混濁した意識の中で、語り掛けてくる誰かがいる。
『大丈夫だ……っ！　絶対……！』
鬱陶しいと振り払っても、それは嗣道の手を掴んで離さなかった。
──大丈夫、か。
その言葉はずっと、無敵の少女がくれたものだった。
『私がいれば、大丈夫だ、私が……絶対に……！』

「大丈夫だよ、あたしがいるんだからさ！」

そんな宣言と共に茜《あかね》が笑ったので、嗣道は「ありえねーよ、何やってんだよ馬鹿！」と顔を歪《ゆが》めた。嗣道同様となりで拘束されている土門も、その頃たまに遊んでいたやけに不遜な態度の少女も、大方似たような表情で茜を見ていた。

†

廃れた商業娯楽施設の五階。いくつも転がった十ポンド前後のボールとピン、革の破けたシューズ、ガター確定の剝がれたレーン。

「あんまり舐《な》めたこと言わない方がいい。俺は優しいし子供好きだが、従順で生意気じゃねー子供に限る。いまの発言は減点だ」

汚れたソファに座った大人達五人の中で、最も態度の大きい男が言った。持っている拳銃を弄んで茜の額に突きつける。嗣道と土門は二人して「ひぃっ！」と悲鳴を上げた。

「慣れてるよ、いままで何十回と誘拐されてますし？　全員そんな感じのこと言って捕まったんだ。実は裏でパターンが決まってたりするの？」

「何十回も誘拐されてる？　ははは、馬鹿言ってんじゃねーよ」

事実だった。茜は巻き込まれ体質だ。誘拐などされ慣れているのだ。嗣道もずっと茜と一緒にいたので、同じだけ誘拐されているはずなのだが、誘拐され慣れるなどといったことはまったくなかった。

「ほんとだよ。あたし達を誘拐したのが運の尽きだったね。あんた達はここに来るまでに嗣道達を四回も殴ってる。あたしは——友達を傷つけるやつは許さない」

「やめとけって、茜！　上級生とは訳が違うだろ！　黙って従わねーとさ！」

「やだよ土門、友達の命令でもだーめ。絶っ対に許してあげない！」

茜が一瞬、嗣道の側頭部を見やる。血が流れていた。

「あんた達みたいな三下、とっとと片付けて帰ってやる！」

「減点だ、そんでいまので赤点も確定。悪いな、てめーが死んでも人質は三人残ってる。残念だ、俺は子供が好きなんだが——」

男が引き金に指を掛けた瞬間に、茜を拘束していた縄がほどける。茜はそのままゆらりと身体《からだ》を動かして、男の股間を蹴り飛ばした。するりと拳銃を引き抜いて、威嚇の射撃を天井に二発放った。

「従順じゃないし生意気でごめんねっ！」

嗣道と土門は状況のすべてを忘れて、「か、かっけー……っ！」と呟く。

茜が素早くカウンターへと跳ねて、壊れたレジスターを蹴り飛ばした。多少の小銭がカランと転がって戸惑ったままの誘拐犯達が茜に視線をやる。

「目標！　正面のエレベーター！　総員あたしのあとに続いて！」

茜の言葉は一気に、嗣道と土門の身体を突き動かす。二人を包んでいた怖《おそ》れがすっきりと抜けて、茜の言葉に浮かされる。

茜が動けば、運命とか、決まりきった何かとか、そういう絶対にどうにもできないものでも、なんとかなってしまう気がした。世界が変わるのを二人は見てきた、知っていた。

走り出す茜のあとに続く。小学生とは思えないガンアクションを展開する茜に。

「体格差、人数差を考慮しろ……！　無茶だ、無理に決まっている！」

たった一人、少女だけが動こうとしなかった。少女はじっと俯《うつむ》いて、その小さな身体を僅かに震わせていた。誘拐犯の一人が止まったままの、少女の方へと向かっている。

嗣道は少女に近づいて、手を握った。冷や汗の噴き出した状態で、それでも何とか作り笑いを浮かべた。

茜が叫んだ。

「大丈夫！」

嗣道も同様に、女の子に告げる。「大丈夫」だと。

「大丈夫だよ、全部何とかなる」

茜が動けば。茜がいれば。

†

茜がいれば、何とかなる。その茜はいなくなったけど。

嗣道《つぐみち》はゆっくりと、身体の位置を認識する。目は覚めない。ぼんやりしている。息ができない。苦しくもない。ただ、言いようのない焦《あせ》りと——やはりどこかに諦念。

——大丈夫と茜がくれた魔法の言葉に、頼りきって乗っかった。何の責任もなく吐いた俺の大丈夫は、情けなくて、どこまでも弱い言葉で。

嗣道は、大丈夫をくれた少女が、茜が、いなくなってしまった事を自覚する。

本当はずっと、言いたい事がたくさんあったんだ。やりたい事だって、たくさん。いつだって嗣道を突き動かしてきたのは茜だった。生き続けてほしかった、逃げてほしかった——連れていってほしかった。

『……きだ』

茜の声が聞こえた。聞こえるはずがないのに。自分を必死に揺り起こそうとしている茜の姿が見える。瞼《まぶた》を開けるとそこには、茜がいた。赤いマフラーと、栗毛《くりげ》を揺らした、世界の誰よりもまっすぐで、鮮烈な輝きを放っていた少女の姿が、そこにはあった。

『好きだよ』

と。

——ああ、ああ！　そうだよ……！　ずっと、言わなきゃいけない事、あったのに。

ずっと伝えたい言葉があったのに。勝手に死んでしまった。残された感情だけが自分の中に渦巻いて、行き場を失い蝕《むしば》んでいる。小日向《こひなた》茜は主人公だった。高橋《たかはし》嗣道のすべてだった。だがそれよりずっと前に、嗣道はずっと少女の事が。

——何やってんだ、俺は。一番に、あの時、死ぬ時に我儘《わがまま》を。

通さなければならなかったのだ。我儘でも、自分の想《おも》いを茜に伝えたかった。今更。

『好きだ、好きだよ、おまえの中にどれだけやつが遺《のこ》っていようと、高橋嗣道、私はずっと、誰にも負けない、おまえが——』

茜。俺だって。俺だってずっと、おまえの事が。

高橋嗣道は熱に浮かされたうわごとのように呟いた。ゆらりと揺れる影に向かって。ぼやけた視界で声にならない声を出す、小日向茜に向かって、告げる。

「好きだ、茜」

『……まだ、小日向茜……なのか』

声にならない、掠《かす》れた声が聞こえて。

大きな力に身体が反転させられる。自分の位置を見失って再び視界は黒に染まる。誰かとつながれた鎖だけが嗣道の存在を証明する。やがて何も見えなくなり――。

「嗣道、嗣道……っ！」

麻酔が終わった直後のような倦怠《けんたい》感。弱い頭痛が鈍感になっている脳漿《のうしょう》をゆっくりと起こしていく。「つ、嗣道……嗣道ぃ」瞼を開けると涙と洟《はな》でぐしょぐしょになっている少女が力強くシャツの袖を握っていた。

「何だ、麒麟《きりん》か……」

近くには貯水槽の破片が散っている。脱出できたのかと少し安堵《あんど》する。床にできた水たまりで自分の顔を見ると目の下の辺りが赤く腫れていた。擦《こす》って俯く。

「な、何だとは何だ！　私がどれだけ心配を――」

「いや、悪い」

やけに力のない声が出て、それを聞いた麒麟が黙った。黙ったまま、自分の袖で顔を拭く。嗣道は大きく息を吐いて、遠い空を見上げる。財閥基地の地下。幾重にも重なった階層の上には抜けた天井と青空があった。「茜の」と嗣道は紡《つむ》ぐ。

「茜の唯一の失敗は俺だった。後継者に俺を選んだ事だった」

主人公としての適性の低さ、凡庸さ。茜は間違った選択をした。

「でも、『間違った選択だった』事にしたくないんだ。茜は無敵で最強だった。綺麗《きれい》で強靭《きょうじん》で間違わなかった……ただ俺ができないってだけで、向いてないってだけで茜を汚《けが》す訳にはいかない……」

ずっと、怖い。自分を包んでいる怖《おそ》れが身体を離れる事は二度とない。

「戦わなきゃいけない」

麒麟に向かって笑いかける。きっと引きつっているに違いない。麒麟は嗣道を眺め、息を吸って「私は」と。

「そうそう、それでいい。いやー、主人公が板についてきたな、嗣道！」

麒麟の言葉を遮り、鷹揚《おうよう》な拍手と共に近づいてきたのは、土門《どもん》だった。

「土門……何でおまえが」

「……鈍感にも程があるぞ、おまえ。三人で昼食を食べていたのに、拉致されたのは私達だけだ」

「それは、俺達がスターゲイザーに乗ってるからじゃ――」

「だとしたら、こいつがここで楽しそうに手を叩《たた》いているのは妙だろう、馬鹿め」

ぐうの音も出なかった。納得するしかない。

「つまり土門孝之介《こうのすけ》は、私達を殺しかけた張本人——あのふざけた猫の正体だ。何を考えているのかはさっぱりわからんがな」

土門はもはや否定する気もないらしく、両手を振った。

「まあまあ、いいじゃねーかそんな事は。それより」

「いい訳、ないだろ……麒麟が死にかけたんだぞ！」

拳を握る。土門の軽薄な態度が理解できない。

「はは、いいね！　それでこそ嗣道だ。ようやく本来の姿を取り戻して——と、誉《ほ》めちぎりてーとこなんだけど、言ってる場合じゃなかったわ」

土門の言葉と共に、地面が短く揺れた。立っていられなくなり、嗣道は尻餅をつく。土門が相変わらず嫌味のない笑みで、嗣道と麒麟の背後を指さした。

そこには。

「……どうしてここにスターゲイザーが」

屹立《きつりつ》しているのは赤の戦士、天文市の守護者。どうして財閥基地に。嗣道は唖然《あぜん》とするが。

独り言のような質問に土門は答えない。

「行かねーと、やべーと思うよ蛍《ほたる》」

その言葉に嗣道は、土門とスターゲイザーを見比べた。迷っている時間も惜しい。麒麟も立ち上がった。ぽたぽたと美しい髪からはしずくが滴《したた》っている。

「おまえには、ほんっとにたくさん、話がある――けど、蛍が危ない、あとにする」

嗣道は蛍を助けにいく事を選ぶ。土門はそれを知っていたかのように手を振った。

「しし、おーよ嗣道」

スターゲイザーへと歩き出し、それから一度だけ振り向いた。どうしても一つだけ、言っておきたい事があった。

「……なあ、土門」

「ん？　どうした」

幼馴染だ。茜《あかね》が死んだあとの土門を嗣道は知らないが、それでも。

「おまえが何してんのかは知らない……知ろうとも、しなかった。だけど俺達は、いや、俺は、おまえと友達のつもりなんだ」

土門はきょとんとした顔で、しばらく嗣道を見つめた。それからにっと笑って。

「……気恥ずかしい事言うなよなー、らしくもない」

土門の返答に納得はできない。しかし嗣道は一方的に言いたい事だけを言って、スターゲイザーに乗り込んだ。

†

銃口は翡翠《ひすい》に似た輝きを発している。作戦室の液晶には、ホロロギウムがあらゆる角度で表示されていた。示されたカウントダウンは残り五分。どこまでも機械的で機構的な身体が脈を打っている。生物なのだ。時限の宇宙怪獣ホロロギウムは生きている。

戦闘機部隊を率いる職員より通信が入る。

『蛍さま、これちょっと厳しいっすよ。うちらの機体じゃまず攻撃が通んないし、機動性はさすがに勝ってますけど、うちらでどうこうできるよーなもんじゃない――っと』

ホロロギウムが伸ばした肢体を、旋回する数機が躱《かわ》した。部隊は掃射を続けているが傷一つつける事ができない。

『対艦ミサイル連隊！　備蓄していた四分の一のASBM《抗宇宙怪獣誘導弾》を発射しましたが遠距離からの進攻はすべて枝のような物質で防がれており――』

高度一万五千メートル。雲すら見下ろす絶対の領域にホロロギウムは。

『――コオオオオオ』

時折静かな呼気を立て殲滅《せんめつ》への準備を進めていた。

「財閥基地周辺地域第二十八棟より第四十二棟までの工廠《こうしょう》区画完全崩壊、狙われてます！　こちらの手足をもいで、次に予想されるホロロギウムの照準は天文市民の最大居住エリアです！」

階下の職員が顔を赤くして叫んだ。キーボードに指を走らせる職員は。

「照準変更は失敗！　ホロロギウムも学習しています！　視覚偽装、情報補塡、共に無効！　このままでは市民に被害が広がります！」

「中央に宇宙怪獣としての『核』は特定できましたが、戦闘機での破壊は無理です……遠距離攻撃は全て防がれ……蛍さま、これは――」

蛍さま、と皆が宇宙怪獣迎撃計画における最高責任者を見た。少女は。

御子柴《みこしば》蛍は額に浮いた汗を扇子で隠す事も忘れて――呆然《ぼうぜん》とする。どれから、どこを、何を、状況はどうすれば、まだ何かできるの、誰が、どうして。混乱する脳を一瞬で収束させる。対策などない。対応などできない。どれを選んでも間違いで、正解など既に存在していなかった。飛行する宇宙怪獣への対策はできていたはずだった。だが、対艦ミサイルを使った大規模な攻勢も戦闘機による一斉掃射も通じなかった。単純に。

宇宙怪獣は、規格外だった。必死に積んできた人間達の予想をはるかに超えて、ホロロギウムは嘲笑している。崩壊した財閥特区が敗北の証左だ。

　蛍の答えを待つ作戦室は沈黙に包まれる。

「……む、無理ですよ」

　それを破ったのは、まだ若い女性職員の呟《つぶや》きだった。

「勝てる訳がない。だって、ミサイルも通じない上空の敵を倒す方法なんて……ある訳ないじゃないですか！　だめですよ、皆……死んじゃうよ……！」

　彼女の言葉を誰も、咎《とが》める事ができなかった。たまたま弱音を堪《こら》えきれなくなったのが彼女だっただけで、その場にいた全員が同じ事を考えていたのだ。

「……避難所は、まだ耐えられるかもしれない。一旦天文市を捨て、住民を街の外へ逃がしましょう。あれは、規格外だ。今の我々にどうにかできる代物じゃない」

「灯《ビーコン》を移動させてか？　財閥基地ほどの拠点を作るのにどんだけ時間がかかると思ってる。その間に世界中で星の歪《ひずみ》が開くぞ……！」

「ではここで全員一緒に、おまえは死ねと言うのか！　一人残らず！　天文市と共に！」

　不和と同時に。堪えられなくなった不安が、伝染する。「そもそも」と。「そもそも、勝てる訳がなかったのよ……！」「あれだけの準備をしておいて」「抗宇宙怪獣兵器さえ一切通じない……何なんだよあいつは！」「天災なんだ、人間なんかにどうこうできるはずが」

「だけど」「だけど」「だけど！」「だけど今までは勝てたじゃないですか、今回だって」

「今までは」と。

一斉に、視線が交差する。

全員が、同じ事を思ったはずだ。

「今までは」

「小日向茜《こひなた》が、いた」

いつの間にか小日向茜は財閥職員にとっても、スターゲイザーの操縦者である事以上の意味を持っていた。茜が、いれば。

「そうだよ、茜ちゃんがいたじゃない、今までは……！」

「僕達に、できる訳がなかったんですよ、あれは小日向くんだからできた偉業だった」

「どうして気づかなかったんだ。小日向茜がいなくなった時点で私達は」

蛍は唇を噛《か》んだ。「やめなさい……」俯《うつむ》いたまま、歯軋《はぎし》りをする。

「……小日向茜はもういない」

いなくなった英雄の影を追い続ける事に意味はない。今、自分に何ができるのかを。

「必死に、積んできたのですわ。小日向茜を補うために。わたくしだけじゃない、貴方達《あなた》もそう。小日向茜が命を賭《と》して守ったものを！　守るためにここにいるのでしょう！」

半ば自棄《やけ》になって職員達に呼びかけるが、返答はない。ホロロギウムのカウントダウンだけが進んでいき、気づけば。

「発射まで、残り……十秒……！」

「銃口に向けてＡＳＢＭ《抗宇宙怪獣誘導弾》の集中砲火を！　倒すのは不可能でもバランスを崩して軌道を外せるかもしれないわ！　早く！」

誰も、蛍の言葉に耳を貸さない。

「何を、しているのよっ！　誰か！　早く動きなさい！　答えなさい！　誰か――」

雲海の向こう側。緑に輝く光が見える。財閥特区を灰に変えた翡翠の炎に。

蛍も、目を奪われる。「誰か」と。少女の顔を思い浮かべる。

――助けて。

放射される極大の熱線が視界を白く染め上げた。反射的に目を背ける。場にいた全員が絶望に顔を歪《ゆが》める。小日向茜がいれば。小日向茜がいれば。小日向茜がいれば、と。苦々しげに目を開く。オペレーターの一人が、訝《いぶか》しげに呟いた。「どうして」と、目を丸くする。

液晶に映っているのは天文駅周辺を映した衛星カメラの映像だ。光の柱が滞空している。街は無事だ。「何が」と口々に職員が言った。蛍も視線を向ける。

視界が徐々に、認識する。姿を。

「あれは……何故《なぜ》……！」

瞳に映ったのは、赤の兵器。小日向茜の忘れ形見。マフラーをたなびかせる赤の戦士が、駅に付属するツインビルの頂上で、両手をかざしている。

「熱源反応確認！　あれは、茜ちゃんの使っていた……！」

「ホロロギウムの、熱線を、相殺《そうさい》しています……！」

どうして。蛍は唖然とする。どうしてここに。

「スター、ゲイザー……」

†

傾きはじめた炎天が屋上を照らし出した。眼下には坂下の住宅街を見渡せる。天文駅に付属する三十五階建ての天文ステーションツイン。

普段は眺めるだけだったその屋上に嗣道《つぐみち》は立っていた。スターゲイザーは両腕を光の柱へと伸ばす。張られた薄い膜だけが熱線を防いでいる。

「ああああああ！　手が焼ける！　熱い熱い熱い！　死ぬ死ぬ死ぬ！　無理無理無理！—

「防護戦闘用兵装、スターバリアか。存外使い勝手のよい武器だな。おまえの主人公性でホロロギウムの熱線を受けきるとは」

「ねえ、見えてる⁉　手がやばい事になってるって腫れすぎて、腫れ、治るよなこれ⁉」

「スターゲイザーは主人公性人型兵器の性質上、操縦者の身体《からだ》や精神と強く同期している。機体の損傷はおまえに対するダメージだと思え」

「死ねるっつーんだよざっけんな！　ああああ全部ほっぽり出して家に帰りたい！」

『主人公性に反した行動を――』

「うるせーばーか！　誰のせいでこんな事になってる！　無理無理無理無理っ――いや、嘘《うそ》、嘘《うそ》です、はい、頑張ります、すごく頑張りますっ！　あと五秒？　主人公っぽさ足りない？　わかったわかった！　この程度、試練の内にも入らねーよっ！」

「自棄だが悪くない主人公ムーブだな」

「何だ、この時間！」

熱波の攻勢が少しずつ弱まっていく。

「『時限の宇宙怪獣』の滞空位置と天文市までの距離――熱線は二度目か。カウントダウンによる重砲の確保、バリア発動までの時間で――いまだ、領域を拡大しろ」

計算を終えた麒麟《きりん》が指示を出す。嗣道は従って、スターバリアの展開領域を拡大する。

バリア自体の強度は下がるが、弱まった熱線を。

「だああああ！」

一気に跳ね返す。翡翠に似た光の柱が宙で霧散した。スターゲイザーは自重を支える力すら失って、膝をつく。熱を帯びた嗣道の両手は、軽い痙攣《けいれん》を起こしている。麒麟が自分の湿った髪に嗣道の両手を重ねた。「温かいな」「攻勢に耐えた俺の両手をドライヤー扱いか！」下らない会話にため息をついた。

「多少は、装甲性能が上がってるのか？　前回のアキュベンス戦に比べれば」

「だがどう考えても次は耐えられないぞ、損傷率が許容量を超える」

麒麟が冷静に状況を分析した。

「敵は高度一万五千メートル。茜《あかね》の使っていたスタージェットは出せていない。スターキャノン如《ごと》きの砲撃では届かない――第一、やつには射撃機能に対する強固な耐性がある。財閥特区で貯蔵されていた大量のミサイルが全く通用していないのだからな」

麒麟は額に指を置いた。

「それだけ聞くと、どうしようもなくね……？」

「では、諦めるか？」

麒麟が嗣道の事を見る事もなく問うた。嗣道は一瞬詰まって、空を見上げる。熱線の方向には巨大な物体が。拡大された映像には次のカウントダウンが示されていた。三十分経《た》てば、今度こそ街が焼き尽くされる。

次に熱線を受け止めれば、間違いなくスターゲイザーは破壊される。刻一刻とカウントダウンは進んで、嗣道が息を呑《の》んだ、瞬間。軽快な音楽のあとに。

『どうして』

スターゲイザーに対して、何者かによる通信が結ばれる。画面に縦巻きロールのミニキャラが表示された。声の主は。

『どうして、ここにいるんですの』

蛍《ほたる》だった。液晶に表示された蛍は咎めるような、悔しがるような、複雑な表情をしていた。嗣道は何と言って良いのかわからずに麒麟を見るが、麒麟の反応はない。

仕方なく、作り笑いを浮かべて頭を掻《か》いた。

「いろいろあったけど、とりあえず出てきた」

蛍は歯軋りをして机を叩《たた》く。

『ではなく！　どうしてスターゲイザーに乗っているのかを聞いているのですわ！』

嗣道は沈黙し、蛍の言葉を待つ。

『貴方は小日向茜ではない！　下がっていればよいのですわ！　スターゲイザーに乗る必

要なんてない！』

言いながら、蛍の瞳には涙が浮いていた。

『ずっと引きこもっていればよかったのですわ！　貴方は！　素質がある訳でもない、ただの凡人じゃない、常人で、才能もなくて特別でもなくて、傷つく必要なんてない！』

叫んで。

『これは、御子柴の責任なのですわ！　小日向茜が、土門孝之介《どもんこうのすけ》が、貴山蓮《きやまれん》が、貴方が！　傷つく必要なんてないのよ、全部、全部忘れて……普通に返れとわたくしは！』

「蛍は」

口を開く。ああ、そうかと。こいつはたった一人で。俺達を。全員を。

それはどれだけの重圧で。

かつて自分が逃げた事の重さを、ようやく嗣道は実感する。実感した上で。

「蛍なら、茜の代わりになれるのか」

恥知らずを、演じる。

『……わたくしは』

嗣道は空を見上げた。自分の力では決して届かない遥《はる》か上空。少しだけ笑って。

「無理だよ、ああ、わかった。あの時おまえの言っていた事の意味が。俺にも、おまえにも、茜の代わりなんてきっと務まらないんだ。茜にはなれないんだよ……だけど」

息を吸った。『では、諦めるか？』と、麒麟の問いに首を振る。馬鹿を言うなよ。

「俺達は、託されたんだ。できもしないような事を託された。それでも、それを小日向茜が望んだのなら——次はどうするのか、俺も決めた。おまえだけに苦しい思いなんてさせない。おまえに全部を守らせない」

できもしないとわかっている、そんな事はとうに知っている。

だが、小日向茜に失敗はない。あってはならない。最高の主人公が自分を選んだのなら、最高の主人公が自分に、託す事を最善だとしたのなら。

嗣道は決意する。

「俺は、戦うよ」

†

沈黙する作戦室で、はやる心臓の鼓動だけが聞こえる。場にいた全員が高橋《たかはし》嗣道の言葉に注目していた。奇《く》しくも少年の呟《つぶや》いた言葉は。

『あたしは戦うよ』

理事
生徒
MIKOSHIBA
HOTARU

いつかの小日向《こひなた》茜と同じで。

御子柴《みこしば》蛍は唇を噛んだ。小日向茜を超えられない。小日向茜に追いつけない。対策をして計画を練って、長い準備を整えて。そして現状がある。半壊した街と打開策のない状況で、次のカウントダウンだけが刻一刻と進んでいる。

だと言うのに、蛍は笑った。

机に自分の額を叩きつける。「痛ううッ！」と瞳の涙が吹き飛んだ。

「ほ、蛍さま……？」

職員の一人が乱心した指導者に視線を向けた。『おいおい……』と液晶に映った嗣道も不安気に見つめている。蛍は顔を上げて嗣道に尋ねた。

「勝算は」

『ねーよ、だから普通に滅びたらまじでごめんなさい、ほんと勘弁してください』

「……貴方《あなた》、図太さだけは小日向茜に似てきましたわね」

『全っ然嬉《うれ》しくねーし俺はあんなに行き当たりばったりじゃない』

「私の完璧な計画のもと動いているからな、行き当たりばったりなとこなど一つもない」

「いや、やっぱ行き当たりばったりだったかも。主にこいつのせいで」

と、夫婦《めおと》漫才のようなやりとりを繰り広げる二人に大きなため息をついた。緊張感のない連中だ。蛍は腰に手を当てて。

「高橋嗣道、山田《やまだ》麒麟、わたくしに一つ考えがありますわ。今すぐ財閥基地にきなさい」

『人のいる場所を狙っている。ホロロギウムは次も居住区に熱線を放射するぞ、スターバリアを張らなければ今度こそ市民の被害は避けられん』

麒麟の疑問に答えず、扇子を広げた。

「黙りなさい、科学者。何も言わずにわたくしに従っていればいいのですわ。走ってきなさい、すぐきなさい」

『……もう、大丈夫そうだな』

「それはこっちのセリフですわ。大したバッテリーもないくせに、充電期間長すぎですわよ」

嗣道が苦笑して通信を切った。

再び、作戦室は沈黙に満ちる。しんとした雰囲気の中、蛍は振り返った。階下にいるすべての職員を睥睨《へいげい》する。蛍は息を吐いて、話を始める。

「……スターゲイザーに乗っているのはただの凡人で、状況はかなり分が悪い。熱線が街を灰に変えて対応できる武器もない。戦意を喪失するのもわかりますわ。わたくしとてほんの少しだけ折れかけた」

蛍は「ですが」と断言する。確かな事実を。

全てを救い続けた英雄は。無茶を通せる特別な少女は。

「小日向茜はもういない。ではわたくし達には、小日向茜がいなくなったあとに、どうするのかを考える義務がありますわ。彼女一人に背負わせた者達の、それが責任というものではなくて？」

職員の一人がぎゅっと拳を握った。誰もが今は、諦めを微塵《みじん》も感じさせない。決意に満ちた表情で蛍を見つめている。

「戦いは、終わっていない、誰かに祈る事を嫌った者だけが、わたくしに従いなさい！」

誰からともなく、動き出す。それはきっと、と蛍は思った。

小日向茜の灯した残り火に、誰もが何かを感じずにはいられなかったのだと。

†

更地になった財閥基地の工廠《こうしょう》周辺で、たった一つだけ天に伸びている。燃料噴射推進装置――つまりはロケットだ。赤と白に彩《いろど》られた背の高いロケットに、スターゲイザーは鉄鋼の縄でくくりつけられている。

「蛍、やっぱまだ怒ってる？　俺、全然許されてない？」

『貴方に対する怒りや諦めはとっくの昔に頂点を越えていますわ。猛省しても許さない程度には。ですので今後一切はわたくしの言う事に従いなさい』

「だとしてもこの状況でロケットに括《くく》り付《つ》けられてんのは意味わかんないって……何これ？　地球を、つ、追放……？　追放される？　さっきの和解っぽい感じは？」

「落ち着け馬鹿」

すこーんと麒麟《きりん》が嗣道《つぐみち》の頭を叩《はた》く。

「積載量六十四トンの巨大ミサイルだ。相当の損傷率を期待できる、が、当然ホロロギウムには通じなかった。そうだな？」

『これだけの規模の砲撃となれば「的の機動力が低い事」は必須、大前提ですわ。ですがホロロギウムには意思も知性もある。自在に伸びる枝のような細胞を使って器用に撃墜されてしまった――』

「で、スターゲイザーが括り付けられてる理由は？」

「当然、直接赴くのだろう」

麒麟と、液晶に映る蛍が同時に指をさす。

「空までな」

『現在開放されているスターゲイザーの主装備に、小日向茜の使用していた飛行戦闘用兵装、スタージェットは含まれていない』

表示されたスターゲイザーの背面には確かに、茜が乗っていた時にあったノズルは存在しなかった。故に、スターゲイザーは空を飛べない。

「遠距離射撃用の装備も開放されていない。スターキャノンは広域戦闘用兵装だ、長距離でのスナイピングなど当然不可能」

『であれば赴いて、ホロロギウムを直接叩くしかないのですわ』

「直接って……！」

『ミサイルや射撃などの攻撃は全てホロロギウムの四肢によるオートガードが発動し、本体へと到達する前に防がれる。ですが、スターゲイザーの機動性を以《もっ》てすればホロロギウムのオートガードを掻《か》い潜《くぐ》れる。要するに、ですわ』

「ロケットでスターゲイザーを、直接ホロロギウムの元へ送るという事だ」

麒麟が蛍の言葉を続けた。「は、いやいやいやいや！」嗣道の頰を冷や汗が伝う。

『時間がありませんわ、行きますわよ！』

「待て待て待てっ！　説明が全部終わってないだろ！　これどうやって帰ってくんの？」

『知りませんわ。さっきかっこつけていたのだから、何かしら策があるのでしょう。帰りの便は自分で予約しなさいな──はい、着火』

「この女、無茶苦茶言ってるな」

「そういや蛍ってこういうやつだったよ……」

『わたくしだけに苦しい思いをさせないのでしょう？』

意地悪く、蛍が笑った。嗣道も引《ひ》き攣《つ》った笑顔を見せる。蛍の傲慢は信頼の証《あかし》だ。

『発射三秒前、２、１ッ！』

爆音と同時に操縦席に大きな揺れが走る。嗣道は冷静な麒麟の肩を摑《つか》んだ。

「何で余裕なんだよ、おまえはっ！」

「驚くほどの事でもなかろう、ふふっ、びびりすぎだおまえは」

一瞬で地上が遠くなっていく。眼下に見えるのは多くの人々が暮らす天文市。人と異星の怪物が交差する場所。嗣道は恐怖を抱きながらも操縦桿《かん》を構える。麒麟が手を添えた。

「大丈夫だ」

『目標地点まで残り百メートル！　液晶にランデブーのポイントを表示しますわ！』

腕と脚に着けられた鉄輪がはずれる。パラシュートなどない。ミサイルが宇宙へと向かっていくのとは反対に、嗣道と麒麟を乗せたスターゲイザーは。

「……でかすぎんだろ」

　スターゲイザーが着地してあまりあるくらいの大きな榴弾砲《りゅうだんほう》が、宙に滞空していた。時限の宇宙怪獣ホロロギウム。嗣道は意を決して落下する。

「来た！　構えろ！」

　ホロロギウムの背面から無数の枝が伸びる。右腕のスターブレードで対処していく。

「一つ一つが堅牢《けんろう》な訳ではない、アキュベンスの外殻に比べれば右腕で十分対処できる、が」

「数が、多いな……！　スターブレードじゃだめだ、スターバリアを！」

　両手を構えて半球形のスターバリアを発動する。しかし、熱線による損傷が尾を引いている。同期した痛覚が嗣道の操作を止めた。「嗣道！」「やばい……！」バリアは解除される。

　一瞬の隙をついてホロロギウムの四肢がスターゲイザーの右腕を貫いた。動きが止まる。

『損傷率――』衝撃と共に操縦席で通告《オペレーション》が響く。

　咄嗟《とっさ》に、スターキャノンで弾幕を張った。

「大丈夫か……麒麟」

　麒麟は無言で指をさした。背面でホロロギウムの四肢がしな垂れて、突然敵を見失ったように本体へと戻っていく。「何とか着いたようだな」と麒麟が呟いた。

スターゲイザーがホロロギウムへと着地する。カウントダウンを見る。残り時間は二分。

『核はホロロギウムの頭部に存在しますわ、特定した位置を送りますわよ！』

「これを破壊すれば俺達の勝ちって事だよな……！」

母艦のような榴弾砲の背中。獣で言えば尾の部分に嗣道達はいた。真っ直《ます》ぐに走れば核のあるポイントに着く。

「二分か……ホロロギウムの背は長い。全速力で駆けてぎりぎりというところだろう」

『高橋《たかはし》嗣道！　走りなさい！』

「わかってる！」

レスポンスの遅いスターゲイザーがホロロギウムの背を駆け抜ける。中空に浮いているのは無数の時計。全てが熱線放射までのタイムリミットを表している。間に合わなければ街が滅びる。「もっと早く！」操縦桿を操作する。

守る意味など、失ったと思っていた。

茜《あかね》が死んだ瞬間に、世界は価値を失った。

だけど、それでも。

土門《どもん》と蛍《ほたる》の顔が浮かんだ。腹は立つけど、蓮《れん》の顔が。まだ友達とすら呼べないような、クラスメイトの顔が浮かんだ。必死に街を守ろうとする、財閥職員の顔が浮かんだ。

そして隣にいる、麒麟の顔が。

これから訪れるであろう未来の姿が、厚かましくも欲しくなった。

「守るんだ……俺が、俺達が」

目前に現れた歯車の集積は、ホロロギウムの内部から立ち上がるように生えている。核だ。スターゲイザーよりも大きなそれは、鐘の音を鳴らしながら時を刻んでいる。

嗣道は、スターブレードを振り被《かぶ》る。未来を手に入れるために。

しかし。

『右腕の損傷率が肥大、近接戦闘用兵装スターブレードの発動が停止されました』

「……は？」

振り上げた右腕がエネルギーを失って、鞭《むち》のようにしなった。ただの鉄塊へと化した右腕にスターブレードが収納されていく。

「止まっ……」

「スターキャノンだ！　早くしろ！」

パニックに陥る嗣道を麒麟が叱りつけて現実に引き戻す。言われるがままに嗣道はホロロギウムに向けてスターキャノンを——発動する前に。

地面が大きく揺れた。

「揺れが！」

『ホロロギウムが熱線放射の準備をしていますわ！　高橋嗣道！　早く――』

ホロロギウムが胎動しているのだ。スターゲイザーはバランスを崩し、斜めになった地面を滑り落ちていく。核からはゆっくりと離され、かろうじて放ったスターキャノンも当たらない。赤白い弾は見当違いの方向へ飛んでいき、スターゲイザーは。

「やばい、やばい、やばい！　どうする！　ああ！　考えろ俺！　何か、誰か」

隣にいる麒麟が歯軋《はぎし》りをしている。

何も、策など思いつかなかった。窮地に追いやられて機転を見出《みいだ》すのは、主人公の特権だった。嗣道には何も、浮かばない。

ただ。

「諦めるのは、もう嫌なんだ、ただ俯《うつむ》くのは嫌なんだよ！　だから！　何か！」

嗣道の叫びに、主人公性人型兵器は応えない。

ゆっくり、赤の戦士は空へと。

†

「させませんわ」

御子柴《みこしば》蛍は呟《つぶや》いた。

高橋嗣道は覚悟を見せた。特別でなかった少年が、特別であるのだと主張する事を決めた。

自分は特別ではない。小日向《こひなた》茜を超えられない。高橋嗣道は特別ではない。小日向茜を超えられない。それでも超えなければならない。小日向茜が敗北したものに、立ち向かわなければならない。

蛍はホロロギウムより少し離れた位置で待機したままの飛行部隊に指示を告げる。

『うちらでスターゲイザー乗せるとか、無理っすよ。接続機とかあるならまだしも』

軽い口調で呟いた少女に焦《あせ》りは感じられない。

「わかっていますわ」

『ま、不可能でさえなければうちら、どんな任務でもこなしますよ。蛍さまのためならね』

蛍は息を吸った。ぎんと目を剝《む》いて指令を下す。

「やられてくださる？」

『了解』

†

右手が外れて、とうとうスターゲイザーが空へと落ちていく。ホロロギウムの四肢がスターゲイザー目掛けて伸びてくる。嗣道は、足掻《あが》く。スターキャノンを構えて迎え撃つ。スターゲイザーの前を、数機の戦闘機が横切った。

四肢の攻撃を嗣道の代わりに受けて、ゆっくりと空の下へと落ちていく。

「これ……！」

『財閥の誇る飛行部隊ですわ。最低限の損傷で、たった今退場していただきました』

「何やってんだ蛍！　死ぬかもしれないんだぞ……！」

『舐《な》めすぎですわ、貴方《あなた》みたいなアマチュアと違って彼らはトップクラスのプロフェッショナルですわよ？』

「だからってここで代わりになっても意味が――」

「なるほどな、そういう事か」

「え？」

麒麟《きりん》が呟いた。

「怪獣映画では定番だろ、噛《か》ませ役。賭博《とばく》が好きだな、ご令嬢」

『最後の足掻きとやらですわ、失敗すれば全員お陀仏《だぶつ》、だからさっさと引きなさい、状況を覆《くつがえ》す最善の一手を――主役は、貴方がやるのでしょう』

伸びてくるホロロギウムの四肢に対処しながら、嗣道《つぐみち》は聞く。

『主人公的行動『味方の戦闘機が一掃される』を確認しました』

「これ……！」

『勝ちなさい、高橋嗣道！』

一縷《いちる》の希望。操縦桿を強く握る。

『『悪戦苦闘』――中距離戦闘用兵装スターシューターが開放されます』

「機能開放系の、主人公性……！　これならっ！」

スターゲイザーの襟に装着された硬質なマフラーが、ホロロギウムの四肢を弾《はじ》き、伸びていく。ホロロギウムの身体《からだ》に巻きついて、スターゲイザーは跳ねる。高く飛翔《ひしょう》する。

「行け！　嗣道！」

スターブレードは使えない。核を捉える。スターシューターを核の背後にある突起へと巻きつける。「身体ごとだ」軽く呼吸を整える。

「俺は、主人公じゃない」

鮮烈とは言えない、綺麗《きれい》とは言えない。泥に塗《まみ》れた勝ち星を。

カウントダウンは残り五秒を過ぎている。

スターシューターをグンと引き寄せる。スターゲイザーが急降下で、ホロロギウムの核へと突進を開始する。硝子《ガラス》のように、歯車の集積が割れてプリズムへと変化する。

散りばめられた破片が光を反射する。

「だけど、戦わなきゃいけない。みんなで、おまえが守ったものを守るよ、茜」

核を破壊されたホロロギウムが吠《ほ》えて、落下していく。

†

液晶の前で全員が喝采を送っていた。画面に高橋嗣道の乗るスターゲイザーが、突進でホロロギウムの核を破壊する映像が流れている。

散らばったホロロギウムの破片が、光を受けてスターゲイザーを彩《いろど》っている。風になびくマフラーが、いつかの少女を想起させて。

「――だったらあたしは行っちゃうよ、蛍が追いつけないような場所に」

言って少女は消えてしまった。

高度一万五千メートルを眺めても、そこにもう少女の姿はない。勝手に蛍の運命を定めて、勝手にどこかへ行ってしまった。

茜の代わりは誰にも務まらないと高橋嗣道は言った。

知っていた。少女はずっと特別で、これからもきっと特別であり続ける。

「ですがやりましたわ。わたくし達と、高橋嗣道で、全員で」

小日向茜は特別だった。特別であり続ける。

だが。

「特別は超えられる。超えてみせる。貴女《あなた》が守ったものを、わたくし達で守り続けますわ。守り切って、いつかもう一度貴女に会った時、言ってやりますわ。わたくし達の勝ちだと」

ぽたりと、手の甲に落ちて初めて、自分が泣いている事に気がついた。

「それくらいの我儘《わがまま》は、許してくれますわよね、茜」

第三章　喧嘩ばっかり

鍵を掛けた部屋は暗くて、居心地がいいとは言えなかった。世界の全部から自分を守りたかった。びりびりに破いた教科書、点《つ》いているだけのパソコン。六畳間で世界は完結している。それで良《い》い。構わない。

――決して絶望的じゃない。ただ、緩やかに沈んでいく自覚はある。

三年前の秋、貴山蓮《きやまれん》は引きこもりだった。

よくある話だ。力の強い同級生に虐《しいた》げられ、学校に行くのが嫌になり、気づけば半年が経《た》っていた。言ってしまえばそれだけだった。当人以外にとっては「それだけ」だった。武器だった成績は鈍っていき、少しずつ取り返しがつかなくなる。蓮はそれに気づいていた。気づいていてもどうしようもなかった。

思いつきでシャーペンを首に突き立てる。その寸前だった。

みしりと閉め切った扉が震える。怪訝《けげん》な顔で見つめていると、激しい打撃音が聞こえた。ぼこぼこと窪《くぼ》んでいくのをただ、どうしようもなく眺めていると――。

「誰だい、君」

現れたのは赤いマフラーの少女だった。背後で不安げに少女を見守っている少年が一人。微《かす》かに見覚えがある。確か二人とも同級生だ。じゃなくて、どうしてここに？

「同級生の小日向茜《あかね》だよ！　よろしくね！　引きこもってるって聞いたので迎えに来た！」

「……言っている事の意味がわからない、人の家の扉を壊しておいて――」

「蓮をいじめてた連中には鉄槌《てっつい》を下しときました！　今は皆スポーツに汗を流すさわやか青少年に更生してるよ。でね、引きこもってた間に授業ついていけなくなってるでしょ？」

茜が蓮に一枚の用紙を渡した。

「頭いい先輩達集めて図書室で勉強会するんだ！　蓮も出てね？　超美人な先輩達に君のキュートな写真見せたら張り切っちゃってさー」

「い、行く訳ないじゃないか……！　だいたい僕は――」

「蓮のご両親には塾通いを減らしてくださいって頼んどいたよ！　放課後に遊べないの嫌だしね。読書好きなんでしょ！　読めない英語の本があってさー！　蓮に読んで――」

「いい加減にしてくれ……迷惑なんだよ！　人助けのつもりかもしれないけれど――」

語気を強めて茜を睨《にら》んだ。しかし茜は怯《ひる》む事なく蓮の言葉を遮る。

「人助け？　いやいや、あたしのエゴだけど。あたしに目をつけられた以上、蓮はあたしに救われるしかないんだよ。部屋を出るしかないの。だってあたしが蓮を、このままにはしないって決めたから」

彼女は意地悪く笑った。

「ね、まだ何か不安？　あたし、蓮を苦しめる全部を叩《たた》き潰すつもりなんだけど」

不可能だ。大言壮語にも限度がある。なのに、彼女にはそれを成し遂げてしまいそうな、有無を言わせない説得力があった。


誰かに呼ばれて目を開く。財閥基地第十五棟、表沙汰にはされていない「不可視の領域」に蓮はいた。全長四十メートル近い地下格納庫には自分を含めたった三人しかいない。

「蛍《ほたる》が凍結って言ってたし、この計画は完全に終わったと思ってたぜ。どうやって復活させたのか気になるとこだけど！」

軽薄な茶髪の少年、土門孝之介《どもんこうのすけ》は楽しげに言った。高い背丈に場違いの制服がよく映える。

「蛍さまに匹敵する統括局長としての権威に決まってるじゃなーい！　それとホロロギウ

ム戦で蛍さまが起こした失敗ね？　見積もり甘すぎて皆死にかけたのよー⁉」

片眼鏡を掛けた少女が大袈裟《おおげさ》な身振りで頬を膨らませた。ウェーブのかかった黒髪はまるで人形のようだった。片眼鏡の奥の垂れた目が起き上がった蓮を見つめている。

橘《たちばな》黒猫。研究局の統括局長を務める若き優秀な科学者だ。

蓮は少し虚空《こくう》を見つめて、土門と橘の隣に立った。

「奴《やつ》は主人公に相応《ふさわ》しくない。茜の跡を継ぐべきなのは僕だよ。準備は整った――橘、君には感謝してる」

「いいのよー？　私だって山田《やまだ》麒麟は気に食わないの！　あれがいなければ私の天才性はもっと広く評価されてるはず……私は彼女を、貴方は彼を！　両方一緒に殺しましょう？」

土門が頭を掻《か》いて最終調整の準備をする。目を細めて口を歪《ゆが》めた。

「いいね、いいね。互いに嫌い合ってて最高だ。因縁ってのは大事だな。執念深く嫉妬深い、悪感情《そいつ》が運命を連れてくる――しっかりやれよ、加減をするな」

土門が最終調整に入った。怪獣使いとしての力を行使して、三人の目前に鎮座した鉄の鎧《よろい》と肉の塊に術式を描く。一瞬、塊が輝いて、次の瞬間には安定していた。胎動していた塊が静かになる。蓮は震える瞳を髪で隠した。

「──茜は、嗣道《つぐみち》に殺された」

頭上には、スターゲイザーによく似た人型兵器。赤のスターゲイザーに対して夜空を思わせる漆黒のボディ。

「主人公性人型兵器スターゲイザー：シナリオパターン『Picaresque』か。嗣道や茜とは正反対の主人公性──さてさてどこまでやれるかね」

いつかの茜に蓮は告げる。

──高橋《たかはし》嗣道は君を殺した。茜、君の唯一の間違いは、奴だったんだ。

呼吸を深くする。

──だから、僕が君の間違いを正すよ。

覚悟を決める。

「高橋嗣道じゃない。茜の後継者は──僕だ」

†

跳ねる巨大なうさぎの影が、天文市の街路を這《は》い回《まわ》る。「嗣道、スターシューターで捕縛しろ！」「わかってる！」麒麟《きりん》の言葉に、嗣道はレバーを握り直した。影を頼りに走るスターゲイザーが首元に装備された伸縮自在の特殊合金を放射する。巨大なうさぎの怪物――迅疾《じんしつ》の宇宙怪獣レピュースに、スターシューターが巻き付いていく。

『市民の避難が完了したエリアを指定しますわ！　そこで思いっきりやっつけなさい！』

財閥基地で対レピュースの指揮をとっている蛍からデータが送られてきた。落下するレピュースに向かって突き刺そうとしたスターブレードは防がれる。

レピュースがスターシューターによる拘束を破った。解放された両脚がスターゲイザーを捉える。「スターバリア！」展開された光の膜がレピュースの攻撃を無効化し。

嗣道はそのまま、スターバリアの領域を拡大する。

轟音《ごうおん》が響く。周囲の建物が風圧に震える。スターバリアで押し潰されたレピュースは体液を放出させる。眼下に見える排水溝は、レピュースの体液で溢《あふ》れていた。

麒麟がぐっと拳を見せた。

「私達の勝利だ」

嗣道も笑って、拳をこつんと重ねる。

激動のホロロギウム戦より一ヶ月が経った。蟬時雨《せみしぐれ》と咲き始めた向日葵《ひまわり》が夏の到来を告げる七月。

御子柴《みこしば》財閥の最高顧問である蛍の協力を得た嗣道と麒麟は、訪れた七体目の宇宙怪獣レピュースを倒し、順調にオフィケウス戦に向けての経験値を獲得していた。

ずむ、と麒麟が嗣道に寄りかかる。日差しの照りつける天文高校の屋上。生温《なまぬる》い風が吹いて麒麟の髪が目に入る。コーヒー牛乳を飲みながら周囲の景色を眺めた。先週の交戦によって生まれた校舎の傷は既に修繕されている。財閥の仕事の早さには舌を巻くばかりだ。

「しかし、わたくし達もだいぶ宇宙怪獣討伐には慣れてきましたわね」

嗣道に相対する位置でティータイムを行っている蛍が言った。

「わざわざティーポットで紅茶かよ、テーブルと椅子まで用意して」

「当然でしょう！　御子柴の娘たる者ティータイムを簡易に済ませるなど！」

「こいつ、多分カップ麺を食べて感動するタイプの金持ちだぞ」

「ああ、そんで『美味《おい》し過ぎますわ！』とか言っちゃうタイプの金持ちだ」

「言いませんわよそんなべたな事！」

こほん、と蛍が咳払《せきばら》いをする。

「オフィケウスとの再戦まで残り二ヶ月を切りましたわ。さらに多くの宇宙怪獣を倒し、多くの主人公性を獲得せねば、小日向《こひなた》茜ですら敵《かな》わなかった再生の宇宙怪獣は倒せない」

「残り二ヶ月か。わかってはいたけど、時間が足りないな……」

「主人公性の獲得は順調だ。主に私のおかげでな。もっと私に感謝の意を示せ」

麒麟が嗣道の膝に乗り、コーヒー牛乳を奪い取る。ストローに口をつけて、そのまま糖分の塊を吸引した。「俺のだろ、勝手に飲むな」「ほほへほほほはははひほほほほは」「雑にジャイアニズムを発揮するな」「何でわかりますの?」蛍が眉間にしわを寄せる。

「……前から言おうとは思っていましたが貴方達《あなた》」

首を傾《かし》げる嗣道の頬を、蛍が摑《つか》んだ。

「少し弛《たる》んでいるのではなくって⁉　さっきからぐにぐにぐにぐにとひっつきあって。わたくしの学校で不純異性交遊を許した覚えはありませんわよ！」

「私とこいつはただならぬ仲だからな」

「思ってもない事を言うのはやめろ」

麒麟の言葉に嗣道はため息をついた。ボディタッチにもスキンシップにも少しずつ動じなくなっている。嗣道の膝で麒麟がスマートフォンを操作し始める。

「聞きなさい山田麒麟！　だいたい貴女《あなた》は子供の時から――」

「それよりいいのかご令嬢、おまえの方こそ少し弛んでるんじゃないのか?」

「わたくしのどこが弛んでいると?　いいですか、御子柴たるものあらゆる状況において臨戦態勢を保持する、冷静沈着かつ人々に威光を示し、決して狼狽《ろうばい》など見せない――」

麒麟が、嗣道と蛍にスマートフォンの画面を見せる。

『──最高顧問であった御子柴蛍氏に代わり、今後は研究局の統括局長を務めていた橘黒猫氏へと総指揮権が委譲される事に決まりました。これは御子柴本家による正式な通達であり、天文市になくてはならない御子柴財閥の今後が──』

「総指揮権の移譲⁉　何ですのそれ！　聞いてませんわよッ！」

開かれている会見を見て蛍が叫んだ。落としたティーカップが割れて破片が散る。笑顔で机に着いているのは片眼鏡を掛けた小柄な少女だ。

『はい、私が研究局で統括局長を務めている橘黒猫です。あ、変わった名前だってよく言われます。実は実家が猫カフェをやっていて──！』

「たちばなあああああッ！　どういう事ですのこれは！　お祖父《じい》さまに連絡を！」

「相当狼狽《うろた》えてるぞ」

「さっきまでティータイムをしていた人間とは思えんな、こうはなりたくない」

蛍が電話を掛けて数コールで財閥の長に繋《つな》がった。『もしもし』の声は好々爺《こうこうや》のそれに相違ない。画面で行われている会見は和やかな雰囲気で進んでいる。

『ひさしぶりい、蛍ちゃん』

「お祖父さま！　どういう事ですのこれは！　わたくし何も聞いておりませんわ！」

『あのね、言ったら蛍ちゃん、また無理するでしょう。橘ちゃんに聞いたよう、大変なんでしょ、最高顧問、じいちゃんね、頑張ってる蛍ちゃんは好きだけど、無理するのは良くないよう、まだ子供なんだからそんな大変な事せんでいいのよ？』

「無理してなんかいませんわ！　橘が言ってるのは――」

『それにほら、一ヶ月前の財閥基地損壊事件、あんなん蛍ちゃんが危ないでしょう、見てられんよ、じいちゃんも心を鬼にして言うけどね、財閥基地入るの禁止ね』

「ちょ、お祖父さま!?」

『それで、学校の方はどうな――』

「この流れで近況報告とかできる訳ないでしょう！」

蛍が絶叫と共に電話を切る。ツーツーと虚《むな》しい電子音が屋上に響く。

「財閥のトップってあんな感じの人なのかよ……？」

「私が会った時は飴《あめ》をくれたぞ」

「まじ普通のじいさんだな……」

嗣道と麒麟は蛍の肩を叩く。

「ま、どんとまいんどだ、決して狼狽など見せない、常に臨戦態勢の蛍さま？」

「とりあえずしばらくは、俺達の方で頑張るよ。橘さんってどんな人――」

『あと、最高顧問としての初仕事なんですけど、現在対宇宙怪獣作戦において運用されているスターゲイザー、ですっけ？　安全性の観点より使用停止を宣言しまーす。これは研究局の間でも以前から議論されていてぇ――』

「え？」

振り返ると、橋の背後にあるプロジェクターではスターゲイザーの写真にバツが為《な》されていた。項垂《うなだ》れる蛍《ほたる》を他所《よそ》に、嗣道と麒麟は競ってスマートフォンを奪い合う。

『それに応じて、安全性、性能面を大きく強化した新型兵器、スターゲイザー‥『Picaresque』の運用を開始したいと思います。これは今まで運用されていたスターゲイザーより強力な新型の兵器で、数値にすると――』

嗣道と麒麟は顔を見合わせる。

「……え？」

握り潰されたパックのコーヒー牛乳が嗣道のシャツを濡《ぬ》らす。

†

学校を出てすぐの坂道を、嗣道と麒麟は駆け降りる。天文駅に向けて歩く授業終わりの大学生を掻き分けて、スターゲイザーを保管している、廃ビルの地下駐車場へと。

『貴方達はすぐスターゲイザーの確認に向かいなさい！　橘はやると言ったら必ずやる女ですわ！　わたくしは財閥基地の方へ！』

シャツの袖で額の汗を拭った。暗い地下駐車場を二人で進むと、レピュース戦後に保管したスターゲイザーが、確かにあった。

「まだ、取られて、いなかった、ようだな……！」

「ああ、危なかった……！　財閥職員が来る前にむぐッ！」

麒麟が嗣道の口を押さえて、柱の陰に隠れる。視線の先には周囲を警戒して進んでくる財閥の職員。「仕事早過ぎだろ……」と小声で麒麟に悪態をつく。

「不意をついてスターゲイザーに乗るぞ。一瞬で全部蹴散らして脱出する。適当にスターキャノンを撃ちまくれば相手にならんだろう。見せてやれ、人類の英知の結晶をな」

「そんな事したら死んじゃうし、主人公性の欠片《かけら》もねえ……」

「だが事実として、やらねば私達はスターゲイザーを失う――よし、今だ！」

麒麟が飛び出す。職員の視線が一斉に、麒麟の方へと向いた。嗣道は全速力で走り、開いた背中の操縦席に乗り込む。

「煌《きら》めけ！　スターゲイザー！」

スターゲイザーが呼応して動き出す。麒麟《きりん》と財閥職員を、右腕で分断して、麒麟を背中に運び込む。地下駐車場を這い出て、外に脱出する。

「あー、ああー、やばかった、今のも死ぬかと思った！　心臓が」

「さっさとしろ馬鹿」

「……相変わらず冷静だな、おまえ」

「焦《あせ》っても仕方なかろう、それよりスターゲイザーをどこに運ぶかが重要だ。天文市はすべて御子柴財閥の管理下に置かれている。逃げても隠れても見つかるぞ」

「財閥が敵になった時点で詰んでない？　どっか逃げるとこ、つーか」

「……待て、何だこれは。星の歪《ひずみ》が発生していないのに、近くで敵性反応が――」

麒麟が液晶を確認するのと同時に、衝撃がスターゲイザーを襲った。

「これは！」「嗣道《つぐみち》！　背後だ！」

適当にスターブレードを振り回す。背後に現れたのは黒い。

「スター、ゲイザー……？」

細部や色彩。異なる点は多く存在するが、そこにいるのは確かに、黒いスターゲイザーだった。

『会見で言ってたじゃないか、ピカレスクだよ引きこもり』

通信が接続される。語りかける声には聞き覚えがある。

「なんでおまえが、乗ってんだよ、蓮《れん》」

『こっちのセリフさ。なんで君なんかが、茜《あかね》のスターゲイザーに乗ってるんだよ』

言葉と共に、蓮を乗せた黒いスターゲイザー――ピカレスクが攻撃を跳ね返した。そのまま振りかざした右腕で首を押さえつける。

『残念だけど、君達はとっくに逆賊さ。天文市は財閥を中心に回ってる。昨日まで宇宙怪獣と戦ってたとか、関係ない。という訳で、至極真っ当に君をぼこれるね』

馬乗りになったピカレスクが、ひたすらスターゲイザーを殴りつける。

「嗣道、抵抗を！」麒麟の言葉に首を振った。

――情があるとか、茜の仲間だからとか。

主人公らしい理由では決してなく、単純に。

「俺のスターゲイザーより、ずっと強い」

主人公性で負けているのだ。このままではスターゲイザーが破壊される。

『弱い、弱い、弱い、弱過ぎるよ。これが茜の選んだ後継？　ありえないね、考えられない』

「嗣道！　何か手は！」

麒麟の言葉に応えるように。

『『主人公的行動『かつての友と交戦する』を確認しました』』

主人公性の開放が行われる、が。

「なんか、今の通告《オペレーション》二重に聞こえなかったか？　もしかして」

俺だけじゃない。嗣道の予想は当たる。似ているのは外見だけじゃない。蓮の乗っているピカレスクは。

「主人公性システムを、搭載しているのか！」

『大正解、新しい武器が開放されたよ。じゃあ早速だけど力比べしようか。僕が君に負けるとは思えないけど一応、格付けみたいな感覚だね』

「嗣道！」「わかってる！」

スターゲイザーとピカレスクがほとんど同時に左腕を構える。電車の走る音が街に響く。

麒麟を側に引き寄せる。

『『朋友《ほうゆう》交戦』――広域戦闘用兵装スターキャノン・レーザーが開放されます』』

赤と黒の光が至近距離でぶつかる。散った火花が植え込みの草木を焦がした。自転車に乗っていた主婦や外回りの会社員が頭を伏せる。やがてレーザーの応酬が終わり、嗣道の乗るスターゲイザーの左腕が、力なくしな垂れた。

『ああ、やっぱりこんなものか。はは、何だよ大した事ない、ここまで色々大変だったのにやってしまえばこの程度だ。まったく、労力と対価が見合ってないような気もするよ』

「嗣道、すぐに立ち上がってスターブレードを構えろ、白兵戦が始まる。まさか今ので折られた訳ではあるまいな」

「いや、全然諦めとか、自分でも不思議なくらい感じてないんだけどさ、感じてない、はずなんだけど……！」

操縦席に灯った橙色《だいだいいろ》の光が徐々に消えていく。初めての事だった。スターゲイザーを起動させた二ヶ月前から一度も、この光が消えた事はなかった。

嗣道と麒麟は薄い暗闇に包まれる。

蓮の声だけが響いた。

『それじゃあ――安らかに眠りなよ、スターゲイザー』

怪物が絶叫するような奇声と裂かれた鋼鉄の衝撃が混じり、スターゲイザーの崩壊が告げられる。嗣道は光を失った操縦席でただ、うずくまる事しかできない。

†

一人暮らしにしてはそれなりに広い部屋だ。二ヶ月前までは散乱していたごみもある程度片付き、内装も見られるものにはなっている。昔から集めている漫画本と、パソコンの置かれているデスク。

中央の大きなソファには麒麟の白衣が掛けられている。その正面に配置されたテレビでは財閥によって、連日ピカレスクの活躍が報道されていた。

蛍が財閥顧問を辞任させられ、蓮によってスターゲイザーを破壊されたあの日から、二週間が経過していた。オフィケウス戦までは既に、約一ヶ月を切っている。

ソファの前に置かれたテーブルを、四人は囲んでいた。嗣道と麒麟と蛍、それから。

「……何で貴方《あなた》がいますの、土門孝之介《どもんこうのすけ》」

「いやいや会議するっていうからさ、普通に考えているだろ、オレ。蓮がいねーのは残念だけど、こうやって皆で集まんのひさびさだよな！　あ、ちなみにおまえらの質疑応答に答える気は一切ねーのでよろしく！」

「そんな道理が通る訳ないでしょう！　だいたいわたくしとしては、貴方が何者なのか、誰の味方なのかを決めかねている状況なのですわ！　アキュベンス戦の時もホロロギウム戦の時も貴方には怪しい行動が確認されていますわ！　それに今回だって——」

「別にいいよ、蛍」

嗣道はため息をついて言った。

「こいつ、軟派そうに見えて意外と頑固なんだ。話さないって決めたら話さない。詰めても時間と労力の無駄。こいつに何かされたら皆で諦めよう」

「冗談じゃありませんわよ！　そしたら地獄の底から這《は》い上《あ》がってでもこの軟派茶髪裏切り馬鹿を呪い殺してやりますわ！」

麒麟が目を瞑《つぶ》って言った。

「どーでもいい。それよりもさっさと今後の話をしておくべきだ。スターゲイザーを破壊され、蛍は解任された。私達はかつてないほどに追い詰められていると言っていい。偏《ひとえ》に嗣道が弱いせいでな、何を負けとるのだ、おまえ」

「いきなり俺のディスかよ⁉」

「責任の所在をはっきりさせるのは大切な事ですわね。わたくしが解任されたのも元はと言えば貴方がスターゲイザーになかなか乗らなかった事、わたくしに力を貸さなかった事が原因ですわ。貴方がさっさと立ち直ってさえいれば、ホロロギウム戦のような失態はなかった」

嗣道は仰《の》け反《ぞ》る。「うぐ……」事実だったので何も言えなかった。

「で、破壊されたスターゲイザーは現在財閥基地に保管されている。当然、私達が正式に財閥基地へ出入りをするのは難しい」

「取り返すには、俺達がこっそり忍び込んで強奪するか……」

「蛍《ほたる》が、最高顧問の座に復帰するしかないって事か、へーそいつは難しい議題だぜ。新しい最高顧問の橘《たちばな》ちゃんが主導する今の財閥は、相当な厳戒態勢を敷いてる。ただの民間人が忍び込むのは難しい。第一、オレは思うんだけどさ」

土門がにゃはと猫のように笑った。

「取り返してどうすんだ？」

嗣道は意図を読めずに聞き返す。

「どうすんだ、って」

「贔屓目《ひいきめ》なしに見て、ピカレスクはスターゲイザーと同等以上の活躍をしてる。茜ほどじゃあないが、少なくとも十分、嗣道の代わりくれーにはなってる。蓮はよくやってるよ」

土門の言っている事は正しかった。

「関係ありませんわ！　橘も貴山《きやま》蓮も関係ない！　わたくしは茜に託されたものをわたくし自身で継承したいのですわ！　茜の意志を他人が継承したところで、何の感慨もない！」

「それならそうでいい、蛍の感情は間違ってないさ。想《おも》い人の願いを他人に託せない。よくわかるぜ、正しい道理だ」

「誰が想い人ですの！」

「蓮に負けた時、スターゲイザーの照明が落ちたって話してたよな。あの時嗣道は思ったんじゃねーのか。『こいつの方が茜の後継に相応《ふさわ》しい』、『主人公に相応しい』、ってな」

「……お、思ってない！　俺はちゃんと、茜の守りたかったものを守るって決めたんだ。確かに、俺より蓮の方が主人公に相応しいのかもしれない、だけど」

「では、試してみればいい」

麒麟が立ち上がって言った。

「言われてみれば一挙両得の策だ。貴山蓮を退け、スターゲイザーを取り戻し、嗣道が主人公に相応しいと確信できる策を思いついた。ピカレスクにはスターゲイザーと同様、主人公性システムが搭載されているのだろう？」

麒麟の言葉に嗣道は考え、すぐに言わんとする事がわかった。

「どういう事ですの？」

「主人公性の、呪縛か……！」

「主人公性人型兵器と契約した人間は主人公らしい行動を強いられる事になる。要するに今の貴山蓮は、整えられた状況における挑戦を断れない」

「……おーおー。いい考えかもしれねーな、そいつは。嗣道《つぐみち》は蓮《れん》と戦っとくべきだと思うぜ。陰ながら応援してっからよ！」

「準備は私が引き受けよう。嗣道、わかってはいると思うが、今度こそあいつに負けるんじゃないぞ。負けたら絶対許さん。死よりも辛《つら》い罰が待っているからな」

「おまえ、俺の味方だよな」

眉根を寄せる嗣道に、麒麟《きりん》はサムズアップで応える。

†

翌日。天文高校の屋上に、嗣道と蓮だけが立っていた。空を厚く覆った雲が陽《ひ》の光を隠している。

「忙しいんだけど……男に、特に君に呼び出される事ほど気分の悪いものはないね」

「俺だっておまえだけは呼びたくなかったよ。いや、男を手紙で呼び出すとか誰であっても御免だけどさ、普通に。だけど、来たって事はそういう事なんだな」

「予想はしてたよ。スターゲイザーを奪うなら、挑戦を断れない僕の『主人公性の呪縛』を利用してくるだろうとはね。だから来たんだ、準備はできてる。話が早くて助かるだろ」

蓮はすべてを理解していた。嗣道の頬を冷や汗が伝う。

「決闘だ、蓮。俺と——」

言い切らない内に嗣道は駆け出す。「戦えっ！」身体《からだ》は軽い。『窓際邂逅《まどぎわかいこう》』による身体能力向上は嗣道の体捌《たいさば》きに好影響を与えている。

振りかぶった拳は蓮の左腕によって阻《はば》まれた。しかも『主人公性に反した行動を』とスターゲイザーに注意されている。嗣道は焦《あせ》って蓮との距離を取る。

「何だ、何でだ？　どこが主人公性に反した行動？　決闘の申し込みとかむしろ主人公っぽい行動だろ……⁉」

「やれやれ、明確じゃないか。不意打ちだよ不意打ち、生身で非武装の人間に対して不意打ちで暴力を振るうなんて事、少なくとも茜《あかね》ならしないと思うけどね。ああ、それと」

蓮が一気に距離を詰めてしなやかな脚を振り回す。美しい弧を描いて後ろ回し蹴りが嗣道の頭に到達する。「ぐッ！」脳が揺れて倒れ込む。

「『身体能力向上』の主人公性が君にとっての勝算だったんだろうけど、残念。それに関しては僕も開放してる——ああ、綺麗《きれい》に入ったから返事もできないか」

びりびりと身体が痙攣《けいれん》する。やばい。蓮の言った事は寸分たがわず当たっていた。蓮は

もともと運動が得意な方ではない。『身体能力向上』は嗣道にとって唯一の勝算だった。骨

蓮に襟を摑《つか》まれて無理矢理に立たされる。穏やかな笑顔で今度は、嗣道の頬を殴った。骨が痛んで倒れようとしたら、もう一度立たされる。殴られた。二度目は鼻血が出た。

「……少しはすっきりするかと思ったけど、全然足りないな。うん、そうだ。出会った時から君の事はずっと殴りたかった。うざかったよ。まあ、君だって僕の事は嫌いだろうからおあいこだね」

蓮が嗣道を蹴り上げてようやく解放される。立ち上がろうとしたらそのまま腹につま先が飛び込んできた。金網まで飛ばされてうめく。こいつ、容赦なさすぎるだろ。血も涙もないの？

『主人公的行動『弱っている相手を加減なく痛めつける』を確認しました。『冷酷無比』——操縦者の感覚が鋭敏になります』

「ああ、ありがとう。君のおかげで新しい主人公性が開放された。また一つ主人公に近づく事ができたよ」

「……『冷酷無比』だって？　待てよ、それのどこが」

主人公性なのだ、と思った。主人公ではない。少なくとも主人公《あかね》ではない。

定義が違うのか？　嗣道は考える。自分と蓮では掲げた主人公の——主人公性判定の定

義が異なっている？

「所詮君は、茜の代替に過ぎない、という事だよ。いや、代替というのも生意気だね。いまだに茜に頼って借りて、寄生虫のように生きている。僕は――」

蓮が長い髪をといて言った。

「僕は違う、茜がいなくなったあと、自分の力で『主人公』を目指した。必死に茜をなぞっているだけの君とは違う」

蓮が馬乗りになって嗣道を殴った。頬を力一杯殴られた。地面に叩《たた》きつけられる。目の奥がちかちかした。屋上の扉を開けて、誰かが近づいてくる。麒麟と蛍、土門もいる。

「高橋《たかはし》嗣道、何をやっていますの！　さっさと立ち上がって貴山蓮を倒しなさい！　貴山蓮、やりすぎですわ！　少しくらい手加減なさいっ！」

「ほんとほんと、同条件でさー、うちの嗣道が勝てるわけねーじゃん？　もうちょい手心加えてやれよ。蓮だってさすがに気まずいだろ？」

「気まずい？　どうして。先に仕掛けてきたのは君達じゃないか。だいたい僕は、彼を殴るのに少しの気後れもないよ。むしろまだ全然足りない。茜の苦しみに比べたら。暴力は嫌いだけど――うぐッ！」

『主人公的行動『仲間が応援に駆けつける』を確認しました。『助人到来《すけっと》』――操縦者の治癒能力が上昇します』

嗣道は蓮の胸元に頭突きをかました。新たな主人公性の開放で少しだけ身体が楽になった気がする。「いや、気のせいだなこれ……」全身が痛い。一気に傷口が閉じたり、血が止まったりなどは、まったくしていなかった。効果は本当に微々たるものに違いない。

「ああ、それか。『治癒能力の上昇』ね、他の基礎値上昇系に似ててさ、何個か重ねないとまったく効果ないから大した主人公性じゃないよ」

胸元を押さえながら蓮が言った。

「……一個だと効果ないかもな。でもこういう風に、状況に応じて主人公性は足されていくんだ。勝ち誇った顔してんじゃねーぞ、俺だって今はちゃんとやってる……一方的にやられるいわれはない……！」

『『主人公的行動『屋上で殴り合いの喧嘩《けんか》をする』を確認しました。『屋上喧嘩』――本機の反射性能が向上します』』

響く通告《オペレーション》を他所《よそ》に蓮は指先で目元をなぞった。

「ちゃんとやってる？　笑わせないでくれよ。ほんの少しスターゲイザーに乗っただけでよくそんなセリフ吐けるな。言っておくけど僕の方がとっくに、主人公性についての知識は深い。それに仲間って存在の有月性も理解してるつもりだ。状況によって変化する主人公性のバフに勝機を見出《みいだ》しているのなら無駄だよ。君が持ってるものは僕も持ってる――橘」

「はぁーい、蓮ちゃん？　私の力が必要かしら？」

給水塔を陰にして、日傘をさした少女が飛び降りてくる。

『主人公的行動『仲間が応援に駆けつける』を確認しました。『助人到来』――操縦者の治癒能力が上昇します』

相対する嗣道と蓮。傍観する麒麟と蛍、土門《どもん》の前に立ち、にやりと猫目を和らげた。

「久しぶりねえ、山田《やまだ》麒麟。ズタズタにされたプライドを取り戻すために、私ここまで来ちゃったわよ？　ねえねえ、すべてを奪われた気分はどうなの？」

「橘！　まずわたくしに事情を説明すべきでしょう！　どういう事なのか一から説明なさい！　お祖父《じい》さまに告げ口したのも貴女《あなた》ですわよね！」

「あれれ、蛍お嬢さま、いらっしゃったのねえ。ですがあいにく私、貴女には何の用もないのよう？　私がムカついてるのは貴女、山田麒麟だけで――」

「誰だおまえ」

麒麟がばっさりと言った。いやいや、話の流れからすると、今のは完全に地雷を踏み抜く発言なんじゃないの、と嗣道は思ったが口を噤《つぐ》んだ。蓮も概《おおむ》ね同じような表情をしている。

「ああ、いや違うのだ。名前も立場も理解している。特にドイツでは世話になったからな。だが、私とおまえの間には何の関係もなかったはずだ。恨まれる筋合いがない。私がかわいすぎる故の行動か？　じぇらしいなのか？」

「おいやめとけ、息をするように煽《あお》るんじゃない。つーか、なあ、相手の顔よく見ろよ、ほんとに覚えないか？　向こうはだいぶおまえの事意識してるっぽいぞ……」

「ほんとに覚えがない。というか、どうでもいい。私ってネガティブな感情は抱かれがちなのだ。自分勝手だしな」

「自覚はあるんですのね」

「お、覚えがないですって……!?　おのれほんとに覚えていないの山田麒麟！　貴女がスターゲイザーの『加工』に成功した直後の、私の気まずさ！　今までさんざん天才天才って持ち上げられてきたのに、突然二番になった私のやるせなさを想像した事はあるのかしらあ！」

橘《たちばな》が懐《ふところ》から拳銃を取り出して、間髪を容《い》れずに翩道へと放った。かろうじて当たらずにコンクリートの地面を削った。跳弾して金網にぶつかる。

「銃！　銃撃ってきたぞ！　当たってたら死んじゃうこれっ」

「思いのほかカオスな状況になってきたなあ。まあでもこれを機に両陣営が仲良くなれる事を祈ってオレは退散するぜっ！」

「おいこら土門！　一人だけ逃げるな！」

「あっはっは、色々とやる事あるんだよオレも。この程度の状況は自分で打破してくれ？」

　土門が笑顔で逃げていく。嗣道も追って行こうとするが、麒麟に首根っこを掴まれた。

「敵前逃亡は主人公性に反する行為だ。下手をすれば死ぬぞ。大人しく死ぬまで戦え」

「死ぬのは確定なのかよ」

「橘黒猫は私達に任せろ。令嬢が囮《おとり》になる」

「え、それ、貴女は何をしますの？」

　言って、麒麟と蛍《ほたる》が屋上の扉を駆け抜けていく。橘もそれを追いかけて出て行った。

　屋上にはまた、二人だけが残る。

「ベラベラ弱音を吐いてていいのか？　言っておくけどこの勝負、決め手は主人公性だ。より主人公らしい人間が勝つ」

　蓮の殴打《おうだ》を嗣道が右腕で受ける。

「諦めない方が勝つって事かよ」

「違うよ、僕の勝利は確定してるって事だ」

嗣道《つぐみち》よりも蓮《れん》の方が素早く動く。反応もいい。重ねてきた主人公性の量を思い知らされる。

「決闘のつもりか？　言っておくけど僕と君じゃあ、勝負にすらならない。戦いにすらならないんだよ。君は、本当に凡人だ。ありふれた人間だ。替えのきくマジョリティだ。今の僕は茜の後継としての意志を、自ら摑み取ってここにいる。たまたま与えられただけの君とは、まったく異なる意味を持っているんだよ」

「たまたまでも、託されたんだ。どうしてかはわかんないけど、だけどあいつは俺に託したんだ。死の間際《まぎわ》までみんなの事を心配してた、あいつが……だから俺は」

「死の間際まで一緒にいたのに、どうして茜を止めなかったんだ？」

蓮の言葉に、呼吸をするのも忘れる。「それは」と、弁解をするために言葉を探すが、見当たらない。どうして。

倒れた嗣道の胸ぐらを蓮が摑んだ。激昂《げきこう》して、怨恨《えんこん》に満ちた視線をぶつける。

「最後、オフィケウスと戦う時、茜が今までにない危険に晒《さら》される事は全員が理解してたはずだ。どんな困難でも越えてきた茜でさえ、敵《かな》わないかもしれないって」

「だけど、茜なら越えられるって思った」

「それが間違いだと言うんだ！　ああ、茜《あかね》は特別だったよ。確かに主人公だった！　僕達を導いてくれたのは茜だ。だけど、だけど茜は、普通の女の子でもあったんじゃないのか……？」

　蓮の瞳は潤んでいた。

「茜を止められる人間なんて、いなかった。おまえもよく知ってるだろ……！」

　一度、大きく目を見開いて、蓮の肩がざわりと震える。嗣道の胸を摑む力が強くなって、シャツのボタンが外れかける。少しのあと、蓮はゆっくりと力を抜いて言った。

「一番側にいた、君の役目だったんじゃないのか」

　眉間を寄せて、苦しそうに。

「茜は、君が引き留めてくれるって信じてたんだ。きっと最後の最後まで。なのに君は茜を見捨てた。特別だと目を逸《そ》らして、茜の叫びに耳を塞いだ」

「俺が、茜を……？」

　小さな電子音が流れる。蓮のスマートフォンだ。いくらかのやりとりをして電話を切った。類推するに、星の歪《ひずみ》が発生したらしい。

「……やれやれ、なかなかに忙しいね。星の歪とやらは次から次へと発生する。もっとも、オフィケウス戦までに経験値を積んでおきたいこちらとしては好都合でもあるんだけど」

蓮が鬪道を殴り飛ばした。躱《かわ》す気力などなく横たわる。

「ようやく、自分のした事を理解できたようで何よりだよ。ここで心折れたままずっと星を眺めていればいい。僕は、茜の軌跡を追いかける――茜の次の、主人公として」

蓮が立ち去り、ぽつりと雨が降り始める。がた、と扉が開いて、麒麟《きりん》が戻ってくる。

「星の歪が発生したようだ。橘は財閥基地へと向かった。御子柴《みこしば》蛍は何とか財閥基地へと侵入できないか橘に同行したらしいが。当然、貴山《きやま》蓮も基地の方へ向かったか――で、おまえはここで何をしている」

「ああ、いや」

何と説明すれば良いのか迷って、少し笑った。

「俺、スターゲイザーに乗る資格、ないかもしれない」

†

操縦席にはほのかな光が灯っている。財閥に所属する管制官が通信を繋《つな》いだ。頭上に見えるのは祭壇だ。シンメトリーに即したいくつかの図形を複合した奇妙な物体。

『儀式の宇宙怪獣アルトール、怪獣としての深度は中の下です。冷静に対処すればアキュベンス戦のように、十分に対処できる相手かと』

「わかったよ、マニュアル通りに対処する、特に指示はないし、逆に指示を必要だとも思ってない。遊撃兵もいらない。全部こっちで片付けるから」

一方的に告げて、蓮は通信を無視した。反応するのが面倒、だとは決して思わない。ただ、どう考えても自分の認識を超える事は起こりようのない状況だった。過去の事例を鑑《かんが》みれば、アルトールは脅威じゃない。

「祭壇、だと思っていいと思うわよう、あれ自体に脅威性はないわあ。ただ、早めに片付けておかないと面倒な事態になる予感はするわねえ」

「……毎回言ってるけど、君まで乗る必要はないよ。ブレーンなんだし」

「現場主義なのよう、私は蓮ちゃんの事を信頼しているけど、万が一という事もあるわあ」

「万が一が起きた時に君がここにいても何もできないと思うけどね……まあ、君相手に議論しても無駄だ。実際、君が戦力にならない訳じゃない」

蓮と橘は効率性の観点から、主人公性人型兵器の運用には異性が同行していた方がよいと結論を出していた。主人公性の開放には「ヒロイン」の存在が必要不可欠であると、二人は早々に見抜いていた。

「飛べないのが不便だけど仕方がないね。ここは跳ねるに留《とど》めておこう」

「その前に、発進の合図を忘れたのかしらあ？　それとも恥ずかしいだけ？」

「……ヒーローが自分の力を行使するために叫ぶ言葉が、恥ずかしい訳ないじゃないか」

「蓮ちゃんって意外とそういうとこあるわよねえ、子供っぽいというか純粋というか」

橘がくすりと蓮を揶揄《やゆ》した。別に、気にならない。これが宇宙怪獣との戦いなど何も知らずのうのうと日々を生きているクラスメイトや、あるいは知った上で目を背けた高橋嗣《たかはし》道の言動であれば苛立《いらだ》ったのかもしれない。

しかし、笑っているのはここまで一緒に戦ってくれた、蓮に、茜へと至る道を教えてくれた橘だ。蓮は、自分と同様に輝く誰かを追いかけようとする橘に対して、親近感を抱いていた。惜しげもなく友人であると公言できる程度には。

蓮はフッと、自分の甘さと絆《きずな》に対する基準を嘲った。そして、言われた通りに声をあげる。摑《つか》み取った自身の力を――主人公性人型兵器を起動させるために。

「多分一瞬で終わるけど」

レバーを引く。

「煌《きら》めけ、スターゲイザー」

流れる彗星《すいせい》のように黒の兵器が動き出す。財閥基地に存在するミサイル発射演習場の一つが開口し、延びた坂道を移動板がスライドしていく。ピカレスクは移動板を跳ねて、一気に上空を落ちてくる奇形の祭壇、儀式の宇宙怪獣アルトールを見据えた。

蓮は考える。

――スタージェットどころかまだ、スターシューターも開放されてない。空中戦は地味に不利だ。だけど、地上で待ち構えるほどの敵でもない。

橘が推測するに、アルトールとの戦闘は長引けば長引くほど厄介な事になる。宇宙怪獣における個体の特異性はしっかりと、フォルムやモチーフに表れているのだ。蟹《かに》を模したアキュベンスには堅牢《けんろう》な外骨格。時計を模したホロロギウムは時限性の攻撃を有していた。

アルトールが象《かたど》っているのは祭壇。下手をすれば「何かを呼び出してしまう」可能性すらある。蓮は思考を収束させる。「だったら速攻で殺した方がいい」と。

月のクレーターのような両肩から、小型のミサイルが発射される。追撃機能付きの誘導弾だ。スターランチャー。嗣道の乗っていたスターゲイザーにはまだ開放されていない機能。

「スターキャノンと違って狙わなくて良いのが助かるよ。一介の高校生に動き回る敵を狙撃するスキルなんてないしね」

「だけど、小日向茜《こひなた》ちゃんはやってみせたんでしょう？　蓮ちゃんにも頑張ればできそうな気がするわあ」

「無理だね、茜は一介の高校生じゃない。超人か天才か、もしくは化け物、あるいはその全部だし。もっとも僕は茜の代わりを務めようとしている訳だから」

追撃するミサイルに当たったアルトールが煙幕に包まれる。当然、まだ死んではいない。レーザーモードを発動するとスターキャノンのレーザーモードを放射して、反動でより高くへ飛んだ。レー蓮は地面にスターキャノンは一定時間使えなくなるようだが、問題はない。

「いずれはこんな小細工に頼らず、パワーだけで圧倒したいけど」

スターブレードをアルトールにぶつけた。何の行動も取らせずに、ただ勝利するのが目的だった。茜であればこのままスターブレードで、祭壇たるアルトールを粉々に破壊できたのかもしれない。

だが、蓮はそれが自分にはできない事だとわかっていた。突き刺したスターブレードを抜きながら、アルトールを延々と蹴り続ける。スラリと伸びた鋼鉄の脚がアルトールをひたすら痛めつける。

「乱暴なやり方ねえ、何かムカついてる事でもあるのお?」

橘《たちばな》が楽しそうに聞いた。すべてわかった上で言っているのだ。

蓮は祭壇を蹴り続ける。

——ムカつくに決まってる。

嗣道の事に相違なかった。ずっと、腹が立っている。嗣道を見ると、自分を乱される。とっくにどうでもいいはずなのに、見ていると苛立ってくる自分がいる。

最初に会った時から何となく気に食わなかった。

客観的に見て、きっと高橋嗣道を嫌いになる人間は多くない。もしかすると自分以外にはいないかもしれなかった。高橋嗣道を嫌う人間は、世間的に見て「間違っている」と蓮は思う。だから自分は間違っている、相対的に結論づける。

高橋嗣道という人間は、善良だ。大した力もないくせに、どこまでも平凡であるが故に、常識的な正義を遂行する。正しさを己の中で解釈して、そのためにどう行動すべきなのかを知っていた。凡人であるのにそれを知っている嗣道が、蓮は気味悪くて仕方がなかった。

「彼は多分、誰より早く茜の美しさに気づいたんだ。高潔さを愛した。自分の正義を茜に委託して、茜に寄与する事を決めたんだ——だから、彼は間違ってるんだよ、ずっと」

「どういう事かしらあ？」

「高橋嗣道は茜を主人公だと決定づけて、茜を見る事をやめたんだ」

最後の日を、今でも思い出す。ずっと、茜がオフィケウスと戦うために、天文高校を出て行った時の事を。街中の人間が避難を始めていて、茜は屋上でそれを眺めていた。

嗣道も、土門《どもん》も蛍《ほたる》もいなかった。茜と二人きりになったのは、随分と久しぶりの事のような気がした。蓮《れん》は五人でいる事にある程度満足をしていて、好きだった茜とのこれ以上なんて望んでいなかった。

財閥によるシミュレーションで茜の勝率が一割を下回ると聞かされるまでは。

それでも誰もが茜の勝利を疑わなかった。勝利していればそれは美談になるのだろうけど、蓮は断言できる。「皆が皆、熱に浮かされていたんだ」と。誰かが茜を止めてあげるべきだった。そしてそれは、自分にしかできない事だと思っていた。

『高い場所が好きでさ。広い空とどこまでも続く街を見てると、なんかすっきりするんだよね。怪獣なんかにやれないなって思えるんだ。だからあたしは戦える』

猫のように笑って茜は言った。笑うなよ。それが当然の事であるかのように、笑うな。

蓮は憤《いきどお》りに似た感情を覚えていた。自然に、歯を食いしばる。

『やめよう、戦いなんて放り出して逃げようよ。君が、君だけが傷つきながら戦うのは間違ってる。街のためにとか、誰かのためにとか考えないで──』

『ヒーローがラスボス目前にして逃げるとか、ないないっ！　あとちょっとで世界救えるってとこまできてるんですから！』

戯《おど》けて茜は歯を擦《こす》る。茜は、紛れもなく英雄だ、主人公だ。世界の脅威を挫《くじ》くために、生を享《う》けたのかもしれないと思えてしまうほどに。揺るがない信念と有り得ない力技で、絶望と最悪をねじ伏せてきた。だけど。

その時蓮は、確かに見たのだ。

僅かに震える茜《あかね》の両手を。

『どしたの？』

主人公を押し付ける世界に嫌気が差した。何が英雄だ、何が救世主だ。どいつもこいつも茜を持ち上げるだけ持ち上げて、茜の恐怖には見向きもしない。勝手に星の輝きを傍観し、勝手に願いを込めている。

『ああ、これね。武者振るいだよ』

蓮から目を背けて茜は言った。平淡な、どこまでも陽気な声音で。街と空を眺めて。蓮はそんな「どこにでもいる強がりなだけの、普通の女の子」をどうにかしたくて。

『行くなよ、茜。君は主人公じゃない。僕が保証する。特別な存在でも何でもないんだ。君は、普通の女の子でいいんだよ。怖い時は逃げていい、辛《つら》い時は泣いていいんだ。僕が君を支えてあげるから、世界の誰にも傷つけさせないから、だから、僕と――』

『主人公は』

何かを決意した表情だった。真摯に蓮を見つめる、誠実な瞳で。

『あたしの主人公は、すごく弱いんだ。いつも泣きそうな顔で弱音と悪態を吐《つ》きながら、問題を解決する力も持っていないから泥に塗《まみ》れて足掻《あが》くしかなくて。それでも誰かが困っていたら、誰かが助けを求めていたら、絶対に放って置けないお人好《ひとよ》しで』

茜は言った。

『だからごめんね』

初恋の終わりと言うにはあまりに、特殊な状況だった。どこかで流れる財閥の避難警報。街中の人間が雑踏を作り上げて、校舎には蓮と茜の、たった二人しかいなかった。

終わった世界のような景色が、ずっと続いていれば良《い》いのにと。ここで時間が止まってしまって、二人を閉じ込めてくれたら良いのにと。

『蓮じゃあたしは止められない』

「蓮ちゃん、蓮ちゃーん？」

橘に頬をつままれてはっとする。「素材の解析ができなくなっちゃうわよう？」気づけば蓮はアルトールを何度も踏み潰し、ぐちゃぐちゃに破壊していた。無意識下に行った破壊のせいで、周りの建物が倒壊、沈下している。

猫背になったピカレスクの頭部が僅かに開き、ぎりぎりと牙を剝《む》いている。「いや、すまない……」レバーを握っていた両手と自分の蛮行によって被害を受けた街を見比べる。

橘が財閥の情報統制部に連絡を取る。

「今回の戦闘は広報に載せないでくれるかしら？　被害に慣れきった天文市民の皆さまもさすがに引いちゃうわあ」

「……少し、疲れているのかもしれない。最近は宇宙怪獣の出没も多かった」

「油断と疲労は大敵よ？　しばらく学校を休むのはどうかしら？」

「だめだね。学校は主人公性の貴重な獲得源、欠席を続けていれば『秘密戦士』や『平凡少年』をはじめとしたいくつかのバフがはがれる可能性もある」

「真面目ねえ、蓮ちゃんは。まあいいわ、素材の獲得を研究局に任せて帰還しましょう？」

破壊したアルトールは財閥が回収し、橘率いる研究局が解析する。何の役に立つのか蓮にはわからなかったが、未知の物質だ。有用性は高いのだろう。ピカレスクを動かし、財閥基地の方へ歩き出そうとした時、通信が繋《つな》がった。作戦室からの連絡かと思ったが。

「……何の用だよ土門。言っておくけど僕は任務直後で疲れてるんだ、正直対応したくない」

出たのは、土門だった。

『随分派手に戦ったみてーだなあ、街にも被害が出てるぜ？　しっかりしろよ蓮ちゃーん』

「……わざとじゃない。茶化しにきたのなら切る。用件があるんじゃないの？」

『あー、主人公性人型兵器の性質について、説明しといた方が良かったかなって思って』

「隣に専門家がいる、研究の第一人者だよ。少し知識をかじっただけの君とは——」

『知識と経験は違ったりするだろ？　まあ、オレ的にもおまえらは放置しといても良かったんだけどさ。蓮の事を考えると、橘ちゃんくらいは逃がしといてあげてーなあって。ほらおまえ無愛想に見えて意外と、自分のせいで誰かが傷つくのとか、嫌うタイプじゃん？』

「……要領を得ない返答だね、何が言いたいのさ」

『主人公性人型兵器は操縦者の主人公性で動く。ただほら、主人公性に反した行動を取ると』

「カウントが行われる。カウント以内に行動を正さなければ、ペナルティを受ける。そして僕は主人公に反する行動をした事はない。話は終わりだね」

『あーまあ、そうなんだけど、思想ばっかりは矯正できねーだろ？　行動ならカウントも起こるさ。だけど主人公性に反した思想は手の打ちようがない』

土門はあくまで平易な話し方で、少しだけ申し訳なさそうに言った。

「……ずっと言ってるんだけど、用件は何だよ」

『あいつに対する行き過ぎた悪意。おまえの思想は主人公に相応《ふさわ》しいもんじゃないって、そいつの中身が言ってるよ。そろそろ暴走するぜ』

土門の言葉とほぼ同時に、操縦席の一部が蓮の首に絡《から》まった。伸縮して細胞のように蓮の事を束縛する。咄嗟《とっさ》にハッチを開けて、橘の身体《からだ》を蹴り落とした。

「蓮ちゃん！」

「逃げるんだ！　これは、マズい！　君だけでも逃げて即刻対策を――！」

操縦席が変質していく。機械ではない。生命だ。ピカレスクは生きている。意思がある。

「あいつに対する悪意」と土門は言った。

『悪いな、蓮。オレの計画のためにはさ、ある程度の犠牲が必要なんだわ。死なない程度にせいぜい耐えてくれ、はは、さすがに罪悪感あるけどな』

「君は、一体――」

何を考えているんだと、言い終わる前に飲み込まれた。柔らかな骨格に四肢を拘束される。瞳が熱い。着ていた制服が液体に濡《ぬ》れて、暗闇に同化していく。やがて、蓮の思考はたった一つの感情に支配された。

――憎い。

ずっと。

――高橋嗣道《たかはしつぐみち》が、憎い。茜に愛された、茜を見殺しにした高橋嗣道が憎い。

『機体が変質します。主人公性人型兵器の有する主人公性システムを停止します。本機、ピカレスクは「主人公である権利」を放棄し貴山《きやま》蓮に適応します――反主人公性人型兵器』

放出される悪意が力に変わっていく。最初から、こうすれば良かったのだと蓮は気づく。いや、きっと自分は気づいていて力を欲《ほっ》したのだと。茜の後継になりたかった、だけではなく自分は、ただ滅茶苦茶《めちゃくちゃ》にしてやりたかったのだ。高橋嗣道を。

鎧《よろい》の剝がれたピカレスクが咆哮《ほうこう》する。アルトールの処理に向かっていた財閥の一団が立ち止まり、様子のおかしいピカレスクを眺めている。

蓮は笑った。

――そう言えばこいつらも、茜を殺した「連中」だった。

ピカレスクが走る、茜を見捨てた世界をようやく、絶望の淵《ふち》に叩《たた》き落《お》とすために。

†

降り始めた雨が肩を濡らした。嗣道と麒麟《きりん》は傘も差さずに屋上で立ち尽くしていた。

遠くで獣の叫び声が聞こえた。姿は見えない。宇宙怪獣に違いないだろう。蓮が宇宙怪獣を倒したのちの断末魔だと解釈したが、直後にかかってきた蛍からの電話がその推理を否定した。

『蓮が！　ピカレスクが暴走を始めましたわ！　儀式の宇宙怪獣アルトールを倒した直後に様子がおかしくなって、今はまるで宇宙怪獣のように、街の破壊を始めていますわ！』

「そんな……！　一体何が！」

蛍との会話を遮って、橘《たちばな》が割り込んできた。どうやら途中で合流したらしい。

『それが、わからないのよう、土門《どもん》ちゃんから連絡が来て、その直後に蓮ちゃんが私だけ逃してくれたの、ねえ、このままじゃあ蓮ちゃんが死んじゃう！』

「そもそもおまえ達が妙な事を画策したのが原因だろう、いんがおーほーだ」

『貴女《あなた》本当に血も涙もないのねえ！　もっと情のある答えを期待するわあ、嗣道ちゃんなら助けてくれるわよねえ、ねえ!?』

麒麟と橘の会話を他所《よそ》に、嗣道は未《いま》だ感情の整理ができていなかった。蓮と殴り合いの喧嘩《けんか》をして、茜を、自分が見殺しにしてしまったという事実を、突きつけられた直後だ。

だが動かない訳にはいかなかった。立ち止まっていられるほど、嗣道は達観していない。

「スターゲイザーに乗るしかない、急いで財閥基地に行かないと」

『生身で今の天文市を移動するのは危険すぎますわ。ピカレスクは無差別に破壊行動を続けている。鎮静剤の散布や冷気弾の放射で時間を稼ぎ、その間に天文高校までスターゲイザーを運搬します。貴方《あなた》は貴山蓮《れん》に見つからぬよう、その場で隠れていなさい』

「隠れるって、その間に被害が拡大したら」

『貴方馬鹿ですの⁉　よいかしら、貴山蓮にはまだ自我がある。しかし、これは決して幸運な要素ではない。貴山蓮に残っている自我とは即《すなわ》ち、貴方に対する悪意に他ならない。彼は貴方を狙っている』

『暴走する寸前に土門ちゃんが言ってたの、「あいつに対する強烈な悪意が主人公に相応しくない」って……』

ごくりと息を呑《の》んだ。まじかよ。自分に対する強烈な悪意が蓮を闇に堕《お》とした？

「可能な限り早く運搬しろ。それからピカレスクの移動経路、行動パターンをまとめてこちらに送れ」

『言われなくとも送っていますわ——高橋嗣道を頼みましたわよ』

「それこそ言われるまでもない」

蛍《ほたる》が電話を切る。嗣道に苦笑して麒麟を見た。

「ど、どうすんだよこれ……しかも、スターゲイザーを奪われる寸前、完全に電源が切れてたし、ああいうのとか、その、こっちに持ってきても乗れない可能性あるぞ……」

「まったくアンニュイに浸る暇もないな。次から次へとよくもまあこんなに事件が起きる。御子柴《みこしば》蛍の解任にスターゲイザーの凍結、そして貴山蓮の暴走——おまえ達全員まとめて厄払いでもした方がいいんじゃないのか」

否定できなかった。

「つーか、あのさ……俺がスターゲイザーに乗りたくないって言ったら、怒るか」

「この状況で何を言っているのだ？　仕方のないやつめ、余程スタンガンが恋しいと——」

「いや、まじな話なんだけど」

「……貴山蓮に何かを言われたのか？」

「俺は、茜《あかね》を主人公だと思ってた。今もずっと、思ってる。だけどそれって、正しかったのかな……俺は、茜を」

「そんな事を——」

「俺は！」

嗣道は声を荒らげた。「あ、いや……すまん」麒麟は口を噤《つぐ》んだ。

「俺は、茜に責任を、押し付けてただけなんじゃないかな、茜に全部を背負わせて、主人公だってレッテルを貼って、あいつを知らず知らずのうちに、追い詰めてたんじゃないのか。一番近くにいたはずなのに、一番必要な力に、なってやれなかったんじゃないのか」

雨の降る屋上で、頬を滴が伝った。麒麟が何も言わずに嗣道を見下ろしている。

「俺は、好きだった女の子を英雄に仕立てちまったんじゃないか」

本当に自分は、小日向茜《こひなた》の事を見ていたのか？

答えなど出ない。少女の胸中を知る術《すべ》はない。

だって茜は、死んじゃったから。

「……昔話が好きだな、おまえは」

麒麟がぼそりと、不機嫌そうに呟《つぶや》いた。麒麟が嗣道に向かい合った瞬間。

黒い影が校舎を見下ろした。

「ああ、見つけたよ、嗣道。君がにくくて、憎くてさ、ぼくはとてもくるしい」

理性の欠片《かけら》も感じない、たどたどしい呪文のような喚《わめ》き。

それは夜空を思わせたピカレスクの面影を僅かながらに残しただけの、怪物だった。体《たい》躯《く》は大きくなり、補強された骨格を「中身」が侵食している。どろどろと液体のようになった筋繊維が剥がれ落ちた金属部を溶かしていた。

屋上を覗《のぞ》いたピカレスクが両腕を伸ばし。

「だから、殺すね」

校舎を、両断した。嗣道と麒麟は分断される。宙に放り出されて、かろうじて二階の床にしがみつく。鉄骨にシャツの襟が引っかかり、額を削れたコンクリートで擦った。痛い。頭から落ちたら死ぬ。次に校舎が崩れたら、死ぬ。麒麟はどこだ。

「麒麟！　麒麟、無事か！　返事をしてくれ！」

叫んで、襟が破れて落下した。腰を打ちつける。下駄箱《げたばこ》だ。学校に残っていた生徒達が避難を始めている。今かよ、どうしてまだ学校に残ってるんだ。財閥の避難警報は——と考えたところで、蛍が指揮を執れていない事に気づく。宇宙怪獣アルトールの出現時からそもそも、避難警報は鳴っていなかった。

「避難誘導がうまくいってない、どころかこれ、財閥機能してないんじゃ……」

冴《さ》えない頭を回す。「俺は茜を見殺しにした」、「俺が茜を英雄に仕立てた」、ぐるぐると、淀《よど》んだ疑問と確信が思考を覆う。

「俺が、憎いなら——」

やりたくない。絶対に、やりたくない。できる気もしない。だが。

周囲を見渡す。校舎にはたくさんの人々がいる。普段は市民を守るためにフルに活動している財閥職員が、総指揮を失って混乱しているのだ。橘はあくまで研究局の人間だ。蛍のように財閥の動きの全てを把握している訳ではない。

茜ならきっとこうする。

――その思考が、茜を殺したんじゃないのか。

最後の瞬間がフラッシュバックする。半身になった茜が自分を、恨めしげに見ている気がした。どうして止めてくれなかったの。どうして助けてくれなかったの、と。

一瞬、立ち止まる。そして再び走り出す。あと一秒止まったままでいたら、二度と走り出す事はできない気がしたのだ。淀んだ何かを抱えたまま、自分にできる事をやってみる。

――ここには麒麟もいる。あいつを遠ざけないと、麒麟まで危ない目に……！

昇降口を出て瓦礫《がれき》の散らばったグラウンドに顔を出す。ピカレスクが苦しそうに呻《うめ》いていた。動きをうまく制御できていないのだろう。倒壊した校舎に顔を潜らせ、猟奇的な表情で牙を立てている。機構ではない。明らかに、獣のそれだ。命を持った生命体だった。

「俺だけ狙えよ、蓮！　俺から主人公を奪うんだろ！　俺を殺して、やってみろよ！」

むくりと、ピカレスクが顔を上げた。

「わかってるよ、君は主人公に相応《ふさわ》しくない。だからにくい、にくい憎い、憎いんだ、君が」

体液をどろりと垂らしてピカレスクは嗣道を捉える。蓮とは似ても似つかないしわがれた声で、笑った。

嗣道《つぐみち》は駆け出す。自転車置き場のある正門へと向かって、適当に鍵のかかっていない自転車を見つける。避難誘導を始めていた教師に止められそうになるが躱《かわ》して自転車に乗る。

——どこかで捕まる、わかってるよ……だけど、だけどその時は。

きっと贖罪《しょくざい》に違いないのだと思った。蓮の言葉を否定する文脈を、今の嗣道は持っていなかった。茜を英雄たらしめた、自分の意思が茜を殺した。であれば自分は罰を受けなければならない。

それだけのために誰かが死ぬ事も、自分のために蓮が手を汚す事も間違っている。

だから嗣道は自転車を漕《こ》ぎ始める。目指すのは居住区から離れた、街外れの河川敷《かせんしき》。

†

天文市が好きだ。財閥の支配する特殊な環境が面白いからでも、宇宙怪獣という「異質」が存在するからでも、たくさんの友人達が日常を送っているからでもない。郷愁も利便性も関係なく、ただ小日向茜の守った街だから好きだった。

つまり嗣道が天文市を好きになったのは、茜が死んでからだという事になる。

嗣道にとって天文市は、小日向茜の記念碑である以外の意味を持っていなかった。

茜に託されたから、守るのだ。

――嘘《うそ》だよ。

頭の中に声が響いた。

――露悪的な振りをして嗣道は、いっつも理由を探したがるんだ。こうこうこうだから自分は助ける。こうこうこうだから自分は手を伸ばす。気恥ずかしいんだね、理由もなく誰かに手を貸すのが。まったく、大した力も持ってないのにさ。

昔、茜に言われた言葉だ。余計な一言だと返答した事まで鮮明に思い出せる。

――どうしてこんな事を、思い出しているんだっけ。

瞼《まぶた》が重い。開けてみても、視界は暗い。血だ。血と、ピカレスクの体液が全身を濡《ぬ》らしていた。おまけに瓦礫に埋もれているようで、陽《ひ》の光も入ってこない。降った雨が濡らした砂を泥にする。立ち上がるために、脚の上でひしゃげた誰かの自転車を退《ど》かした。

「はは、主人公性なさすぎだろ、走り始めて十分足らずで捕まっちゃったよ。河川敷とか無理無理無理無理……いや、俺にしては逃げられた方じゃないか？」

ピカレスクは近くにいるらしい。周囲で何かを叩《たた》く音が聞こえる。自分を探しているのだろう。瓦礫に埋もれているのは不幸中の幸いなのかもしれない。

　スマートフォンが鳴った。蛍だ。

『やっと出ましたわね』

「死にかけてるけどな、血が出すぎてて、頭が微妙に回んない、かも」

『位置の特定は済ませていますわ！　わたくしが一瞬だけピカレスクの気を引きますわ！　貴方は近くに設置されたスターゲイザーに乗り込みなさい！』

「わかった、けど」

　蛍が一方的に電話を切った。直後に瓦礫の外で爆発音が聞こえる。財閥がミサイルでも放ったのか？

　嗣道は傷だらけの身体《からだ》で歩く。ずっと、雨は止《や》まないままだ。スターゲイザーの位置はすぐにわかった。隠しておくには目立ちすぎるのだ。

「わかったけど、何となくさ、ごめんな蛍」

　何故《なぜ》か、理解していた。自分で決めていたのかもしれない。

　操縦席へ乗り込んだ。スターゲイザーの電源は落ちたままだ。視界は暗い。透過した液晶の向こうで頭をくらりとさせたピカレスクが立ち上がる。

「煌《きら》めけ、スターゲイザー……煌めけ、なあ、動いてくれよ」

笑いそうになった。「だよな」と、自嘲を漏らす。

「スターゲイザー……！　動けよ、なあ……！」

無理だって。もう一人の自分が語りかける。動かないよ、動く訳がない。

——だっておまえ、さっきも言ったじゃん。資格がないんだって。茜の代わりになっていい訳ないだろ？　できる訳がないしやっていい訳もないんだよ。

スターゲイザーは沈黙を保ったままだ。スマートフォンが鳴る。蛍に違いない。何故動かないのかと聞きたいのかもしれない。だが、起きている事がすべてだった。

ピカレスクが接近して、乱暴に動かないスターゲイザーの頭部を殴りつける。閉めきれていなかったハッチが開き、嗣道は外へと打ち捨てられる。

ごろりと転がった先には、怪物と化したピカレスクがいた。

諦めはついていた。主人公らしい機転の利《き》きも、諦めの悪さも、嗣道は持ち合わせていなかった。死にたいなどとは思わない。だが、雨空を見上げた。

これは、贖罪だ。茜にすべてを背負わせた者としての、贖《あがな》い。

「……殺されて、当然だよな。それが、俺への罰だ。茜を見捨てた自分への」

「きみは、ころされて当然だ、当然なんだ。だって許せないじゃないか。一度だって、ああ、わかってるよ。殺さないといけないんだよね。憎い、にくい、ころさなきゃ、殺す。

憎い憎い、憎い、憎いさ、だけど、だけ、ど、そうじゃないだろ——冗談じゃ、ない……」

しわがれた声音がいつか聞いた誰かのものに変わった。

「それが、茜を継ぐと決めた人間の在り方なのか……？　それが、君の見てきた主人公《あかね》の姿なのか……？」

蓮《れん》が、暴走したピカレスクを制御して、嗣道に語りかけていた。

「僕がどんな思いで……本気で！　君と戦いに来たんだ！　僕は、主人公気取りに会いに来た訳じゃない！　小日向茜の側にいた人間に！　挑戦をしに来たんだ！　僕の方が正しいと主張しに来たんだ！　なのに！」

苦しそうに、泣きそうな声で蓮は言った。

「当の君はあっさりと諦めて贖罪を主張する、いい加減にしてくれ……これ以上僕を侮辱するなよ！　まだ僕は、全部を吐き出せてないのに……！」

周囲を瓦礫に変えたピカレスクの身体が逆立つ。爪を地面に突き立てて、四足獣のそれのように牙を剝《む》き、嗣道を睨《にら》みつける。「憎い、にくいにくいにくい」と、ピカレスクが力を増していく。死を前にし、全身を恐怖に侵されて嗣道は、ようやく気づく。

覚悟。そんなものはできていない。「無理だ」ぽつりと呟く。

「無理だ、無理、無理だよ。俺は、違う。勝てる訳がない、戦える訳がない、俺は、主人公なんかじゃ、ない。俺は、俺は——普通の人間なんだよ！」

屋上での言葉を。

『茜《あかね》は、君が引き留めてくれるって信じてたんだ。きっと最後の最後まで。なのに君は茜を見捨てた。特別だと目を逸《そ》らして、茜の叫びに耳を塞いだ』

思い出して、顔を顰《しか》めた。茜も、こんな気持ちだったのかな。あんなに強い茜でも怖くて、逃げたくて、俺はそれを見捨てて。嗣道は息を切らして走る。どこにも行けない。逃げるという行為ですらない。ただ、立ち止まっていられなかったのだ。立ち止まれば正気ではいられない気がした。

「何が、贖いだ」

嗣道は死を目前にして、初めて気がついた。

「何が、覚悟だ……！　口だけじゃないか、わかったつもりに、なってただけじゃないか」

気がついてしまった。「もし」と。「もし、茜が、茜も」震える指で眼窩《がんか》を押さえつける。

「茜も、こんなに怖かったのだとしたら……！　茜が、もしもこんなに、逃げたかったのだとしたら……俺は……俺は！」

どしゃっと、崩れた瓦礫に躓《つまず》いた。情けなくて、疲れと痛みで、涙が出そうだった。降りしきる雨が全身を浅く叩いた。血と汗と滴が混ざって嗣道を濡らす。背後の怪物があっさりと嗣道を追い詰める。遮蔽物はなくなった。

泥のはねる音がした。水たまりを必死に誰かが駆けてくる。

少女が現れた。雨中で長い髪を揺らして、嗣道の方へと歩み寄る。ピカレスクの方などまるで見ずに、一直線に。

「……随分みっともない格好をしているな、いや、再会した時からおまえはそうなのだが」

「麒麟《きりん》……」

煤《すす》だらけの頬。汚れた白衣。生傷だらけの柔肌。どうしてきたんだ。

麒麟だった。麒麟は嗣道の手を引いて、無理矢理に立ち上がらせる。

「俺は、こんなことを茜に強いてたんだ、こんなに、恐ろしいことを」

麒麟が無表情で嗣道を見ていた。麒麟に握られた手はずっと震えていた。俺は、と。

「すごいやつだと決めつけた、自分とは違うやつだって遠ざけた……！　茜を見る振りをして俺はずっと、あいつの演じる英雄を見てた……！　遅すぎる、何で気づかなかった、小日向《こひなた》茜は、俺と同じ普通の人間だったんだ……！　今更、気づいて……！」

折れた信号機が明滅する。青と黄と赤をピカピカと点滅させて、ほのかに周囲を照らしている。ピカレスクが二人を影で隠した。近くにあった車を踏み潰す。

「良《い》いな、主人公には必要なセクションだ。過去の行いを後悔する」

麒麟がぼそりと言った。

「人間は、後悔できる生き物だ。後悔とは過去から何かを得ようとする意思の事だ。それがたとえ深海のようにほの暗い淀《よど》んだ望みでも願いでも良い。後悔をする限り人間は、前に進む事をやめようとしない――それで、その上で、これはずっと言っておきたかったのだが」

麒麟が嗣道を引っ張って、回転させる。ピカレスクの打撃が地面を抉《えぐ》った。背より伸びた黒い泥が嗣道と麒麟を追い立てる。

「おまえ、いつまで小日向茜に囚《とら》われているんだ」

二人は走った。壊れた街を、逃げる場所のない道を。

「おまえには、小日向茜しかないのか。馬鹿の一つ覚えのように、小日向茜小日向茜と。おまえがどれだけあれを大事にしていたかはよくわかった。だが、死んだのだ」

「ああそうだ、俺が殺した！」

「見殺しにしたの間違いだろう。おまえと他の全人類だ。小日向茜に頼らざるを得なかった」

「そんなの、許される訳がなかった！」

「それしか方法がなかったのだ」

「それしか方法がないって、たった一人の女の子が、必死になって守らなきゃいけない世界なんて、必要な訳ないじゃないか……滅びたって仕方がないじゃないか！」

「ああ、そうだ。仕方がなかった」

麒麟は立ち止まる。そこにはスターゲイザーがあった。

「無理かもしれなかった。できないと嘆いて逃げる事もできた。小日向茜はおまえの言うように、本当は怖かったのだろう、本当は逃げたかったのだろう——もしかするとおまえに、助けを求めていたのかもしれない。気づいてと叫んでいたのかもしれない」

幕が上がる前の舞台のように、雨のカーテンが世界を二人だけにする。

「それでも小日向茜は、主役を張る事に決めたのだ」

一瞬、世界の音が盗まれて、麒麟の言葉が脳を揺らした。

「怖くて、逃げたくて、それでも大切だと思った何かを守るために小日向茜は戦った。最後まで。普通の女の子だと？　馬鹿かおまえは。おまえの信仰はその程度か、高橋嗣道《たかはしつぐみち》。震えた身体で意志を通した小日向茜の存在が、名もない『普通の女の子』であって良いはずないだろう――あれは、誰が認めずとも、紛れもなく主人公だったのだ」

麒麟が嗣道の胸を叩く。

「そうして、小日向茜は死んだ。たくさんの人間に灯火《ともしび》を残して、小日向茜は死んだのだ」

「……そうだ、だから、俺の物語もそこで終わった」

麒麟が胸を摑《つか》んで引き寄せる。眉間に皺《しわ》を寄せて、悔しそうに言った。

「これはとっくに！　おまえの物語だろう！　小日向茜の後日談でも！　無数に枝分かれしたスピンオフ作品でもない！　主役を張るのはおまえなのだ！　小日向茜に託されたからじゃあないぞ！　おまえがあの日！　アキュベンスが現れた日に！」

麒麟が扉を開けた「あの日」の事を思い出す。

「立ち向かったからだ！　恐怖を押し殺して戦う事を決めたからだ！」

嗣道は、恐怖に満ちたまま正気を取り戻していた。麒麟の言葉に耳を傾けていた。

ピカレスクが、スターゲイザーと嗣道を捉えた。高笑いと共に接近する。

「それでも絶望する事があるだろう、これから幾度となく、打ちひしがれる事があるだろう」

麒麟がフッと笑った。

「だが安心しろ主人公。立ち上がる機会だけはこの私が何度でもくれてやる。私はおまえのヒロインだからな。さて、まずは今——」

麒麟がたった一人巨躯《きょく》なる怪物に向かっていく。あの日アキュベンスに襲われて、別れてしまった坂道のように。

「助けを求める人間が二人いる、だから来い、主人公」

助けを求める人間のセリフではない。麒麟とピカレスクが相対する。嗣道は離れてそれを見ていた。麒麟がさも当然の事であるかのように、自らを危険に晒《さら》している。

——俺の物語だと、麒麟が言った。

それは麒麟の錯覚だと、一瞬だけ考える。否定した。

——麒麟も蓮も、茜に託されたから助けたいのか。

違った。ああ、ようやくわかった。今の話に、茜は関係がない。

身体が、勝手に動き出した訳ではない。

自分の意志で自分が決めた。確かに嗣道は決断をする。恐怖と苦難に苛《さいな》まれながらそれでも茜は主役を張った。普通の女の子が覚悟を決めた時点で、見せた輝きは主人公である事を証明していた。茜が本当は何を考えていたのか、今の自分にはわからない。

だから、責任まで依存するのをやめる。

「小日向茜に託されたからじゃない」

嗣道は、転がったスターゲイザーに乗る。

温かい光が、徐々に操縦席を淡く照らした。雨の中、ぼろぼろになった真紅の戦士が剝がれかけた鎧《よろい》を持ち上げる。

「俺が俺の意志で、……だから、もう一回――」

麒麟を見た。あの日、麒麟が扉を開けた瞬間に世界の全てが変わり始めた。どうしてなのかはいまだにわからない。いつも自分の側にいて、自分を励ましてくれる少女を。

「煌《きら》めけ、スターゲイザー」

ただ心の底から、守りたいと思ったのだ。

†

動き出したスターゲイザーがピカレスクに向かって駆ける。麒麟を守るように身をかがめる。ピカレスクの伸長した触手が装甲を貫いた。スターゲイザーの細胞から伝播《でんぱ》した痛みが、嗣道の身体《からだ》を痛めつける。背中から麒麟が無理矢理乗り込んできた。

「いや、守ったんだから逃げろよ……！」

「馬鹿を言うな、私がいないとおまえなど何の力も持たない凡人ではないか」

「さっきと言ってる事が……」

「同じだ。私がいればおまえは、何度だって立ち上がれるという事だっ！」

麒麟の言葉が少し気恥ずかしくて、直視できない。スターゲイザーと、怪物と化したピカレスクは、武器を構える。スターブレードと大量の触手を。触手が変質して新たな装備を作り出す。

「これ、ぶっ壊れた財閥施設のミサイルだ……！　触手を変化させてミサイル作ってる！」

しかも一つだけではなかった。次々に、無数のミサイルが空中を支配していく。一つでも対処を誤ればただでは済まない。

「普通に、このままじゃ勝てねーよな、はは、やっぱ」

「……弱音を吐いたのにスターゲイザーが反応していない」

「ああ、今のは感想だから。諦めてないよ、まだあいつを、助けてない」

「ようやく、少しは自覚が出てきたか」

飛来するピカレスクのミサイルに、嗣道はスターバリアを張った。ミサイルはバリアを直撃し、一発二発三発と、追撃を続けてスターゲイザーを追い詰める。やがて薄い光の膜は割れて、触手の槍《やり》がスターゲイザーを押し出した。壁に当たってずしんと項垂《うなだ》れる。

「全く実力は伴っていないようだがな」

「知ってるよ、でも関係ない。やるって決めた」

戦いじゃない。嗣道は目元の傷を拭った。これは俺と蓮《れん》の喧嘩《けんか》なんだ。

蓮は、言っていた。「自分の方が正しいと主張しに来た」のだと。

――俺もだ。俺だって、間違ってない。俺が正しい。

小日向茜《あかね》は特別になったのだと。茜を見捨てた事が、正しかったのだと証明する。茜に特別である事を選ばせた自分の傲慢も、卑怯《ひきょう》も、正当化する。

どれだけ間違っていても、その間違いを正当化するのだ。嗣道は逃げない事に決めた。過去は変えられない。自分は確かに間違えた。だから、間違いを正しいと主張し続けるのだ。

間違いを正解にするのだと、蓮に主張する。自分の罪を認めない。

「全力で俺を殴りに来る蓮を、俺も全力でブン殴る」

「おまえの過去の在り方が、間違っていたと突きつけられてもか」

「もう逃げない。許されるとも思わないよ、俺は、許されない事をしたんだ――この過《あやま》ちは墓場まで持っていく。ずっと背負ったまま戦うんだ。だから」

嗣道は、麒麟《きりん》に希《こいねが》う。

「地獄の底まで付き合ってくれ、きっと何度も絶望する俺の、背中をずっと押してくれ」

麒麟は目を逸《そ》らして、口元を隠した。そして真摯にもう一度、嗣道を見つめる。

にこりと笑って。

「ああ、必ず地獄に連れてってやる」

「連れてってくれとは言ってないよ？」

嗣道と麒麟が少し微笑《ほほえ》んだのち、スターゲイザーの液晶が輝き始めた。衛星カメラに映る、ぐったりと壁に寄りかかったスターゲイザーも、同じ輝きに満ちていた。

『主人公性システム――『コネクト』の発生を確認しました。メインヒロインに『山田《やまだ》麒麟』が設定されます。スキャンした情報よりアップデートを開始します。主人公性人型兵器スターゲイザーを昇華させます』

感情のない通告《オペレーション》が嗣道と麒麟に告げる。

ピカレスクの掲げるミサイルが狙いを定めた。

『新機能『コネクト』による『L　エディション《ライトニング》』を発動しますか』

考える間もなく、嗣道は例によって頭に流れた操作を行う。

輝きに包まれたスターゲイザーが、一瞬嗣道の視界を白く染め上げた。スターゲイザーは走りはじめる。飛来するミサイルはスターゲイザーを追撃するが、画面の外に広がる景色はやけに遅延して見える。コマ撮りされた写真のように、ゆっくりと。

　嗣道は流麗な動きでそれら全てを切り裂き、跳ね上げ、逸らした。スターゲイザーにたったひとつの傷すら与えない。やがてピカレスクの元へ到達し、牙の繊維まで見える位置につく。

「にくいよ、きみがにくい、にくいにくいにくいんだ、こころが、ずっとにくくて」

『スターゲイザー　L《ライトニング》　エディションへの換装が完了しました。特殊効果『L《ライトニング》　リフレクション』。本機の反射性能が大幅に向上します。あらゆる攻撃に対し操縦者の意思を汲《く》み取《と》った行動を半自動的に選択します』

「外……白くないか……？　何これ、またなんか訳わかんない事起きてる？　やばい系じゃないよな？」

　真紅の戦士は、姿を大きく変貌させていた。赤を基調としたボディには輝く白銀色が混ざり、迸《ほとばし》る血管のようなラインも、白く瞬《またた》いている。ばちばちと火花のような脈流によって発生した粒子が、鎧を発光させていた。

「変貌、L《ライトニング》　エディション、全てレポートに存在しないものだ。データがない。何が起きているのか、全くわからんが——予期せぬパワーアップである事は間違いなさそうだな」

「ここへ来て主人公っぽい展開だな……急に気に入られた感じ？」

「あほか、さっき言ったはずだが？　これは『山田麒麟』による権能だ、けっしてけっして、けーっしておまえのものではないので調子に乗らないように——いや、というよりだな、さっき、私をメインヒロインにすると——」

スターゲイザーが外装を噛《か》み砕《くだ》こうとするピカレスクの牙を握りしめた。

「ころす、ころすころすころすころすよ」

「……大丈夫だ、もう迷わない。今度こそちゃんと受け止めるからな、蓮」

「私をメインヒロインにすると、言っていたようだなスターゲイザーは」

「今絶対、助けてやるから」

「スターゲイザーは私をメインヒロインに——」

「うるさいよおまえ！　さっきから何を言ってんだ！」

「なあ!?　うるさいだと！　今のいじらしくていじらしくてしょーがない私に『うるさい』と言ったのか！　顔の形がわからなくなるまで殴る！」

麒麟が嗣道に襲いかかる。この大一番で何をやっているんだこいつは。嗣道も応戦して麒麟を押しとどめた。

『コネクトが歪《ゆが》んでいます。心を一つに同調を再開してください。一定時間内に同調できなかった場合はＬ《ライトニング》エディションが解除されます』

「解除⁉　おい麒麟！　解除とか言ってんだけど、どうすればいい⁉」

「知らん、自分で考えればいいのではないか？　自分で考える事がおまえの鈍感さを直すのにちょうどいいとれーにんぐになるのではないか？」

「言ってる場合じゃないだろ、死んじゃう！　俺達死んじゃうよ！」

　スターゲイザーがピカレスクに押し倒される。

「というか、このぽんこつが完璧に説明していただろう！　コネクトシステムはおそらく、私とおまえの関係性によって開放されたシステムだ。つまり、おまえが私の機嫌を損ねれば解除される。機嫌を取れ、私を大切にしろ」

「別に大切にしてるだろ、いつも……」

「……っ！　ば、ばか、あほ、冗談に決まっているっ……！　いや、そうじゃなくて、えと、そうだ！　というより、というよりだ――」

　嗣道《つぐみち》の意思に反応して、Ｌ《ライトニング》リフレクションが発動する。左腕のスターキャノンがピカレスクに向けて発射された。ピカレスクは口から煙を吐いて後退《あとずさ》る。麒麟がこほんと咳《せき》払《ばら》いをした。

「攻撃への対処はできている。このままいけば勝利も遠くはないはずだ。だが、貴山《きやま》蓮を助けるのであれば別のアプローチが必要になるぞ。このままでは操縦者である貴山蓮を巻き添えにしてピカレスクを葬《ほうむ》る事になる」

「それは、だめだ。蓮は助けないと」

「貴山蓮が自発的に武装を解除する必要がある。ピカレスクに囚《とら》われた奴《やつ》を、取り戻さねばならない。しかしそんな方法は」

「蓮は、ピカレスクの中にいるんだよな。だったらひたすらに、ピカレスクの細胞をこじ開ける。蓮に到達するまで中身を裂く」

「無理だ、ピカレスクの『中身』は言ってしまえば、貴山蓮に深く寄生している。完全に結びついているのだ。スターゲイザーを攻撃すればおまえにも痛みが届くように、ピカレスクの損傷は貴山蓮と同期している」

麒麟は続けた。

「スターゲイザーもピカレスクも同じだ。両者の造りは非常に似通っている。操縦者の存在を糧《かて》に自らを動かす。だから、ピカレスクに対する攻撃は貴山蓮を危険に晒《さら》す可能性が高い」

「わかった」

不可解そうな顔をする麒麟を余所目《よそめ》に嗣道はピカレスクに組みかかった。両手でピカレスクの口を無理矢理開ける。体液がスターゲイザーの装甲にかかる。ピカレスクが触手でスターゲイザーを貫こうとするが、硬質化させたスターシューターでそれらを叩《たた》き落《お》とした。L《ライトニング》エディションが嗣道の意思に反応して、一瞬で攻撃に対処する。

今度はスターゲイザーが、ピカレスクを押し倒す。液状になったピカレスクの背中が、ドロリと地面を浸食していく。

「にくい、にくいにくい、にくいんだ、きみが」

「知ってる」

「ずっと、にくい」

「わかってるよ」

「だからころすしかないんだ、ぼくはきみをにくんでにくんでころすしか」

「ああ――だけどおまえが正気の時にな」

背中のハッチを開けた。

「……嗣道おまえっ、何をしているのだ！」

麒麟が手を伸ばした。それよりも早く嗣道は、ピカレスクの作り出した泥にダイブする。

身体が沈んでいく。細胞が、スターゲイザーと契約した時のように、ピカレスクと共鳴していく。

スターゲイザーとピカレスクのシステムは似ている。クローンレベルで似通った機体だ。そして、ピカレスクに対しての攻撃は、蓮への攻撃と同義になる。

であれば嗣道は、自分もピカレスクと同化できると思った。もはや蓮を助けるには、それしかないと思った。泥に身体《からだ》が溶けていく。麒麟が歯軋《はぎし》りをして嗣道を睨《にら》んでいる。スターゲイザーの輝きは操縦者と共に失われていく。換装したL《ライトニング》エディションは解除される。

やがて、最後に麒麟が叫んだ。

「戻ってこい、絶対に！　戻ってこなかったら許さんからな！　二度とおまえの事など思い出してやらんぞ、だから、ちゃんと……っ！」

自分の帰りを祈ってくれる麒麟に、嗣道は少しだけ笑った。

†

ピカレスクは主人公性人型兵器では、なかった。いや、もしかすると主人公性人型兵器だったピカレスクを、自分が化け物に変えてしまったのかもしれない。そう考えると少しだけ申し訳なくもある。夜空を思わせる美しい機体に。

短い夢だった。身体中を裂くような「憎悪《ぞうお》」に支配された心。その中にある、ほんの少しだけ残された理性で、蓮《れん》は思う。

視界には破壊された——自分が破壊した街が映っていた。茜《あかね》の守った街を自分が。悔しさはある。悲しみも。こんなはずじゃなかったんだ。本当は。

茜の意志を継いで自分が、誰かのために戦うはずだった。憧れた少女のように。

「歪んだ思想、主人公性を失った者に対するペナルティか。仕方がないね」

だって許せなかった。憎悪は誰かに命令されたものでも、人の抱えたものを受け取った訳でもなかった。蓮は間違いなく嗣道が憎らしくて、そして嗣道が。

羨ましかった。

茜の側にいた嗣道が。茜と歩んできた嗣道が。茜の頼った嗣道が。きっと自分では気づいていないのだろうけど、茜を守ってきた嗣道が。

自分がどれだけ願っても手に入らないものを持っていた。

『蓮じゃあたしは止められない』

「ああ、知ってたさ。知ってたんだ、ずっと。わかりきっていた事だった。それでもあの時あの瞬間に、君に言わずにはいられなかったんだ。君には僕がいるって、思いたかったんだ」

違ったのだ。茜に、自分は必要なかった。庇護《ひご》すべき友人の一人でしかなかったのだ。

「僕がやっているのは、腹いせだ。ムカつくんだよ、ずっと茜を助けてきたのに、茜の英雄だったのに、何をいつまでメソメソ泣いてるんだ、何をいつまで引きこもってた……！　殻にこもっていじけてるだけじゃ、何も変わらないって、ただ並べただけの言い訳なんかには、何の力もないって、教えてくれたのは……『君達』だったのにッ！」

目前には。

墨で真っ黒に塗られたような虚空《こくう》。上下感覚など失われた小さな世界に。

高橋《たかはし》嗣道だけが立っていた。

「何しに来たんだ」

身体は黒に濡《ぬ》れていた。ぼろぼろだった。それでも嗣道はファイティングポーズを取った。

「……決着を、つけに」

「決着？」

「屋上での喧嘩《けんか》、まだ終わってないだろ」

「あははははは！　馬鹿だな君は！　ほんっとに馬鹿だ！」

蓮は嗣道を嘲笑した。この期《ご》に及んでまだ、自分を見捨てていない。暴走したピカレスクの操縦者を討伐するのではなく、あくまで仲間として救うつもりらしい。だが、蓮はへらへらと嗣道を見据える。

「言っておくけど、僕の殺意は収まってない、説得なんて無駄だ。僕は、僕の意思を以《もっ》て君が憎い、嫌いだ！　この憎悪も、憤怒《ふんぬ》も、醜い嫉妬もみっともない執着も、全部、僕だ！」

「一回、ブン殴りたかったんだ、おまえの事」

嗣道はどこか、穏やかな表情で笑った。それが不自然で、蓮は僅かに目を丸くする。

「茜の周りをちょろちょろしてるから、邪魔でしょうがなくてさ」

「君が——僕を邪魔だって？」

目を瞑《つぶ》って、嗣道が言った。

「ああ、ずっと邪魔だったよ。心底不安だった。やっぱ凡人なんだよ、俺は。茜とおまえが二人でいる時はずっと怖かった。いつか茜が、俺よりおまえを選んだ時の事を思うだけで最悪な気分になった。俺もだ、気に食わなかったよ、蓮」

嗣道に真正面から悪意をぶつけられるのは、初めてだった。

「だけど」

目を開けて、嗣道が自分を見ている。初めて、自分を真《ま》っ直《す》ぐに、敵と認識している。

「茜は、俺を選んだんだ。おまえじゃない。茜はおまえより俺を信じてた……茜はおまえより俺を頼った……！　ずっと茜と一緒にいたのは俺だ！　側にいたのは俺だ！」

嗣道がゆらりと身体を揺らす。嗄《か》れそうなくらい大きな声で、叫ぶ。

「その俺が、主張する！　小日向《こひなた》茜は、ただの女の子なんかじゃなかった！　あいつはやっぱり、主人公だった！　特別だった！　最後の最後まであいつは、主人公として戦った！　それは間違いなんかじゃなかった！　自分以外の全部を守って、あいつは正しく死んだんだ！」

高橋嗣道の無責任で身勝手な釈明に、激昂《げきこう》する。蓮は身の内に燃え盛る感情を、怒りであると認識して――その源泉に、かつての羨望《せんぼう》があるのを知覚した。

認めたくない、悔しい。しかし、蓮は高揚していた。

――僕にはわかる、君は。

走り出した大嫌いな少年が立ち止まる事はないのだと理解する。行く道をどれだけの艱《かん》難辛苦《なんしんく》が遮ろうとも、たとえ心が闇に囚われようとも、高橋嗣道は、止まらないのだと。

――だって君は。いいや、違う。僕達は。

「だったら……証明して見せろよ！　僕に！　小日向茜の、短い生涯の正しさを！　主人公として茜が、遺《のこ》したものを！」

貴山蓮は、高橋嗣道は、初めて互いに感情を見せる。最も輝いた星の終わりを思い出し、蓮は静かに納得した。立ち止まる事はない。君も、僕も。だって僕達は。

――小日向茜に、託されたのだから。

†

視界は薄暗い。かろうじて、操縦席だった場所にいるのはわかる。肌にへばりついたピカレスクの「中身」が剝がれない。肉が同化している。光が見たくて、手を伸ばそうとした。ピカレスクの装甲が棘《とげ》に姿を変えて自分の身体を固定していた。

ピカレスクは動きを止めているらしい。塊と化した物体はピクリとも動かない。どうして止まったのかは覚えていない。

高橋嗣道《つぐみち》が目の前に現れた時から、記憶が途切れている。一瞬夢だったのかもしれないと思ったが、どうしてか頰がヒリヒリと腫れていた。誰かに殴られたらしかった。指が曲がらないくらいに痛んだので、もしも自分が殴られたのだとしたら、激しく殴り返したのだろうと思った。きっと、泣きじゃくる子供の喧嘩みたいに。

歪《ゆが》んだ瞼《まぶた》の端に、一筋の明かりが差し込んだ。僅かに照らされた景色が曲がっているのを見て、いよいよ自分が酷《ひど》い顔をしている事に気づく。瞼がぼこりと腫れているに違いない。

視界にたった一人、シルエットが映った。姿は見えないが、その少年はきっと、自分と同じように酷い顔をしているのだろうと思った。

「茜を殺したオフィケウスと、一ヶ月後に再戦しなきゃいけない。俺と麒麟《きりん》だけじゃ絶対に勝てない。土門《どもん》だけじゃ足りない、蛍《ほたる》だけじゃ足りない、おまえの力が、必要なんだ。きっと、俺達全員でやらなきゃだめなんだ」

「……頼みに来たって態度じゃないな、だいたい僕は」

「俺を嫌いなのはわかってるよ。俺もおまえの事嫌いだし。だけど手を組まないと茜の守りたかった世界は滅びる。俺とおまえが守りたい世界は滅びるんだ」

「僕が合流したところで、何も変わらないさ。茜の勝てなかった化け物に――」

「勝てなくても、戦わなきゃいけないんだ。俺はもう逃げない。どれだけ無理でも、どれだけ劣勢でも、諦めるのはやめた。だから、手伝ってほしい、俺達と一緒に戦ってほしい」

少年は、僅かに開いた鉄の塊を広げる。光の柱が少しずつ拡大して、歪んだ操縦席をこ

じ開ける。みしみしと乱暴な音がして、雨上がりの空が映った。

少年は、それが当たり前の事であるかのように手を伸ばす。

「助けてくれ」

と、助けに来た人間のセリフだとは、到底思えないような事を言って。

弱くて、情けなくて、格好悪くてみっともなくて、ありふれた凡人で。

だというのに誰かを助ける少年の姿を、少女は愛したのだろうと思った。

「茜は、もういない」

呟《つぶや》いた言葉が風に攫《さら》われる。そうだった。茜は死んでしまった。茜はいなくなってしまった。自分を置いてどこかに行ってしまった。消えてしまった。胸が苦しい。空虚だった心が喪失を思い出す。もっと一緒にいたかった。隣じゃなくても良い。笑顔を見ていたかった。君と一緒に日々を重ねたかった。隣を歩く誰かを羨望しながらでも、ずっと君を眺めていたかった。だから。茜がいなくなった今。

「ああ、僕達が、守らないとな」

貴山《きやま》蓮は——大嫌いな少年の手を取った。

第四章「あと一回だけ」

まだ、十歳の時だった。いつも通りに茜の発案で、三人一緒に日の出を見に行く事になった。さんざんトラブルを起こしてきた茜にしては、おとなしい思いつきだった。嗣道はまた何か起こるんじゃないかと疑っていて、前日にあまり眠れなかったらしい。きっと鮮烈な体験を重ねてきた茜にとっては、それに追従してきた嗣道にとっては、些《さ》細《さい》な記憶として残っている。

決意の日にしたのは、土門だけだった。

山の上にある神社への本道を外れて、枯葉の敷かれた獣道を歩く。前日にまったく眠れなかったと話す嗣道は睡魔に耐えられなかったようで、土門の背中で眠っていた。二人の事を知らない人間が見れば、兄弟のようにも見えたかもしれない。

森林を抜けて高台に上ると、ほんの少し開けた場所があった。前を歩く茜が嬉《うれ》しそうに笑って、土門も嗣道を下ろした。「本場のイタリアではスパゲッティ食べる時スプーン使わないらしいよ」「まじで？」茜《あかね》と二人で、下らない会話をしながら朝日を待つ。

朝の森の香りがした。街も山も静かで、二人の言葉と嗣道の寝息だけが響く。土門は嗣道の頭を撫《な》でた。茜も同じようにした。三人は、親友だった。どこに行くにも一緒だった。両親のいなかった茜と、母親のいなかった嗣道は、よく土門の家に集まっていた。出会いこそ強烈だったが三人は、普通の子供と同じように、仲を深めた。

「ねえ、土門はわかってくれるよね」

茜が寂しそうに笑った。親友の言葉だ。質問の意図はすぐに理解できた。

「まったく同じ意見だよ、いやオレ的には、おまえら二人が、なんだけどな」

「わかってないなあ、土門は。まだまだ甘い！　あたしなんかよりもずっと、嗣道の方が凄《すご》いんだよ？　確かにあたしは超超超超超凄いけどさ！」

「はは、その自画自賛はまあ、事実だし許すしかねえなー」

「嗣道は、あたしなんかよりもずっと凄くて、格好良いんだから」

深い青に染まった空が、少しずつ薄くなっていく。山の間を、しんとした空気が通り抜ける。白い光が茜の姿を朧《おぼろ》げにしていく。

「ねえ、土門」

どうしてか、普段は天真爛漫《てんしんらんまん》で、弱さなど微塵《みじん》も感じさせない少女が。

「もしも」

大人びた表情で土門を見つめた。

「もしもあたしが死んだらさ――」

その言葉が、土門の胸に焼き付いて離れない。

絶対に、離さない。

「長かったな、割と」

茜が死んだのが一年前。天文市を拠点とする怪獣使いに師事したのもそれくらい前。怪獣使いとして初めてアトラスを操ったのも随分前だ。嗣道が復活を遂げたのも既に三ヶ月前。

ただ、虚空《こくう》の広がる空間。儀式の宇宙怪獣アルトールの権能により、外界とは隔絶された場所。アルトールは、土門との相性が良かった。怪獣使いにとって、宇宙怪獣との相性は重要だ。どれだけ核を集めても、相性が悪ければ自由に操る事はできない。

土門はぽつんと配置された、粗末な椅子に座っていた。

昔の事を思い出しながら俯《うつむ》く。自然、口元が緩んだ。茜と、嗣道と、三人で過ごした日々を思い出すと笑ってしまう。土門は笑って――。

持っていた拳銃を柔らかく撫でた。

「事故や偶然じゃねー。自らの意志を以《もっ》て引き金を引くという行為が必要だ」

顔を上げる。笑みは自然に消えていた。視線を鋭くし、独りごちる。

「アキュベンスで奮起した。ホロロギウムで決意した。そしてピカレスクで覚悟した。おまえはようやく主人公になった——約束したもんな、茜」

土門は立ち上がって伸びをした。いよいよ最後だ、これで、最後。失敗は許されない。切迫した、最悪の状況でないと計画は崩れる。

「だから、オレは」

†

カンカンに照る晴れの日と、激しい雨の日が交互にやってくる。空にはペンキをこぼしたような積乱雲が立ち上っている。浮いた玉のような汗を、嗣道は拭った。

暦は八月。既に天文高校では夏休みが始まっており、校舎に生徒の姿はなかった。もっともまったく別の理由で、教師も外部のコーチもいない。部活動生の姿すらない。

「あぢぃ、死ねる死ねる死ねる！」

「おまえが屋上に行きたいと言いだしたのだろうが」

「まあ、気持ちはわかりますわ、何となく気合が入るような気は」

ピカレスク戦からは、三週間が経過していた。蓮《れん》と橘《たちばな》のコンビは財閥によって正式に最高顧問を外され、結局蛍は財閥における地位を取り戻した。暴走したピカレスクによる被害は無理矢理に宇宙怪獣アルトールの仕業として片付けられ、蓮も橘も処分を受ける事なく解放された。

麒麟が呆《あき》れ気味に言う。

「甘すぎると思うがな、御令嬢。一度裏切った奴《やつ》は次も裏切る」

「わたくしは、優秀な者はどれだけ難癖があっても登用しますわ」

「寝首をかかれて泣き喚《わめ》け」

「貴女《あなた》、本当に嫌な奴ですわね……二人に関しては心配ありませんわよ！　御子柴《みこしば》家に伝わる千二百の拷問術のいくつかを受けて禊《みそぎ》は終わりですわ！　それよりも、不安点があるとすれば——」

蛍の話す千二百の拷問に思うところはあったが、嗣道はふと顔を上げる。

「ああ、宇宙怪獣アルトールの死体が何者かによって盗まれている事だね」

「ふふふ、一体誰がやったのか見当もつかないわあ」

振り向くと、屋上の扉を開けて蓮と橘が来ていた。

「……当然のように合流してきたがおまえ達、何のつもりなのだ」

麒麟がじーっと蓮を睨《にら》む。

「何のつもりも何もここは別に君達の場所じゃない。僕だって本番まで君達の姿なんて見たくもなかったよ。ただ、屋上から空を見たかっただけさ」

蓮が嗣道《つぐみち》を一瞬だけ見る。おそらくやってきた理由は自分と一緒なのだろうと、嗣道は思った。要は、茜の好きだった背の高い景色をぼーっと眺めにきたに違いない。

「それでさ、前から疑問だったんだけど、宇宙怪獣って巨大だろ？　あんなに大きな物体を、その、盗んだりする事なんてできるのか？」

「君、相変わらず何も知らないんだな。その知識のなさで今まで生き残ってきたのが不思議に思えるよ」

「いちいち喧嘩《けんか》売ってくんなよな……俺に負けたくせに」

「聞き捨てならないね。あの時は君があまりに可哀想《かわいそう》だったから負けた振りをしてあげたのさ。大人の対応としてね」

「は？　完全に俺が勝ってただろ！　皆見てるし！　つーか俺に負けて――ぎゃふッ！」

蛍が嗣道と蓮を同時に殴り飛ばした。二人揃《そろ》って尻餅をつく。麒麟と橘がそれぞれ嗣道と蓮を引きずった。何事もなかったかのように蛍が続ける。

「宇宙怪獣には身体《からだ》を形成する、核となる細胞がありますのよ。それさえ盗んでしまえばあとは運用次第でやりたい放題。怪獣使いというのはそういう連中の集まりですわ」

　蓮が橘に鼻血を拭かれながら答える。

「そして十中八九、宇宙怪獣アルトールの細胞核を盗んだのは——土門《どもん》だ」

「そんなにはっきりと言う必要は……！」

「隠しておいて状況が好転するとは思えないけど？」

「土門が、アルトールを盗んだ？」

「君、気づいていなかったのか……スターゲイザーやピカレスクの通告《オペレーション》は本来、操縦者にしか聞き取る事ができない。だが、土門は僕達と同じタイミングで主人公性開放の報《しら》せを聞いていた。山田《やまだ》のように特別な装置を使う事もなく、ね」

　嗣道は思い出す。ホロロギウム戦の前、屋上で昼食を取っていた時。

『主人公的行動『屋上で昼食を食べる』を確認しました。『青空休息』——スターゲイザーの移動速度が向上します』

『お、主人公性が開放されたっぽい？　よかったじゃん！』

　そうだ。確かにあの時、土門には通告《オペレーション》が聞こえていた。見過ごしていた。

「怪獣使いなんだよ、彼は。僕もピカレスクの力を安定させてもらった。この一年間、たびたび行動を共にする事もあった。ある程度考えは把握できていたつもりだったけどね。

悔しいが、今彼が何を考えているかはわからない。だが今までの行動を鑑《かんが》みれば
蛍《ほたる》が予想を事実へと昇華させるように蓮の言葉を継ぐ。

「必然的に、敵ですわね」

息を吞《の》んで、言葉の意味を噛《か》み締《し》めた。土門が敵。そんなのは。ありえない。俺達はずっと友達で。土門がもしも何かの目的で敵になったのだとしたら俺は。戦えるのか。

麒麟《きりん》が背中を叩《たた》く。

「余計な事を考えている場合じゃない。十全にパフォーマンスを発揮できなければあっさりと負けるぞ。誰より理解しているはずだ。一年前、あの小日向茜《こひなた》ですら敵《かな》わなかった」

全員が、嗣道を見ている。嗣道も見返した。側にいる麒麟と、蓮、橘、蛍を見て、フェンスの向こうに広がる街を眺める。奇妙な静けさと、所々に聞こえる緊張に満ちた声と音。天文市に暮らしている五十万人以上の市民が全員、今日だけは財閥の関連施設へと疎開していた。残っているのは市民の内三割を占める財閥関係者のみ。

蛍のスマートフォンに連絡が入る。嗣道はピクリと震える。

「作戦まで残り一時間となりましたわ。所定の位置へ待機を」

小日向茜がいなくなって、一年が経《た》った。

「ようやくか、やれやれ、君達と一緒に戦うのなんて本当はごめんだけどね」

「私もよう、ほんとは山田麒麟と一緒に戦うのなんてごめんだったんだからあ！」

「だが、やらねば終わる」

「緊張で腹いたい……やばいかも、あー無理無理無理」

そして今日。

「勝ちますわよ、全員で」

挑むのは最後の宇宙怪獣、オフィケウスだ。

†

僅かに発光する財閥基地の廊下を抜けると、暗闇の中で作業をする財閥職員が手を振った。「星の歪《ひずみ》を誘導しているので節電してるんです」整備されたスターゲイザーに乗り、仄《ほの》かに光る操縦席の明かりを頼りに座った。

スターゲイザーはオフィケウスによる星の歪が発生した時点で財閥基地から「射出」される予定になっていた。そのためにスターゲイザーは、ミサイルの発射スライドを改造した筒に鎮座している。オート・レンズの明かりだけが煌々《こうこう》と光っている。

通信は繋《つな》がっている。液晶に蛍と橘の姿が映った。別の液晶には蓮の姿が。

『高橋嗣道《たかはし》！　負けたら承知しませんわよ！　いいですわね！　しっかり準備は終えているのですわよね！　わたくしが指定した行動はすべてやりましたわよね⁉』

「やったよ、ちゃんとやったから！」

『足を引っ張ったら殺す。邪魔だと思った時点で先に君を潰すからね』

「おまえな、もうちょっと言い方とか――」

『どうして君に配慮しなきゃいけないの？』

　言って、蓮が通信を切る。蛍も他の職員に呼ばれたらしくどこかに行ってしまった。液晶の明かりは消えて、光のない空間に閉じ込められたスターゲイザーの中で、電子音を聞きながらまた二人きりになる。麒麟がずっと、何かを喋《しゃべ》っていた。

「いいか、以前も話したが宇宙怪獣は現界した直後、こちらの世界に適応しきっていない。最強の宇宙怪獣、オフィケウスとてそれは同じはず、私達は――おい、聞いているのか」

「ああ、いや、悪い。今俺」

　震える。身体が。手の先まで震えに満ちて、操縦桿《かん》を握れそうになかった。嘔吐《おうと》しそうなほどの緊張と、茜《あかね》でさえ敵わなかった相手に対する恐怖。

　――最後の最後まで、怖くてしょうがないんだ。結局俺は。

　どこが主人公なのだろうかと、いじけた自分が揶揄《やゆ》をする。

麒麟が、そんな嗣道を見て、柔らかく笑った。優しい表情で――。

スタンガンを首に押し当てる。

「ぎゃあああああッ！　死んじゃう！　死んじゃうよ!?」

飛び上がって天井に頭をぶつけた。拍子に膝を操作部に当てて「ああああ！」と悶《もだ》える。

「何すんだおまえ！　最終決戦前！」

「おまえが辛気臭い顔をしているからだ。大方怖く怖くてしょうがないのだろう。さすがは凡人、平々凡々なおまえに相応《ふさわ》しい佇《たたず》まいだ。全く情けない奴め」

「う、うるさいな！　わかってるけど人に言われるとムカつくんだよ、それ！」

「何を怖がる、私が一緒だというのに」

キョトンとして、麒麟が言った。心底、不可解そうに。本当に不思議で仕方がないと言わんばかりに。首を傾《かし》げる。それを見て嗣道は。

「は、はは、あはは……！」

「何がおかしい」

「いや、何か」

麒麟は、本気で言っているのだ。自分がいれば怖くないはずだと。自分がいるだけで怖がる必要などないと言われて――震えの止まった自分が、嗣道はおかしかった。

「なあ、麒麟。言い忘れてた事が——」

『星の歪、誘導を開始しますわ！　準備は良《い》いですわね！』

液晶が点《つ》いて、蛍が言った。嗣道は言おうとしていた言葉をとどめて耳を傾ける。麒麟も同じようにした。射出用のスライドがゆっくりと動いている。飛行機の離陸直前のような奇妙な感覚が身体に伝わる。

『敵は、最強の宇宙怪獣オフィケウス！　一年前、我々の友人は、小日向茜は、奴に敗北し、死に至った！』

麒麟が窓の外を見ていた。嗣道は心を制御する。操縦桿に手をかけた。脚先をアクセルにやって、敵の出現に備える。

『公私混同上等ですわ！　わたくしは奴だけは許せない！　ここにいる全員が同じ想《おも》いを持っているはず、後悔も怨嗟《えんさ》もわたくしは、この戦いに込めますわ！　良いですか、御子柴の憎悪《ぞうお》は執念深い、それを奴《やつ》に、骨の髄までわからせる！』

ガタン、とスターゲイザーの位置が固定される。天井が開いて雲間の陽光が差し込む。

『始めますわよ、弔い合戦』

全速力で動き出したスライドがスターゲイザーを撥《は》ね飛ばす。火力のバネに押された超重量の鉄塊が空を舞う。眼下に広がる街。そして視界の端には——。

「煌《きら》めけ、スターゲイザー！」

揺蕩《たゆた》う黒の衣を全身に纏《まと》う人型の化け物。長い指先を広げて爪で虚空《こくう》を引《ひ》っ掻《か》いた。浮遊する十数本のロッドには紫炎の宝玉が填《は》められている。十字に裂けた顔が赤く輝き、不協和音を発生させた。周囲一帯に劈《つんざ》くような音を響かせる——響かせた怪物を。

『黙れ黙れ黙れ、死になさい！　そこで、いきなり現れて、訳もわからずに殺されて！　二度とわたくし達の前に姿を見せるんじゃありません事よ！』

蛍の殺意が込められた言葉と共に、大量のミサイルがオフィケウスを攻撃する。あまりの光景に空が檻《おり》に囚《とら》われたのかと見紛《みまが》う程に、四方八方から財閥の準備したミサイルが飛んでいく。爆発を数度繰り返し、破片が街中を傷つけて、竜巻のような煙が嗣道の視界を包んだ。爆風に煽《あお》られて揺れる。抗《あらが》って、姿勢を確保する。

「オフィケウスは！」

「煙の中に影は見える、生きてるな、だがまだ攻撃は終わっていない」

影が煙を巻き込んで落ちていく。いくつかの対物ライフルがそれに反応して発射された。影を直撃する。『まだ、終わっていませんわ！』言葉通りに追撃は続く。破壊され、積み重なっていく瓦礫。やがて——大きな山ができて、辺りは沈黙した。一瞬の出来事だ。すべて嗣道《つぐみち》が空高く跳ねて、落ちてくるまでに起こった。

粉塵《ふんじん》が晴れる。瓦礫《がれき》が崩れ――。

『……まったく、冗談だと思いたいんだけどね』

蓮《れん》が呟《つぶや》いた。

地に降りた黒衣の怪物は嘲笑《あざわら》った。咆哮《ほうこう》した。こんなものか、と。

傷ついたオフィケウスの身体は、あっさりと回復していく。欠損したはずの肉体は元に戻り、折れたロッドのいくつかも同様に。ローブの切れ端まで完全に。

『これが、再生の宇宙怪獣、オフィケウス。マズいな、僕は今少し、焦《あせ》っているよ』

言って、蓮が呼吸を整える。

『そんなのもう、すぐに払拭《ふっしょく》できてしまうが――例のポイントは向こうで良いんだよね。後れを取るなよスターゲイザー』

オフィケウスに向けて、ピカレスクが走り出す。

到達したピカレスクがアクロバティックな動きでオフィケウスを蹴り上げる。

蓮の言葉を受けて麒麟が嗣道に必要な情報だけを告げる。

「範囲攻撃は無しだ。一斉に全滅する事だけはとりあえず避けられた。例のポイントまでの距離は予定通り。ここからは合流して戦闘に移る。何か質問は」

「してる余裕、ねーよっ……」

オフィケウスの上に、スターゲイザーが飛び乗る。地面が陥没し、整備された道路だった場所は簡単に剝がれた。地下に埋められた電線が切れて、火花を散らしている。衝撃を受けた嗣道と麒麟は、地面と共に揺れる。ブレる視界でオフィケウスを捉えて、引っ張り上げる。最初のスターゲイザーとは地力が違う。三ヶ月でよくもここまで仕上げたものだと、嗣道は麒麟の手腕を改めて実感する。

主人公性人型兵器は確かに、嗣道と共に在った。

「人馬一体とまでは行かないけどな！」

オフィケウスに動きは見られない。再生後は何かしらの制限があるのかも知れなかった。であれば、と嗣道はスターブレードでオフィケウスを串刺しにする。そのまま一直線に走り、近くにあった高層ビルへとオフィケウスを突き立てる。

「やりたい放題だな、崩れるぞこのビル」

「俺も思うけど、今回ばかりは蛍《ほたる》が良いってさ」

「……やれやれ、これが御子柴《みこしば》の執念とやらか？　案外馬鹿にできんな」

麒麟《きりん》とのくだらない会話で平静を装《よそお》いながら、スターキャノンを十字に裂けた顔面へと密着させる。押し付ける。

「砕け散れ！」

放出した赤光《しゃっこう》を見届けて、崩れる高層ビルより離れる。よろけたオフィケウスが立ち上がるのを、さらにピカレスクが攻撃する。黒く染まったスターブレードで切り裂く。嗣道もそれに続く。スターキャノンを何度も何度も、オフィケウスに向けて。

『君、僕に当たったら許さないけど』

「そっちで勝手に避《よ》けてくれ、それとも俺の攻撃が強すぎて躱《かわ》せないか？」

『冗談でも腹が立つね』

蓮がスターキャノンを踊るように躱してオフィケウスへの攻撃を続ける。オフィケウスはまだ、世界に適応できていないのだ。嗣道はスターブレードによる肉弾戦を再開する。蓮の攻撃を避けてオフィケウスを狙う。大嫌いな相手だが、息は合った。互いの攻撃を回避して最後に——二人でオフィケウスを蹴り飛ばす。同時にスターキャノンを連射する。

土煙がオフィケウスを隠した。

『……やったか？』

「いや、おまえそれ」

「……生存フラグって言葉を知らんのか、ばかめ」

『主人公的行動『倒したと思った敵が生きていた』を確認しました。『敵機生存』——スターゲイザーの装甲性能が向上します』

スターゲイザーの機能が開放される。基礎値上昇系だが、今は何でも積んでおきたい気分だった。「それに」と嗣道は視界を見据える。

「つまりは、生きているという事だな奴は」

麒麟の呟きに呼応するように、オフィケウスの姿が露《あら》わになる。半身が吹き飛んだ状態であるというのに、微塵《みじん》も焦りや怖《おそ》れを感じない。少しも動作が変わっていない。宇宙怪獣とはあくまで「異界の生き物」だ。嗣道達にしてみれば無敵の怪物にしか見えないのだが、それでも生命を脅《おびや》かされれば、何かしらイレギュラーなリアクションを起こす。

目前のオフィケウスはこれほどの損傷を、少しも「危険である」と思っていないのだ。

それを証明するように、オフィケウスは身体《からだ》を再生させる。

『ポイントまであと少しだ、そこまで押し出す』

蓮が言った。

オフィケウスが身体を再生させるのと同時に、両手を周囲にかざした。崩れた瓦礫や建物が道路の破片が宙に浮く。

「やばい、蓮！　何か来るぞ！」

『君に言われずとも見ればわかるさ！』

一瞬で、オフィケウスが道路を、建物を、世界を再構築していく。再生していく。アスファルトが陥没する前の状態に再生しスターゲイザーの周囲を固める。破壊された高層ビルは頭上で元の巨大な形を取り戻す。ピカレスクがその影を必死にスターキャノンで撃ち抜くが、それだけではない。

「おいおい……こんなのって、ありかよ……っ！」

財閥が放ったミサイルまでも、再生していく。爆風がオフィケウスの周囲に集まって、カプセルのような塊に収まった。それらが数十本集まって、嗣道と蓮に狙いを定めている。嗣道は固められた足場を再び破壊し、オフィケウスに向き合う。蛍との通信が繋《つな》がった。

『ポイントまであと少しですわ！　何とかなさい！』

「無茶言うな！　超やばい状況なんだぞ！」

『語彙力死んでますわね！　ずっと見ているのだからわかりますわよ！』

「というより、そっちの準備は済んでいるのだろうな？」

『とっくに終わっていますわよ、御子柴を舐《な》めないでいただきたいわ。貴女《あなた》の方こそいつまでもいちゃいちゃのろけてないで、さっさとやる事やってくださる？』

「……ッ！」

麒麟が苦々しげな表情を見せる。

『……で、どうするんだ、諦めるのか。ここまで来てあっさり尻尾巻いて逃げるのか引きこもり』

「そんな訳ないだろ？」

蛍も蓮も、笑った気がした。嗣道も無理矢理、笑顔を作る。オフィケウスの再構築したミサイルが発射される。嗣道は身体の力を抜いて言った。

「俺じゃ勝てない」

「ではどうするのだ」

「助けてくれ相棒」

「……仕方のない奴め。メインヒロインの私がいないとどうやら何もできぬらしい」

嗣道と麒麟は手を重ねて、静かに宣言する。

「『Ｌ《ライトニング》エディション』」

スターゲイザーの身体が再構築されていく。全身に白い電流が迸《ほとばし》り、白銀が赤の装甲を覆った。フレームが細く尖《とが》り、ボディに僅かな白が混じる。

フォームチェンジをしたスターゲイザーが、最大限まで向上した反射性能により全てのミサイルを受け流す。ミサイルは各々《おのおの》近くの建物に当たり、爆発を起こした。

オフィケウスに超高速で接近する。

Ｌ《ライトニング》エディションは、麒麟との繋がりによってスターゲイザーを飛躍的にパワーアップさせる機能だ。しかしその反面、麒麟との同調が揺らげばすぐにパワーアップは解除され、一転劣勢へと回る事になる。

嗣道はオフィケウスを追い詰める。攻撃の全てに対処する。蓮がオフィケウスに白兵戦を挑んで余裕を崩す。二体一だ。オフィケウスは別格に強いが、こちらも今までとは違う。

『もう少しでポイントですわ！　財閥の檻《おり》に入れて二万度の炎で焼き殺しますわよ！』

再生の宇宙怪獣オフィケウスを攻略するために財閥が考えたのは、耐熱性の低いオフィケウスの全身を一斉に焼き潰すと言う単純な手段だった。ただし、そこに誘い込むまでが恐ろしく難しい。星の歪《ひずみ》による誘導は絶対に誤差が発生する。オフィケウスが自分から檻《おり》に入ってくれれば良いのだが、勿論《もちろん》そんな事は起きない。

嗣道と蓮に課せられた任務はオフィケウスを檻まで連れていく事。

一気に、駆け抜ける。オフィケウスを倒して、茜《あかね》に捧《ささ》げる。オフィケウスの肩を握る。ロッドによる攻撃をスターシューターが自動でガードする。

「一生、死んでろ！」

オフィケウスを抱えて指定されたポイントまで残り数百メートル。

圧倒的に嗣道達が有利な状況で、やはりオフィケウスは。

ケラケラと笑った。顔に入った十字の裂け目が明滅する。「何だ」麒麟が言った。一定の間隔で。笑ったのだ。「何だよ……！」嗣道も呟く。オフィケウスは嗣道達を笑った。

「何か、来る」

麒麟が、きっと理論ではなく直感で言ったのだとわかった。嗣道は麒麟の言った「何か」に備えてオフィケウスから距離を取ろうとしたが、今度は逆にオフィケウスによって摑《つか》まれる。そしてオフィケウスが触れていたスターゲイザーの肩が。

べろりと崩れた。装甲ごと、赤い、スターゲイザーの「生命的」な部分が露わになる。やがてそれが装甲を上回った。身体を再縫製する。そこでようやく気づく。

「スターゲイザーが、再生してる……？」

「離れろ嗣道《つぐみち》！」

麒麟の言葉で我に返る。嗣道はスターキャノンを放ってオフィケウスの拘束を逃れる。

L《ライトニング》エディションは既に解除されている。それだけではない。

「操作が、利《き》かない！　やばい、これ！」

『ピカレスクが暴走した時と同様の反応が検出されましたわ！』

オフィケウスはロッドを広げる。嗣道ではなく今度は蓮《れん》に向かって、ロッドを操作しピカレスクに接触させる。すると触れた部分がスターゲイザーに起きたのと同じように、暴走状態へと変化する。制御できない左腕で漆黒の砲撃を放った。スターゲイザーに当たって嗣道と麒麟は衝撃に揺られる。ピカレスクが咆哮《ほうこう》する。

『マズい、戻れ戻れ戻れ！　このタイミングで、暴れている場合じゃ……』

『二機の両方とも、加工される前の状態に再生しようとしているわあ……！　これじゃあ二人とも、以前みたいに暴走を始めてしまう……！』

蛍の通信に橘《たちばな》の嘆きが聞こえる。

スターゲイザーが操作をしていないのに、勝手に立ち上がった。オフィケウスの方へと歩いていく。ピカレスクも同様に暴れはじめる。欲望の赴くままに、二機は破壊行動を繰り返す。

『ここまで来て！　何をやっているんだピカレスク！』

オフィケウスがケラケラと不快な笑いを響かせる。嗣道は唇を噛《か》んだ。何か。何か方法はないのか。麒麟を見る。しかし麒麟も嗣道と同じ表情をしていた。

スターゲイザーとピカレスクはやがて牙を剥《む》き爪を立て、獣のように啀《いが》み合い、互いが互いを噛みちぎり――オフィケウスがゆっくりとロッドを向ける。

「やめろ、しっかりしろよ、スターゲイザー！　こんな事してる場合じゃないだろ！」

馬乗りになったスターゲイザーがピカレスクの首を絞めた時。

「あーあー何つー姿だよ」

気の抜けた声が、外で聞こえた。液晶を通して、外で誰かが喋《しゃべ》っている。ここには既に、誰もいないはずだ。なのに、誰かの声が。

嗣道がその姿を探そうと目を向ける。瞬間。

目前に。

拳を振り上げた灰色の巨人が。スターゲイザーやピカレスクとは違う。これは。以前茜が倒した宇宙怪獣だ。確か名前は——巨軀《きょく》の宇宙怪獣、アトラス。

突如として発生したアトラスは、繰り出した拳でスターゲイザーを殴り飛ばす。軽々弾《はじ》き飛《と》ばされたスターゲイザーは、蛍に「重要施設」として指定された、オフィケウスを近づけてはならないと言われている場所まで到達し、ぐったりと項垂《うなだ》れた。

崩れた瓦礫《がれき》の山で動かなくなる。殴られた胸部は割れている。嗣道の腕の中で麒麟《きりん》が目を開けた。嗣道は安堵《あんど》して瓦礫に開いた穴を見上げる。奇跡的に出来上がった歪な天井は今にも壊れそうだ。立ち上がった嗣道を。

アトラスが、見下ろした。

「よう、嗣道」

口元を歪《ゆが》ませて。

——アルトールを奪った怪獣使いは土門《どもん》だ。

「土門、何で、ここに。いや」

――必然的に、敵ですわね。

嗣道は顔を顰《しか》めた。呼吸が荒くなる。自然、まるで土門を警戒するように、麒麟を隠している自分に嫌気がさす。

「何で、このタイミングで」

土門は嗣道に手を翳《かざ》して呟《つぶや》いた。

「限定解除、アルトール」

瞬間、視界が白に包まれる。

†

亜空間だ。全てが真っ白で、上下の感覚がわからない。確かにそこに立っているはずなのに嗣道は、自分が本当にそこに立っているのか不思議だった。

「宇宙怪獣アルトールの力だよ。いや、オレも驚いたんだけどさ、割と才があったらしい。ああ、才っていうのは聞いてると思うけど、怪獣使いとしての才だ」

目前には土門がいた。椅子に座って嗣道を眺めている。片肘を突いて頬を緩ませていた。

「茜が死んだあと、ぱぱっと何人かの怪獣使いに習ってさ。そんで練習してこの程度にはものになった。結構体力持ってかれるけどまあまあ便利で使ってる」

怪獣使い。土門が、怪獣使いだった。蓮に言われた。半信半疑だった。それがたった今証明された。土門の今までの不可解な動きを振り返り、聞きたい事は多かった。

だが嗣道は言葉が出てこなかった。今の土門が何を考えているのかわからない。それでも友人として、何かを発しようとすると、土門が遮るように言った。

懐《ふところ》から取り出した拳銃を嗣道に向けながら。

「最初に出会ったのは船の上だったよな。例によって茜の主人公体質で巻き込まれた綺羅《きら》星号《ぼし》事件。茜が全員を避難用の小型ボートに乗せてる中、おまえは茜が助けられなかった、避難を恐れた連中を一人一人説得して回った」

覚えている。必死に誰かを助けようとする茜を見て、何かせずにはいられなかったのだ。

「子猫が溺れていた時に迷わず飛び込んだ茜を見て、足がすくんだオレとは対照的におまえは、かなづちだったってのに迷わず濁流にダイブした」

覚えている。結局何もできなかったのだ。考えなしに飛び込んで自分の命を危険に晒《さら》した。嗣道にとっては自身の無力さを再度痛感した出来事だった。

「蓮を連れ出した時だってそうだ。ずっとおまえは裏方で茜のサポートを続けてた。誰かを助けるために、誰かのためにおまえはいつも――」

立ち上がって、笑いかけた。いつもの爽やかな笑顔で。土門は嗣道を見つめた。

「輝いてたんだ、おまえは。ずっと。無理を承知で誰かを助けるおまえは、確かに主人公だった」

土門が、向けていた拳銃を嗣道に投げる。

「だけど勝てない」

真剣な表情で、告げる。

「まだ足りないんだ――結構積んだつもりだったんだけど」

「何を」

「オレは、真剣におまえを殺そうとし続けたぜ。自分の甘っちょろい意志が介入しねーように、誰かにおまえを殺させ続けた。蛍《ほたる》を煽《あお》ったのも、蓮を暴走させたのも、おまえを兵器に乗せて、ずっと苦しませ続けたのもオレだ」

真摯に告白する。悪びれもせずに土門は言った。きっとそれを何よりの罪と自覚しているのだ。それを悟られぬようにと話している。

「主人公性の『引き』には一個だけ法則性がある。茜が言ってた。主人公性システムは、当人にとって起こしたイベントの重要性が高い程、強い機能が開放される」

土門が自信満々に、自分の胸を叩《たた》いた。

「さて嗣道、『散々場を引《ひ》っ掻《か》き回《まわ》した黒幕気取りの元親友』をブッ殺せ」

オフィケウスを倒せる程の、強力な機能を引けと土門は言っているのだ。

「――これがオレにできる、最後の役割だ」

自分の命を対価にして。

嗣道は沈黙した。土門の言葉が身体《からだ》に焼き付いていく。今までの行動の全てを振り返る。常に属さず、触れず話さず、たった一人、命を捨てるまでの道を歩いて。目前の拳銃を見た。黒く、硬く、誰かの命を奪う事に特化したそれを、親友に投げられたそれを見る。

嗣道は、深く呼吸をして歩く。

拳銃を思い切り踏み潰した。柔じゃない。何度も何度も、情けないフォームで踏み潰す。少しだけ変形したのを見届けて蹴り飛ばす。気づけば表情は歪んでいた。肩で息をする。

土門がそれを、目を丸くして眺めている。

「お、おいおい」

無視して、ズカズカと詰め寄る。土門の元に、歩く。自分よりも背丈の高い土門の胸倉を摑んで引き寄せる。そのまま嗣道は、土門を投げ飛ばした。背負い投げだ。みっともないフォームで宙に弧を描く。ぐるんと回った土門を、嗣道は見下ろした。

『主人公的行動『黒幕の誘いを断る』を確認しました。『黒幕一蹴』――銃火器系兵装の威力が上昇します』

主人公性システムの宣言など意に介さない。嗣道は叫んだ。努めて明るく。

「おま、馬鹿か！　そんな事一人で考えてたのかよ⁉　一人で⁉　皆が必死に戦ってるこの状況で⁉　ほんっと……ほんとおまえ、そういうとこあるぞ！」

土門の上に乗って胸を叩いた。嗣道は言いながら自分の目からぽたぽたと涙が流れている事に気づく。鼻を袖で拭いた。どうして俺、泣いてんだろ。色々な感情が入り混じっていた。土門が、皆の事を考えてくれていた。土門が自分達の敵じゃなかった。そんな土門を、一瞬でも疑った事が悔しくて、たった一人で全部をなんとかしようとしていた土門の今までが辛《つら》くて。

土門に何もしてやれなかった自分に腹が立って、苛立《いらだ》って。自然に大粒の涙が溢《こぼ》れてしまった、本当に泣きたいのは土門なのに。嗣道は嗄《か》れそうな声で土門に言う。

「ふっざけんな！　全員で戦った方が強いに決まってるだろ！　あのでっかい巨人が最初から加勢してたら勝ててたんじゃないのかよ？　いや、おまえにも色々言いたい事あるんだろうけど」

「オレが加勢した程度じゃあ勝てね――」

「勝てるだろ！　勝てるんだよ！　全員で勝つんだよ！　茜《あかね》の代わりをやるんだぞ！　一人じゃ無理だろ！　全員じゃなきゃだめだろ！　自分だけ頑張ればいいとか、自分だけ犠牲になればいいとか、考えてんじゃねーよ！」

「あーっと、あ、いや――」

土門が、何かを言おうとしてやめた。嗣道は土門に馬乗りになったまま、ずっと溢《あふ》れてくる涙を拭いていた。シャツが濡《ぬ》れている。言葉を続ける。

「俺、すごい、頼りないと思うしさ……ずっと、いじけてたけど、それでもおまえが辛かったら、助けるから、頑張るから……だから、お願いだから、一人でいくなよ……」

懇願する。どこにも行かないように、土門の袖を引っ張った。繊維がちぎれそうなくらいにぎゅっと摑《つか》む。引き留める。土門が死なないように、離さない。

「おまえが死んじゃ、意味ないだろーが」

絞り出した言葉に土門は目を丸くして――。

†

思い出すのは。

「もしもあたしが死んだらさ――」

縁起でもない前提を少女は少しの怯《ひる》みも躊躇《ためら》いもなく話す。小日向《こひなた》茜とはそういう人間で、小日向茜とはそういう存在だった。確かにそこにいて人を魅了する。誰よりも現実に即しているのに、浮世離れした自分の「存在」を、どこか客観視している節があった。まるでその命の使い道をわかっているのだと言うように。

朝焼けの照らした世界で茜は、土門に言う。

「あたし達の主人公がいつも、笑ってられるようにお願いね！」

きっと、他愛もない言葉だったのだと思う。英雄にしては小さな願いで、あまりに消極的で少数的な、偏った願い。ただそれは同時に普遍的でもあって。

小日向茜が願うにはあまりに、普通に過ぎる願いだった。

主人公としてではなく親友として、茜は自分に頼んだのだと思った。どこにでもあるありふれた願い。親友には、好きな人には笑っていてほしい。

そしてその願いを託された事が、土門にとっては何よりも、誇らしい事だった。

――あーあ、どいつもこいつも。

「重いなあ、『おねがい』が」

笑みがこぼれる。

土門は頭上で泣きじゃくる嗣道《つぐみち》に目を向けた。子供のように泣いている。大泣きして、しゃっくりが止まらない。そうだった。こいつは他人のために、どれだけでも涙を流せる奴《やつ》だったのだと思い出す。茜はそうじゃなかった。茜はどれだけ追い詰められても、逆境にあればあるほど、笑っていた。二人は、対照的だった。対照的なのに土門にとっては同じくらい、かっこ良かったのだ。

土門《どもん》は、嗣道の頭をくしゃりと撫《な》でた。

「嗣道ってほんと、弱えよな」

誰かのために泣ける嗣道は素敵だった。美しく映った。ただ、嗣道が傷つくのは、茜も土門も見たくなかった。主人公がずっと泣いている物語なんて、見ていたくなかった。

なのに、嗣道は泣いている。

――あほか、オレは。

自分に、呆《あき》れる。茜も嗣道も、主人公なのだ。主人公が命を捨てて勝機を作ろうとする人間を、放っておくはずがなかったのに。土門は呆れる。茜がいれば「間抜け」と引っ叩《ぱた》かれていたに違いなかった。嗣道が、茜が――主人公が全員で勝利すると言ったのであれば。

――ああ、それはきっと限りなくエゴに近い。傲慢に近い。

だが、やるしかないのだ。どれだけ難しい事でもやるしかない。だってそれを。そんな傲慢を。

——高橋《たかはし》嗣道が望んでいるのだから。

†

嗣道を殴り飛ばして灰色の巨人は消えた。どこに。わからない。ただ、跡形もなく光と共に消失した。一瞬、巨人の肩に乗っていたのは。

「今の、土門か……？」

呟《つぶや》くと、操縦席は揺れた。顔を顰《しか》めて思い出す。まだ、戦いの真っ最中だ。状況は劣勢。蓮《れん》はピカレスクの操縦桿《かん》を引いて、暴走を制御しようと足掻《あが》く。

「言う事を、聞けと！」

が、動かない。ピカレスクは中身を侵食されていく。中身について蓮は詳しく知らなかったが、大方予想はついていた。暴走を起こせば只事《ただごと》では済まない。

『蓮ちゃん！　心を落ち着けるのよう！　ピカレスクと蓮ちゃんは一心同体——』

アドバイスをする橘《たちばな》を割って、蛍が叫んだ。

『貴山蓮《きやま》！　さっさと高橋嗣道を助けなさい！　反応が消失していますわ！　早くせねば大変な事になる！』

「今やってる！　何をやってるんだよあの馬鹿共はッ！」

僅かに、身体が動く。嗣道と土門の元へ駆けつけようとする。しかし、真正面に立ちはだかるのは、オフィケウスだ。首を傾《かし》げて、十字に裂けた顔を揺らしている。触れれば再生させられる。次に食らえば意識を保っているのも難しくなるだろう。蓮は躊躇《ちゅうちょ》する。

「一人じゃ、勝てないか」

茜が一人でやろうとした事を、自分一人でできる訳がなかった。オフィケウスは一人じゃ倒せない。御子柴《みこしば》蛍が財閥を動かした。足りない。山田麒麟《やまだきりん》が行動した。足りなかった。橘黒猫が蜂起して、まだ足りない。高橋嗣道と協力した。それでも。

「足りない、足りないんだ……！　所詮僕達はエキストラなんだ。小日向茜の描いた物語に僅かに登場する端役《はやく》に過ぎない。だから、茜が死んだ時点で僕達は、バッドエンドを迎えるしかないんだ、それが正しい道筋なんだ……」

『貴方《あなた》、今更何を言っていますの！　まさか、諦めた訳じゃ――』

「だけど」

正しかった道筋をやめてまで、明日がほしくなったのだ。

小日向茜の守った未来を、全員で摑みたくなったのだ。

「凡人の癖に、大口叩いた馬鹿がいる。僕はそいつが大嫌いで、認めてなくて、なんならこのまま死んでも良い。だけど、だけど、約束を破るのは許さない。あいつは僕に、『勝つ』と言った。茜の代わりをやりたいと言ったんだ」

柄じゃない。冷めた自分が揶揄《やゆ》をした。茜以外に、火を灯《ビーコン》される事などないと思っていたのに。蓮は深呼吸をして覚悟を決める。操縦桿を引く。オフィケウスを見つめる。

「さっさと目覚めろ、時間稼ぎくらいはしてあげるよ」

憎悪《ぞうお》。高橋嗣道を憎んでいる。きっと、ずっと憎み続ける。茜を殺したのは、嗣道だ。誰がどれだけ否定しようと、それが正しい事実ではなかろうと、歪《ゆが》んだ自分は嗣道を認められない。だが、同時に。

「怪物が顔を出すならそれすら利用してやる……言っておくけどね、僕は高橋嗣道と同じくらい――」

「君が嫌いだ」

抱えた憎悪を中身に食わせる。

ピカレスクが貴山蓮の「憎悪」を食らって変貌する。鎧《よろい》は消し飛び両腕の機構は融《と》けて、牙と爪が剝《む》き出《だ》しになった「怪物」同然の姿へと。オフィケウスと変わらない、獣の姿へと変化する。

瓦礫《がれき》に近づこうとするオフィケウスを乱暴に捕らえて、引っ張り上げる。地面に、何度も何度も、叩《たた》きつける。原始的な攻撃だ。生物然とした動きでピカレスクがオフィケウスを叩きのめす。オフィケウスの「再生」も最早《もはや》意味を為《な》さない。ピカレスクに施された「加工」はとっくに全て外れている。

「早く、しろ！　いるんだろ高橋嗣道！　さっさと起きろ！」

再生が通用しないと理解したらしいオフィケウスは、火力での攻撃に切り替える。首元に牙を剝いたピカレスクを、再生した瓦礫が挟み込む。衝撃が蓮に伝わる。しかし、暴れ始めたピカレスクは防御態勢など取りもしない。

ピカレスクは、ぐったりと項垂《うなだ》れる。オフィケウスは身体《からだ》を揺らしながら、今度こそ瓦礫の山へと接近していく——だが。

「まだ……まだだ、行くなよ、行かせないね……僕にだって意地くらいあるんだ」

反主人公性人型兵器へと変貌したピカレスクを、必死に蓮は制御する。オフィケウスの足首を摑んだ。オフィケウスが十字の明滅を強くして振り返る。スターゲイザーの処理よりも、目前の獣の討伐を優先する。位置の乱れたロッドの全てを振り被《かぶ》る。蓮は足首を摑むだけで精一杯だった。決して、躱《かわ》す事などできないだろう。蓮は静かに笑って、同時に、笑っている事を悟られぬように硬い声音で呟いた。

「……遅い、大口叩いたんだからこの程度さっさと片づけてよね」

オフィケウスを。

赤の戦士と灰の巨人が蹴り飛ばす。吹き飛んだオフィケウスが不可解そうな奇声を出しながら消えていく。鬱屈としたオフィケウスに対する憎悪がわずかに払拭《ふっしょく》されて、ピカレスクの操作権が戻る。

揃《そろ》った茜の残り火が三つ、オフィケウスを見下ろす。

†

瓦礫を崩して、屹立《きつりつ》する。スターゲイザーが立ち塞がる巨影を吹き飛ばす。傍《そば》にピカレスクが並んでようやく、茜《あかね》が死んで初めて全員が揃った。

蛍《ほたる》が通信を繋《つな》ぐ。嗣道は赤くなった目の周りを拭った。

『……土門孝之介《こうのすけ》に伝えなさい、戦いが終わったらブン殴る、と』

巨人——アトラスの肩でスカしている土門に叫んでやった。

「帰ってきたらブン殴るってさ」

「ええ！　オレ結構頑張ったんだけど！　陰で皆の力になれるようにさあ！」

今度は蓮が、言った。

『下らない雑談はあとにしてもらっても良いよね。それはそれとして土門、僕も君の事は殴る事に決めたよ、覚悟しておいてね』

「……蓮も土門殴るってさ」

「あんまし、帰りたくなくなってきたなあ！」

隣で麒麟がため息をついた。

「言ってる場合ではないだろう、まだ状況は何も好転していない。勝算は？」

土門が笑った。風でシャツが揺れている。巨大な力のぶつかり合いに、遠くの積乱雲が空を暗くしていた。渦巻いた流れが世界を回している。

「オフィケウスに触れればスターゲイザーとピカレスクの加工は解ける。そうなれば、暴走状態に追い込まれて制御が利《き》かなくなる、だからおまえらは触れられない――だけど、オレのアトラスは違う。加工なんてされてないまじの宇宙怪獣だから、再生の効果は受けない！　オレがあいつを引きつける、で、おまえと蓮で一気に決めろ」

「それ、囮《おとり》になるって事じゃ――」

「ねーよ、嗣道！　良《い》いか、おまえはスターブレードを突き立てるだけでいい。隙はオレが作る。信じてる、おまえらの事。しっかりやっつけてくれよな！」

言って、土門が走り出す。装甲の剝がれたスターゲイザーが佇《たたず》んでいる。いつ暴れ出すかはわからない。既に半分は「中身」に掌握されている。嗣道は息を呑《の》んで、麒麟を見る。

『だいたいわかった』

蓮が土門に合わせて走り出した。姿は獣のままだ。反主人公性人型兵器へと変貌した姿で、オフィケウスに向かっていく。

『損傷率四十七パーセント！　財閥の用意した残弾も全部ブチ込みますわ！』

『後先考えずに火力集中させるわよう！　蓮ちゃんをしっかり援護してえ！』

蛍と橘が声を上げた。財閥基地の方角から大量のミサイルが飛んでくる。敵も味方もお構いなしだ。雲を切り裂いてオフィケウスに降り注ぐ。オフィケウスの攻撃を制限する。

「やるしか、ないよな……麒麟、もう一回俺を助けてくれ」

「……何度でも、私が必要なら言えば良い。おまえのためならばどれだけでも」

言葉を重ねる。

「『Ｌ《ライトニング》　エディション』」

無理矢理に「中身」を押しとどめた外装。衛星カメラに映ったスターゲイザーは歪《いびつ》な格好をしていた。今にも崩れそうだがそれでいて、とても力強い姿。

アトラスが、ミサイルによって行動の制限されたオフィケウスを捕らえた。グルグルと回して地面に叩きつける。オフィケウスのロッドがアトラスに触れる。しかし、スターゲイザーやピカレスクに行った「再生」は、アトラスには通じない。

アトラスは仰《の》け反《ぞ》って、すぐに攻撃を切り替える。近くにあった建物が再生し、アトラスに向かっていく——のを、蓮の駆るピカレスクが止めた。そのままオフィケウスに掴《つか》み掛《か》かって、アトラスと共にオフィケウスを殴る。身体を再生させたオフィケウスがピカレスクに触れようとする。それを今度はアトラスが止めた。

スターキャノンで遠隔攻撃を行いながら、嗣道《つぐみち》は蛍に尋ねる。

「再生されたらどうしようもない！　本当に、スターブレードでいいのか！」

『わかりませんわ！　どうにかなるとは思えない！』

「奴《やつ》が詳細な計画を話さないのが悪い！　一方的に説明だけしおって！」

『ですが、やるしかありませんわ！　突っ込みなさい！　高橋《たかはし》嗣道！』

スターブレードを構える。

アトラスの肩で土門《どもん》が笑った。同時に、アトラスが消えて土門が近くの瓦礫に落ちていく。

「何を、やってんだ馬鹿！」

土門が地面で何かを言っている。オフィケウスを指さしている。

――前を、向け……？

類推した言葉に疑問はある。しかし嗣道は土門を信じる事にした。機体の動きは加速していく。オフィケウスまであと数百メートル。嗣道はスターブレードを構えて、もう、何も気にしない。土門を信じて、オフィケウスだけを捉える。スターブレードに力を送る。

すると――スターブレードが形を変えた。嗣道の主人公性によるものではない。麒麟が言った。「怪獣使いの術、土門だな」土門により、スターブレードが一時的な強化を得ている。

「これなら……行ける！」

嗣道はオフィケウスとの距離を詰める。強化された光の剣をオフィケウスに向ける。一直線に向かっていく。アトラスの拘束を解かれてフラフラとしていたオフィケウスが異変に気づく。「再生」しきれないと判断する。オフィケウスは建物を再生させて盾を作る、
隆起した地面が殻になる。

それが一瞬で爆発した。

『万が一の際に準備していた重要施設の自爆機能ですわ――行きなさい、高橋嗣道』

オフィケウスはローブを翻《ひるがえ》し、逃走しようとする。

それを、ピカレスクが掴んだ。爪で半壊したビルに押し付ける。

『逃がす訳がないよね、ここまで来て——さっさとしなよ』

嗣道は、込める。茜が死んでからの全てを。誰かにもらった全てを。誰かの感じた全てを。怨恨《えんこん》も悔恨も、自分に対するどうしようもない絶望も、今この瞬間のためにあれと希《こいねが》う。

「クッ、ら、ええええええええええええッ！」

光の刃がオフィケウスを裂き、燃やし、包んで——ようやく。

†

歓声が聞こえた。割れんばかりの大歓声が。蛍と繋いだ通信の向こう側では財閥職員が叫んでいる。オフィケウスを倒した。倒した。ようやく。

完全に蒸発し、オフィケウスは跡形もなく消え去った。力を使い果たしＬエディション《ライトニング》も解除されたスターゲイザー。ぼろぼろだった。嗣道はゆっくりと、後退《あとずさ》る。

俯《うつむ》く土門を見た。感動を噛み締《かし》めているのだろう、身体を震わせている。ピカレスクを見た。スターゲイザーとは違って、こちらは完全に動かなくなっているようだった。

嗣道は少し呆然《ぼうぜん》として、宙を見つめた。それから湧き上がってくる涙を、必死に押しとどめた。麒麟《きりん》が手を握った。嗣道も握り返した。

『……やりましたわね』

背後で歓声を上げる財閥職員を他所《よそ》に、蛍が言った。静かな声だった。嗣道は答える。碌《ろく》な返事ができなかった。「ああ」とだけ言った。だが誰もそれを咎《とが》める事はなかった。

『……君、茜の墓参りには行ったのか』

蓮《れん》が、どうでも良さそうに言った。ただの質問だと主張するように。

「まだ、行ってない……顔向けできなかったから」

『君らしい言い訳だね、あたかもそれが正当な事であるかのように』

「……喧嘩《けんか》を買う余力もない」

蓮がしばらく黙ってから、確かめるように宣言した。

『……僕だけで行っても意味がないんだ。君達を誘ってあげるよ』

『珍しいですわね、貴方《あなた》がそんな提案をするなんて』

『別に、今回限りさ。僕は君達と馴《な》れ合《あ》うつもりはない……だけど、曲がりなりにも』

『……勿体《もったい》ぶりますわね』

『……茜を通して繋がったんだ』

言葉を選んだのだろうとわかった。嗣道も、きっと蛍もそれがおかしくて、少し笑った。それきり蓮は喋《しゃべ》らなくなって、嗣道も蛍も黙った。嗣道は麒麟と目を合わせた。

「言い忘れていた事をまだ聞いてない」

麒麟が真摯に嗣道を見る。嗣道は妙に照れて頬を掻《か》いた。視線を逸《そ》らそうしたが、麒麟に顔を掴まれる。無理矢理、無視できない状況に追い込まれる。恥ずかしかったが、伝えておかなければならない事だった。

「おまえが来てくれて、俺は——」

『……何よ、何ですのよ、これはッ！　何が起きていますの！』

蛍が言った。明らかに平静ではない。嗣道も麒麟も視線をすぐに液晶へと向けた。蓮も何かが起きている事を察知したように、通信を繫ぎ直した。

「どうしたんだ、何かあったのか？」

『今すぐに、データを送るわあ！』

動揺する蛍の代わりに、橘《たちばな》が反応した。すぐに送られてきたデータを開く。そこには、天文市の地図が映っていた。橙《だいだい》に光る点が至る所に現れている。

『光っている点の、全てに、星の歪と同じ反応が……確認されていますわ……』

「……冗談、だよな」

「まさか、数十個以上あるぞ！　あり得ん！　今までそんな事態は、データの間違いだ！」

嗣道と麒麟の導き出した期待を引き裂くように、空気が震える。目の前に、確かに。

遠く、最初オフィケウスの出現した位置に、星の歪によく似た光が見えた。

『……再生の、宇宙怪獣、まさか！　まさかッ！』

嗣道の目前に現れたのは、「最初の宇宙怪獣」だった。

燃え盛る獅子《しし》が咆哮《ほうこう》する。崩れかけた赤の戦士を威嚇する。天文市に現れた最初の宇宙怪獣だ。小日向《こひなた》茜の初陣《ういじん》となった、烈炎の宇宙怪獣レオニス。

それを契機に次々と、宇宙怪獣が現れ始めた。シギニス、レピュース、嗣道が最初に戦ったアキュベンス、蛍《ほたる》と共に倒したホロロギウム。さらに多く、今までに倒された宇宙怪獣の全てが、嗣道と茜《あかね》が倒したあらゆる宇宙怪獣が。

天文市で、再生していた。

†

最初の宇宙怪獣レオニスによる炎を浴びた。スターゲノザーが熱に覆われる。火に包まれた状態でレオニスを押し倒す。側にいた土門に向かって叫んだ。

「ピカレスクは動けない！　アトラスで財閥基地まで運んでくれ！」

嗣道の意図を酌《く》んだ土門が、蓮が乗ったままのピカレスクへと向かおうとして。

「嗣道は、どうすんだ！」

「俺もすぐに逃げる！」

逡巡《しゅんじゅん》しながらも土門は、蓮の方へと向かった。レオニスが起き上がって、スターゲイザーを炎の剣で斬りつける。スターブレードで受け止めるが、熱により溶かされた。ズシン、と倒れる。左腕のスターキャノンで蓮と土門が逃げる時間を稼ぐ。東の方に、歩いてくる影を確認できる。背後にも、だ。そして少し視線を伸ばせば、さらに多くの宇宙怪獣がいる。

見えている範囲だけではない。天文市全域に宇宙怪獣が出現している。

現在残っている市民は天文市の三割。いずれも財閥職員だ。

このままでは、全滅は免《まぬが》れない。天文市は確実に滅びる。嗣道は滅びる天文市のビジョンを頭に浮かべて、それを回避するにはどうすれば良いのか必死に頭を回した。隣の麒麟を見る。同様に、躍起になって頭を回転させている麒麟を。何かしなければ、麒麟まで死んでしまう。

そして。

「よし」

頷《うなず》いた。

通信の繋《つな》がった作戦室では、全員が狼狽《うろた》えているのが窺《うかが》える。当然だった。平静でいられる訳がない。蛍でさえ、沈黙したままだ。橘が「どうするのよう」と蛍に声を掛けているようだが、反応がない。

「蛍、まだだ」

嗣道は言った。その言葉に、作戦室が沈黙する。

「まだ終わってない、戦いは、続いてる」

「……嗣道？」

麒麟がキョトンとして嗣道を見た。柄じゃないセリフだと自嘲する。

襲ってきたレオニスとアキュベンスを躱《かわ》す。しっかりと逃げた土門を確認して、嗣道は正面にやってくる、宇宙怪獣の一団を突破する。スターシューターで跳ねたところを撃ち落とされ、スターキャノンを破壊される。しかし、必死に街を駆ける。

「何か、考えがあるのか！」

麒麟が叫んだ。答えずに嗣道は走る。目的地は。

更地になった土地を眺める。空になったミサイルの発射台を眺める事ができる。財閥特区。正面には財閥基地が見える。基地には既に、迅疾《じんしつ》の宇宙怪獣レピュースがいた。

嗣道《つぐみち》は窓枠に接地したレピュースを、力を振り絞って蹴り飛ばす。レピュースは丸くなり転がって、地に伏す。財閥基地中央棟の窓は割れていた。スターゲイザーを接近させる。中にいた蛍や橘、財閥職員が駆け寄ってきた。

数メートルの距離で、嗣道は操縦席のハッチを開く。

「高橋嗣道……」

「蛍、麒麟を頼んだ」

言って、嗣道は操縦席から麒麟を落とした。唖然《あぜん》とする麒麟を、蛍が受け止める。嗣道は自分の頬に付いた血液を拭って、呼吸を整える。

「おい、何をしている。私なしでどうやって戦うつもりだ！　L《ライトニング》エディションなしで勝てる相手でも、規模でもない！　血迷ったのか！　早く私を戻せ！」

麒麟が、本気で焦《あせ》っているのを初めて見た気がした。いつでも努めて冷静で、声を荒らげても思考は鮮明な麒麟が、髪を振り乱している。嗣道は、蛍に話しかける。

「最悪の状況、蛍が想定してない訳ないよな。星の歪《ひずみ》を誘導する『灯《ビーコン》』とか、重要な研究施設は一通り——」

　嗣道の言葉を察して蛍が苦々しげに頷いた。

「移送準備は終えています。ですが」

「そんな話はどうでも良《い》い！　私はおまえと話して——」

　麒麟の言葉を遮る。

「蓮と土門《どもん》も絶対に回収してくれ。それとかっこつけといてあれなんだけどさ、全部一気に守るのは正直無理だから、施設の重要度レベルと避難優先地域の地図くれない？」

「嫌ですわ、わたくしはこれ以上、友達を失いたくない！　貴方、死にますわよ！」

　蛍の憤《いきどお》りが痛い程わかる。同時に、申し訳なくもある。

「……ごめんな、また一番損な役回りさせて」

　茜を最後の戦いに送り出したのは、指揮官である蛍だった。

　最後に嗣道は麒麟を見た。身体《からだ》の震えは止まらない。「言い忘れてた事」と言って、手の甲に爪を突き立てた。笑顔を作る。

「ありがと、麒麟。あの時扉を開けてくれて。俺を連れ出してくれて。一緒に戦ってくれて。俺を——主人公だと言ってくれて」

「フザけるな！　全然恩を返されてないぞ　私はまだ——」

「少しだけど、返すよ。麒麟の事だけは絶対に守るから」

ハッチを閉じて、座り直した。操縦桿《かん》を握る。スターゲイザーの制御はできている。恐怖と緊張で心臓が弾《はじ》けそうだった。

『主人公的行動『たった一人で戦いに赴く』を確認しました。『孤軍奮闘』――兵装の残機が増加します』

機能の開放が行われる。嗣道は頭に流れてきた情報のままに、破壊されたスターキャノンを再縫製した。『孤軍奮闘』によって開放されたのは、破壊された兵装の再生だ。財閥基地の壁を走ってレピュースを追いやる。避難用の装甲車が出動する。それを見送って走った。蛍により送付された地図を見て、優先順位を付ける。宇宙怪獣をどこに近づけさせてはならないか、どこに誘導しておけば良いかを判断する。

――一個だけ、秘策はあるんだ。

茜の倒した、翅翼《しよく》の宇宙怪獣シギニスが行手を阻《はば》んだ。翼のある宇宙怪獣だ。スタージエットを開放していない嗣道では到底届かない位置にいる。一方的に飛来する羽根を模した徹甲弾で外装を破壊される。スターキャノンを構えて牽制《けんせい》するが、通じない。

――覚悟は決めた、はずだ。あとは開放を待つだけ。

今度はホロロギウムの掃射攻撃が飛んで来た。遥《はる》か上空だ。拡大した映像で銃口がどこに向けられているかを確認する。一撃で街が半壊するような攻撃を、スターバリアで受け止める。しかし、ぼろぼろの状態で発動したバリアは不完全だ。途中で弾けて右半身を破壊される。解けた肉体の赤い細胞が、行き場を探して蠢《うごめ》いている。身を焦がす激痛が嗣道を襲った。

——痛い、ああ、辛《つら》い苦しい嫌だ、死ねる。

遠くで、覚醒した再生の宇宙怪獣、オフィケウスの嘲笑が聞こえた。気にしている暇《いとま》も余裕もなかった。追い討ちをかける射光《しゃこう》の宇宙怪獣クロートスに光の矢を当てられる。膝が動かなくなり、動きは重くなる。

——死ねる。

液体を模した決河《けつが》の宇宙怪獣ファエトンが浸食する。

——死ねる。

半人半馬の身体を有する騎戦《きせん》の宇宙怪獣ケイローンが叩《たた》き潰す。

——死ねる、と、思ってんのに。

気づけば周囲を、宇宙怪獣の群れに囲まれていた。狙い通りだ。全員が嗣道を狙っている。避難者にも、決して破壊されてはならない拠点施設にも、近づけさせていない。

当の本人は、凄惨だった。辛《かろ》うじて人型を保っているだけの、塊がただ、立っていた。

スターゲイザーだった物が、必死に、醜い身体に固執している。

「ま、無理だよなあ、死の覚悟とか、簡単にはできないってば」

嗣道の狙いは。

「『至誠通天』、使えばこいつら全員、なんとかできると思ったんだけど」

ははは、と乾いた笑いを漏らした嗣道に、場にいた全員が襲い来る。レオニスが炎の剣で嗣道を焼き、クロートスが光の矢で壁に縫い付けて、今までのお返しとばかりにレピュースが頭を蹴り上げた。享楽の宇宙怪獣カプリコーンが腹を貫き、アキュベンスが両腕のハサミでスターゲイザーを切断した。動けなくなった嗣道を。

頭上に現れた転変《てんぺん》の宇宙怪獣ケトスが、巨鯨を形作った巨大な宇宙怪獣が、スターゲイザーをただ、踏み潰した。それだけだった。ただ、のしかかったのだ。

暗黒に包まれる。生きているのが不思議なくらいだった。操縦席が、形を変えた細胞によって守護されていた。肉の壁が嗣道を包んでいる。液晶は輝いたまま、主人公性システムが損傷率と操縦者に訪れた生命の危機を告げている。

嗣道は流血していた。額の上を大きく切って、流れる血が視界を隠していた。周囲の様子はぼんやりとしか理解できない。

「無理だ」

譫言《うわごと》のように呟《つぶや》いた。

「無理無理無理、完全に無理だろ、あーあ、終わりだろ、コレ」

言いながら、見えない視界で操縦桿を探した。膝に触れる。肉が剝がれている。液晶に当たった。爪が痛む。よくよく考えれば指も、奇妙な形に曲がったままだ。

見つける。引いて、するとスターゲイザーが持ち上がるのがわかった。外の光景が液晶に映った、らしいが、何が起きているのかはわからない。だが考えるまでもなく、絶望的な状況が広がっていることに間違いはない。

「はは、無理」

じゃあ、諦めるの。

「……いや」

ギギ、と正しくない音を鳴らして、スターゲイザーが立ち上がる。

「諦めないよ」

どうして。

「どうして？」

必死に、姿勢を保った。まだ終わってない。言葉が。

「閃《ひらめ》かないし、目覚めない、眠ってた才能は開花しない」

目頭を押さえた。前を見るために。

「英雄の血筋がある訳でもない。破天荒でも型破りでも、誰とでも仲良くなれる訳でも、絶対に負けられない相手がいる訳でもない……暗い過去も約束された未来も、それに続く平凡な日常がある訳でも、ない、けど——俺は、俺は」

はっきりと、目前の絶望を見る。装甲の剝がれたスターゲイザーは宇宙怪獣の一匹であると言われた方が納得がいく。周囲を囲んだ化け物の群れは依然として嗣道を見据えている。街に広がった火炎の渦は刻一刻と逃げ道を塞いでいる。操縦桿を握る手は自由に動かない。土壇場《どたんば》にあっても嗣道の身体は震えていて。

それでも。

「小日向茜《こひなたあかね》に、託されたから」

たった一つの揺るぎない意志さえ、いなくなった少女の借り物だ。嗣道は、それを肯定した。自分を形成しているのは、どこまで行っても小日向茜なのだ。ただ、今はそれすら使って誰かの世界を守りたい。意志に。

意志に応じて、操縦席を、スターゲイザーを、仄《ほの》かな光が包んでいく。液晶が輝きを増して操縦桿を握っていた嗣道の手に、誰かの手が重なる。温かい。心地よい。

主人公性システムが告げる。

『『意志継承』が、解除されました。解除、解除、解除、解除され、されました。『意志継承』が、解除、解除、解除され――一回だけ――たった一度だけ』

沈黙し、世界の全てが無音になる。燃え盛る炎の音が遠ざかる。宇宙怪獣の咆哮《ほうこう》が聞こえなくなる。オフィケウスの嘲笑など幻のように思えて、頬を伝った汗も涙も。血の巡りを激しくする心臓の鼓動も、息遣いも。何もかもが消えて。嗣道は本能で何が起こるのかを理解し、それでも起きた現象に、目を丸くする。呼吸を止める。

雲間に差した陽光を、暗闇に灯《とも》されたランプの火を、嗣道は思い出す。

「さ、あともうちょっとだよ！」

にししと歯を擦《こす》るように笑った。

「頑張ろ、嗣道！」

「あか……ね？」

『前任者の力を拝借します』

少年と少女はそして――再会を果たす。

†

セーラー服に赤いマフラーを揺蕩《たゆた》わせて、茜は宙に浮かんでいた。嗣道を見下ろして、操縦桿に手を添えている。僅かに発光した身体からは、細かな粒子が跳ねている。

「どうして、茜が」

「いやいや嗣道《つぐみち》の事、心配でさあ！　化けて出ちゃいました！」

見当外れの返答を、嗣道はとりあえず否定する。

「じゃなくて！」

「そうそう、じゃなくて」

茜はしっかりと、目の前の敵を見据えた。炎に囲まれながら迫ってくる無数の宇宙怪獣に、一歩も怯《ひる》まず、髪を揺らす。焦りなど微塵《みじん》も感じさせない。

「まだ戦いは終わってない、と、ちょっとだけ動かし辛《づら》いね、スタゲちゃん」

茜は、操縦桿を握ったまま叫んだ。

「しっかり、しなさい！」

一瞬だ。たった一度の檄《げき》で、スターゲイザーの輝きが収縮していく。装甲を勝手に作り上げて「中身」の細胞は活性し、無くなったスターブレードも、スターキャノンも復活する。嗣道が発動させた時よりも、ずっと精度の高い様式で。スターブレードは甲剣ではなく、しっかりと、両刃の長剣として独立する。スターキャノンは筒にさまざまなオプショ

ンが付いて、操縦席内に存在する画面が一気に増加した。

「こらこら」

唖然《あぜん》とする嗣道を茜が呼び止める。

「何をぼーっとしてるのかな」

操縦席の画面にはずっと、無数に開放された「主人公性」が並べられている。嗣道が今まで開放した分とは比べ物にならない。あらゆる機能がスターゲイザーに備えられていく。茜はそれをまるで気にする事なく、嗣道だけを見る。目を細めて、微笑を湛《たた》えて。不意に顔を逸《そ》らした。

「最後だよ、しっかり見てて」

最後。茜がはっきりと口にした。最後だと。嗣道は折れた指をぎゅっと握った。

茜が、息を吸った。

「あと一回だけ――」

先程まで瀕死《ひんし》の状態だったスターゲイザーが、茜が現れただけで復活する。脈動する身体《からだ》は細胞を常に更新し続ける。装甲を硬質化させ、茜の意思を反映させる。

「あたしに煌《きら》めけ！　スターゲイザー！」

言葉に呼応して、スターゲイザーは飛翔《ひしょう》する。低空飛行で一気に、烈炎の宇宙怪獣レオニスへと向かっていく。茜の倒した最初の宇宙怪獣だった。炎の剣をスターブレードで受ける。

「それ、溶かされるぞ！　レオニスの炎は――」

「溶けるのは向こうだよ？　アイツより、あたしの熱が上だもん！」

赤白い光を放つスターブレードが宣言通り、鍔迫《つばぜ》り合《あ》いになったレオニスの剣を溶解する。そのままレオニスの身体ごと斬り裂いた。

一瞬で、レオニスを片付けてしまった。茜の駆るスターゲイザーを惨毒《さんどく》の宇宙怪獣、蛇を模したヒドラーが取り囲んで、締め付ける。口内で精製した毒液を全身に浴びせ掛ける。

「猛毒の宇宙怪獣だ！　コイツの毒は生物を必ず死に至らしめる！」

「あたしに毒は通じない！」

言葉通りだった。液晶の「耐毒性能」は最高値を示している。茜は巻き付いたヒドラーを容赦なく引きちぎる。今度は享楽の宇宙怪獣カプリコーンだ。額に黄金の骨塊《こっかい》を有した獣が、茜目掛けて突進を仕掛けてくる。

「一撃で装甲が破られる！」

「接触する前に倒しちゃお！」

スターシューターを軽く振ると、染《し》みたヒドラーの毒がカプリコーン目掛けて飛んで行く。大量の猛毒が直撃し、悶《もだ》えたカプリコーンをスターブレードで叩き斬る。

目視できない程遠くから無数に、光の矢が放たれる。茜はスターバリアで弾《はじ》き返《かえ》した。

射光の宇宙怪獣クロートス。姿すら今は確認できない。

「スターキャノンは優秀だから、勝手に敵を見つけて追尾してくれるけどね！　敵影、射光の宇宙怪獣クロートスを設定、モードはレーザーで」

見向きもせずスターゲイザーが光の弾を放つ。しばらくあとに、遠くで爆発音がした。

クロートスを撃墜したのだろう。

今度はファエトン、決河《けつが》の宇宙怪獣だ。周囲の水分を吸収し、体積を大きくした。激しい波となったファエトンがスターゲイザーに向けて放出される。

「体積増やしてくれるとどこにでも攻撃当てられるし助かるよね？」

手を翳《かざ》したスターゲイザーがファエトンに触れると、一瞬で波は蒸発した。掌《てのひら》から放射された光が高密度のエネルギーを放ったらしい。

翅翼《しよく》の宇宙怪獣シギニスと、堅剛《けんごう》の宇宙怪獣プレアデスが同時に攻めてくる。空を支配するシギニスと、地に屹立《きつりつ》するプレアデスの連携を、赤子の手を捻《ひね》るように。

「真っ向勝負が一番得意なんだよ？　あたし」

あっさりと捕まえて叩《たた》きつける。

半人半馬のケイローンも、豊穣《ほうじょう》の宇宙怪獣ケレスも、二頭の猟犬オルトロスも、硬い鱗《うろこ》と超高温の息吹《いぶき》を武器にする鋼龍ドラコーンも——全て。

「武器や機能を奪ってくる宇宙怪獣には、どれだけでも奪わせてあげれば良い。奪われたところで、勝てば良いんだから！」

強欲の宇宙怪獣シリウスを焼き尽くして、茜は言った。

嗣道は、茜の姿に見惚《みと》れていた。あらゆる苦難を打ち砕く主人公の姿に、胸を震わせていた。たった一人、少女がいれば、何とかなる。小日向茜の万能性を思い出す。

「頑張ったね、嗣道」

数多《あまた》の宇宙怪獣を簡単に、簡潔に処理しながら茜は言った。

「頑張ってない、俺は」

「頑張ったよ、見てた、ずっと見てた。嗣道の事を、あたしは見てたよ……嗣道が麒麟《きりん》に無理矢理チューしてるとこも見てたし、抱きついてにへーっとしてるのも見てた」

表情は優しげだったが、目は笑っていなかった。

「麒麟の事まで知ってんのかよ」

「……はぁーあ、ほんっと嗣道はあれだよねえ、デリカシーないって言うか、女の子の顔くらいちゃんと覚えとこうよ！」

茜が呆《あき》れ顔《がお》でため息をついた。嗣道は考える。茜が知っているという事は、自分は麒麟に、会った事がある、という事だろうか。嗣道は頭《かぶり》を振って、茜に対する弁解を続ける。

「つーか、あれは俺の意思じゃなくて！　そもそもにやにやしてないし！」

「いいやあれはにやにやしてたね。ずーっと一緒にいたんだから、それくらいわかります！」

「わかってたまるか、事実じゃないんだから！」

「事実でしょうに！　事実じゃなかったら同棲《どうせい》とか認めないでしょうに！」

「だからあれはあいつの家がなくなったから仕方なく！」

「ま、許しましょ、というか何言っても認めなさそうだし」

「つーかこんなくだらない事話してる場合じゃ……！」

スターゲイザーは尚《なお》も戦闘を続けているのだ。舌を噛《か》みそうになるくらい揺れて、周囲の宇宙怪獣は次々と増えている。ホロロギウムを倒して、一気に降下する。

「蛍《ほたる》は元気になったっぽいね！　安心した！　よくやったと褒めてあげましょう、あ、でも嗣道、蛍ともフラグ立ててそうだからなあ」

「立ててないし、そんなルートは存在しない！」

「ＤＬＣで実装の予定は？」

「ない！　完全にない！」

「だけどさあ、アキュベンスと戦った時、鉄パイプだけで向かっていったじゃん？　あんな無謀は女の子的に、超超超超超王子さまな訳で」

「あれが王子さまを待ってるたまかよ」

「……拉致監禁とかして、無理矢理調教してそうだよね」

茜《あかね》が困ったように笑った。確かに蛍はやりそうだ。スターブレードのリーチが伸びて、辺り一体の宇宙怪獣を焦がし尽くした。

「蓮《れん》とは相変わらず仲悪いまんまだねえ」

「そもそも茜がいなきゃ、仲良くなる事もなかった相手だよ。別に喋《しゃべ》る事もないし」

「何でか知らないけど、最初からずっと合わなくてさあ、あたし苦労しました！」

仲が悪いのはおまえのせいだ。嗣道は言葉を呑《の》み込んだ。ため息をついて茜を流し見する。

「土門《どもん》は――あたしが信頼してただけあるね！　さすがは親友！」

「あいつ、すっげー大変だったんだぞ」

「十割あたしと嗣道のせいでね？」

「……俺のせいだろ、茜は関係ない」

「半々くらいで悪いかな？　土門はあたし達の事が大好きで頑張ってくれる訳だし」

「あいつが苦しんでんのは、きつい、一人で抱えてほしくなんかなかった……！」

「だから、嗣道が見ていてあげなきゃね。土門が無理しなくて済むように……ううん」

茜は薄く笑った。気づけば、周囲の宇宙怪獣は殲滅《せんめつ》されて。

「皆が、笑って暮らせるように」

崩れた道路。直線の先には状況を認識できていないオフィケウスがいる。

†

小日向《こひなた》茜が、嫌いだった。主人公としての彼女ではなく。常に少年の物語に居座り続ける彼女が。自分を見て欲しかったのに、少年の視線の先には常に、彼女がいた。

財閥の科学者だった母親の都合で、天文市にいた夏の出来事だ。小日向茜の特異体質に巻き込まれ、誘拐されたあの日。

小日向茜が蜂起し、恐怖しながらも土門孝之介《こうのすけ》は追従した。そして、たった一人付いていかなかった自分に、高橋《たかはし》嗣道は手を差し伸べた。

「多分、大丈夫」

根拠のない弱い言葉を、振り絞ったのだとわかった。きっと怖くて仕方がないのに、少年は立ち止まって自分を待った。

嗣道の手を取って走り出す。嗣道はずっと、小日向茜と、彼女の周囲だけを確認していた。少し走って、茜の活躍により、四人でしっかりとエレベーターへと辿《たど》り着《つ》く。

土門が一階のボタンを押して扉が閉まりかけた時、一人の男が扉を摑《つか》んだ。閉まりかけていた扉が開き、誘拐犯の一団は勝利を確信してにやりと笑った。

「好き勝手やってくれたじゃねーか、ガキ共」

扉を開けた男が拳銃を向けた瞬間に、それを奪って男の脇腹に放った。

茜ではなく、嗣道《つぐみち》が。

一瞬、場にいた全員が呆気《あっけ》に取られて、沈黙した。

「――麒麟《きみ》は一階のボタンを押して、土門は茜を取り押さえて」

嗣道は震える声で指示を出した。どうしてかその瞬間だけは、嗣道の言っている言葉が絶対的な力を持っている気がして――まだ十歳だった山田《やまだ》麒麟はボタンを押した。麒麟を止めようとする茜を、土門が必死に取り押さえる。さらに一発、銃声が聞こえた。

嗣道が自分の肩を撃っていた。チン、と気の抜けた音がして扉が閉まり始める。

「人質、俺だけです……早く治療してくれないと唯一の人質が死んじゃいます」

敵の注目を集め、仲間が逃げる時間を稼いだのだとはすぐにわかった。子供の杜撰で浅い策略だった。

それでもその場を支配したのは、間違いなく嗣道の愚かさだった。

最後の言葉と共に、エレベーターは下りていく。恐怖に震える身体と、涙を一杯に溜《た》めた瞳に、麒麟は確かな「主人公性」を見たのだ。

その嗣道を追って来た。会いに来た。嗣道を主人公にしたいと願って天文市にやって来た。

「……かけがえのない思い出だったのに、特別性を失った……いつの間にかただのきっかけになってしまったな」

だって、嗣道の輝きは共に過ごせば過ごすほど眩《まばゆ》いものになっていく。

『知ってるよ、正解だ。俺は弱い、凡人だよ。だからわかるだろ。茜の代わりなんて務まらない、主人公性なんて欠片《かけら》もない！』

――それなのに立つではないか、おまえは。凡人なのに、弱いのに、到底主人公とは呼べないような、どこにでもいる普通の凡人が。

『蛍にッ！　手出してんじゃねーよ甲殻類――ッ！』

――策も力もないのに、それでも目の前に困っている人間がいれば自分が傷つくことも厭《いと》わずに。躊躇《ためら》いなく、きっとそのあとどうしようもなく後悔することがわかっているのに。

『どれだけ無理でも、やる。助けを求める誰かのために、手を伸ばし続けるよ』

――おまえは知らんだろう。その小さな灯《ともしび》にどれほどの人間が救われてきたのかを、その意志を支えると決めた人間達が、どれほど勇気づけられてきたのかを。

『おまえだけに苦しい思いなんてさせない。おまえに全部を守らせない』

――だが私は知っているぞ。弱く在る者が戦うと決めることに、どれだけの覚悟が必要か。一度は折れてしまったその覚悟を取り戻すときに、どれだけの苦痛を伴うか。

『俺は、好きだった女の子を英雄に仕立てちまったんじゃないか』

――見ていたから。私は、私はおまえを、ずっと見ていたから。

『地獄の底まで付き合ってくれ、きっと何度も絶望する俺の、背中をずっと押してくれ』

半壊した財閥基地を出ていく装甲車。開いた窓。視界には無数の宇宙怪獣を、互角以上の力で相手取るスターゲイザー。山田麒麟は風に揺れる白衣の袖をぎゅっと握った。

「背中を押せと、頼んだではないか、おまえは。他でもない私に、誰でもなく、私に」

空に向かって叫ぶ。

「地獄まで付き合えと！　頼んだではないか……っ！」

少年の、精一杯の強がりが頭に焼き付いて離れない。

『ありがと、麒麟。あの時扉を開けてくれて。俺を連れ出してくれて。一緒に戦ってくれて。俺を——主人公だと言ってくれて』

こっちの気持ちも考えず、にこりと笑った。そんな余裕もないくせに。安心させたつもりか。「逆効果だ、ばか……っ！」麒麟は洟《はな》をすすって目頭を押さえる。自分でも瞼《まぶた》が、赤くなっているのがわかる。

「私が、私の方がずっと嗣道を好きなんだ！　おまえなんかよりもずっと！　私の方が愛していているんだっ！　途中でいなくなったおまえよりも、これからを一緒に過ごしていく、私の方がずっと嗣道のヒロインだ！　嗣道の中にどれだけ、どれだけおまえが遺《のこ》っていようと、関係ない！　全部塗り潰して！　私の方が好きだって！　私の方が大事だって言わせてやるのだ！　いまはまだ、いまは……まだ、ぐう、ぐぐ……うぅ、うぅ」

何が起きたかはわかっていた。何かしらの理由を以《もっ》て、小日向茜が復活したらしい。一時的なものではあるが、その力は圧倒的だった。

大きく、深呼吸をして。

「……おまえが、嫌いだ。小日向茜」

手を伸ばす。届かない星を摑むように。高橋嗣道がそうしたように、手を伸ばす。

「……だが、嗣道には……ああ確かに、権利がある。輝き続けた星の終わりを、しっかりと理解する権利があるのだ。嗣道を残していったおまえは、苦しませたおまえは許し難《がた》い、だが、高橋嗣道が望むのであれば、その権利は与えられるべきだ。星を探し続けた嗣道には」

雲に覆われた空を必死に、探し続けた少年に、麒麟《きりん》は人知れずエールを送る。

「——行けよ、星の観測者《スターゲイザー》。輝きに満ちた星の終わりを、おまえには観測する権利がある」

茜の存在は、有限なのだ。高橋嗣道のためだけに用意された、奇跡の時間。

†

わかっていた。少女の身体《からだ》は透過していた。景色に融《と》ける薄い姿。重なっていたはずの温かい手の感触。小日向茜の温度が少しずつ、失われていく。あとはオフィケウスだけだった。

「嗣道は、主人公っぽく見えないんだってさ。あたしには不思議だけど。震えて、涙を流して、だけど誰かのために走る嗣道は、これ以上ないくらい綺麗《きれい》で、カッコ良くて、あたしにとっては絶対の、主人公だったんだけど」

おまえがそれを言うのかよ。反論しようとして、嗣道は止《や》めた。

「消えるのか」

「永遠はないからね」

茜はいつも通り、笑った。

「あたしって超凄《すご》いんだよ！」

「……知ってるよ」

「嗣道が思ってるよりずっと、超凄いの！　だって十五歳で何回世界を救ったのかわかんないんだし！　あたしがいなきゃ今の人類は『旧人類』とか呼ばれてます！」

頷《うなず》いた。知っているのだ、誰より。これだけは茜より。

茜の主人公性を知っている。英雄体質を知っている。

少女の輝きを、ずっと見てきたから。

「嗣道はさ、あたしの光を浴びすぎたんだね。超凄い光をずっと見てきたから、自分の光に気づかないんだ。派手で明るいあたしの輝きを、きっと誰もが賞賛するけど――」

茜が、肩を摑んで引き寄せた。瞳は輝いている。嗣道を捉えて離さないのだ。ずっと。

小日向茜に出会った時から、嗣道は、ずっと、茜に夢中で、茜さえいれば良くて。その輝きをずっと、ずっと、ずっと見ていたかった、見ているだけで良かった。

見ていられると、思っていた。

「超超超超凄いあたしが保証する、嗣道の輝きは誰よりも尊くて、普段はその光に気づけないほど、優しくて、繊細で、当たり前みたいな表情をしていて、だけどいっつも、誰かを守ってるんだよ、誰かを、助けてるんだよ！　だから、だから――」

純粋に、嫌だと思った。

茜《あかね》が何を言おうとしているのかわかっていたから。聞きたくないと。

ずっといて欲しいと。引き留めるための言葉が無数に現れる。未練などでは言い表せないようなどうしようもない喪失感がエラーを出す。行かせるな、と。捕まえろ、と。今この瞬間を永遠に後悔する。格好も付けずに、情けなさを認めて、いつもやっている事だ。おまえは凡人だと全身の細胞が、自身の凡人性を認める。それで良《い》いと。英雄なんかじゃなくて良いと。世界全部と秤《はかり》にかけても高橋嗣道は少女が欲しい。少女より重くなるものを嗣道は知らない。目頭が熱くなり嗚咽《おえつ》が漏れそうになる。いくな、いくな、いくな、ずっと言いたかった事があるんだ。

高橋嗣道は、小日向茜が、主人公ではなく、英雄ではなく、特別な人間ではなく、或《ある》いはその全てをひっくるめて、たった一つだけ伝えたい事が。

――俺は、おまえが！

「あとは、任せた」

茜が拳を出して、言った。

「任された」

高橋嗣道は。

†

気づけば、操縦席の輝きは消えている。少女の姿はどこにもない。外装もシンプルな状態に戻り、周囲の宇宙怪獣は薙《な》ぎ倒《たお》されている。身体に残ったわずかな温《ぬく》もりだけが温かくて、寂しくて、そしてやっぱり悔しくて――嗣道は。

「大好きだ」

走り出す、終わりを見届けた観測者は、自らが星になる事を決意する。中央のオフィケウスがロッドを構える。嗣道もスターブレードを構えた。

小日向《こひなた》茜が好きだった。大好きだった。少女のためなら捨てられた。自分の持っているものの全部を、誰かに明け渡しても良いと思った。茜を守りたかった。守られてばかりだった。最後までそうだった。何一つとして格好良いところなど見せられなかった。

「ああ、いくなよ、いくな。俺は！　ずっとおまえにいて欲しかったんだ！　他の事なんてどうでも良くなるくらいに！　おまえが好きだった！　おまえだけがいてくれればよかった！　いくなよ！　置いていくな！　茜！　茜！」

剣戟《けんげき》が火花を散らす。茜は選んだ。命を捨ててまで、「誰かの世界を守る事」を選んだ。それが、主人公たる茜の選択。であれば自分も選ばなくてはならない。

主人公を観《み》ていた自分を捨てて、主人公になる事を。

オフィケウスのロッドを弾《はじ》き、翻《ひるがえ》るローブを斬り裂いた。

高橋嗣道《たかはしつぐみち》は、任された。走り、転んで、立ち上がる事を、少女に運命づけられた。オフィケウスと向き合った。最後の宇宙怪獣。そうだ、こいつは茜にとって、最後の宇宙怪獣になった。嗣道は、瞳に焼き付ける。再生の使徒。茜の死、最も輝いた星の終わりを焼き付けて。

ただ、自分にとっては、と。

「行くぞ、『最初の宇宙怪獣』」

ここが、始まりだと思った。茜の面影を越えようなどとは思わない。ただ、守る。自分の意思で、自分の方法で。少女は言ったのだ。確かに、嗣道に託したのだ。

任せた、と。

「俺は、俺は！」

主役を張れと、少女は。

剣戟は終わり、嗣道の刃がオフィケウスを貫いた。再生する身体を叩《たた》き切《き》る。切り刻んで、灰に変わっていく。花吹雪のようにオフィケウスは散り。

幕が下りる。

終章

猛暑は続いている。九月某日になっても気温は下がる事なく、秋の訪れはまだ遠い。嗣道は汗の滲《にじ》んだパーカーの袖で額を拭った。すぐ側を歩いている麒麟が顔を覗《のぞ》く。

「この暑いのに黒を着るなど、ばかだな。ばかだ。ばかのやる所業だ」

「うっさいよ……しょーがないだろ、一応、喪？　喪服系の催しだし」

「喪服系の催しだと思っているのであれば、制服で来なさいなこの愚か者。ドレスコードって知っていますの？　あと髪長すぎますわ、見苦しいので何とかしなさい」

日傘をさした蛍《ほたる》が言った。一応黒のドレスを着ているが、髪型が髪型だけに、英国の妖しい貴婦人にしか見えない。薄いベールまで着けているが、暑くないのかと首を傾《かし》げる。

「ま、髪は伸びすぎだなあー」

「僕と被《かぶ》るしやめてくれない？　君がやるとすごく見苦しいよ」

土門《どもん》と蓮《れん》に言われた。そんなに？　嗣道は前髪を指でとく。「長いかな」と麒麟に視線をやった。「別に、長くても短くてもいい」興味なさげにそっぽを向かれた。

──つーか全員、俺と同じで単純に黒っぽいだけの服じゃん。

蛍のドレスは無視するとして、土門は黒のシャツだし、蓮は薄いカーディガン。妙な黒の集団に、一人だけいつもの白衣をまとった麒麟。

「橘《たちばな》は結局来れなかったんだっけ」

「オフィケウスの後処理で研究局の方が忙しい、と。そもそも、茜とは顔を合わせた事もないからね。気を回したんだろう、君も帰れ」

蓮の悪態に「いや、そっちが帰れ」と返す。また「君が帰れ」と返ってきたので今度は無視する。無視すると踵《かかと》を踏んできたので頭突きをした。ヒートアップする寸前で土門に制された。

天文市本線を走る電車の警笛を聞いて五人は既に復興の進んでいる通りを歩く。アキュベンス戦で相当の被害が出たはずだが、すでに大多数の建物がより新しく復元されていた。宇宙怪獣との戦いを経て、街は新陳代謝を繰り返す。天文市はいつかの地方都市より、スマートシティへと姿を変えていく。

均一で統一された仮設住宅群を抜ける。整頓された自然公園、遠景に眺めるスワン・ボート。幽霊が出ると言われていた三日月池は清流の流れる透明な湖に。

五人は初めて、訪れる。

「……思ってたより、普通の墓なんだな」

小さな霊園があった。

茜の墓石。麒麟《きりん》が買ってきたタンジーを添えて、砂を払い葉を退《の》けた。

「……小日向茜には両親がおりませんので、御子柴《みこしば》で勝手に建てましたわ」

「茜の墓にしてはこぢんまりとしているね、もっとしっかりした場所で、しっかりとした弔いをすべきじゃないかな？」

「地に合った場所で地に合った埋葬をする。上流の人間ほど華美な弔いはしませんわ。家柄が知れますわね、貴山蓮《きやま》」

「墓前で喧嘩《けんか》すんなよ……」

「していませんわ」「してないけど」嗣道は呆《あき》れて目を細める。

「墓参りの風習に意義があるとは思えんがな。小日向茜は既に死んでいる」

参戦すんじゃないよ。嗣道は白銀の髪を弄んでいる麒麟を小突く。蓮と蛍が今にも飛び掛かりそうだったので。「冗談、冗談だよねー、やめようね？」必死に宥《なだ》める。嗣道の腕の中で蛍が麒麟を嘲笑する。

「貴女《あなた》って、案外物分かりが悪いのですわね？　自称天才美少女科学者のくせに！」

「よろしい、では私に墓参りの意義を説明し納得させてみせろ。早く、はーりー！」

「喧嘩すんなってば！」

「してない」「していませんわ」売ってたし買ってただろ。眉間を揉《も》んだ。

咳払《せきばら》いをして蛍は他の四人を見る。

「死んだ小日向茜のためではなく、今を生きているわたくし達のためにやるのですわ。彼女のいなくなったあとの世界で、次に歩いていくために」

嗣道は蛍の言葉を聞いて口内で繰り返す。次のために。茜の死を、次に歩いていくために。

少し沈黙して土門が噴き出した。

「だとするといなくなったあともオレ達は、茜に頼りっぱなしだな！」

「僕だけが覚えていればいいから、君達全員忘れてくれない？　特に高橋嗣道――」

「フラれたのに思い出すのって辛《つら》くないか？　忘れた方が楽だと思うのだが」

「………山田《やまだ》、君は本当に腹が立つな」

ぎゃーぎゃーと、麒麟と蓮が結局喧嘩しはじめた。「やめなさいな！」と蛍が参戦し、土門が蓮を制して、騒がしい集団を見て嗣道はため息をつく。そしてすぐにくすりと笑って、磨いた墓石に向き直る。

「来るの遅くなって、ごめんな……顔向けできなくてさ、茜《あかね》が死んで、俺ほんとにどうしようもなくて、ずっといじけてて、蛍も土門も、蓮も頑張ってたのに、全然立ちあがれなくてさ——でも」

嗣道は笑った。茜が見ている気がした。

「でも、もう大丈夫だから。みんなで頑張るから。おまえが心配しなくてもいいように」

ぎゅ、と嗣道の首を抱くように麒麟が腕を巻きつける。

「二度と化けて出るなよ、小日向茜」

咎《とが》めようとした嗣道を遮って麒麟が言葉を続ける。ほとんど宣言に近いような言葉を言い放つ。

「主人公は高橋嗣道だ、そして私は——私が、こいつのヒロインだ」

聞いて、嗣道は口《くち》の端《は》を少し折り曲げた。ただの事実だ。自分は次の。

ぽぽぽぽん、と電話が鳴った。蛍が対応する。土門が首を傾げて欠伸《あくび》をした。猫のように背中を丸めて嗣道を見る。蓮がため息をついて眉根を寄せる。

蛍が言った。

「予測班の連絡ですわ。『灯《ビーコン》』が財閥基地周辺に星の歪《ひずみ》を誘導。四十二分後に新たな宇宙怪獣が出現します、行きますわよ！」

三人が走り出す。嗣道は顔を上げる。麒麟が手を差し伸べた。

嗣道は手を取る。二人で蛍達を追いかける直前、何かに呼び止められるように振り返った。

誰かが手を振っている。見えないけど、確かに、誰かが。

嗣道は笑った。鼓動を逸《はや》らせる心臓を抑えつけて、小さく伝える。

「行ってくる」

突風が吹いて、言葉は拐《さら》われる。麒麟が「早く」と手招きをする。

†

これは主人公が、小日向《こひなた》茜がいなくなったあとの。

物語だ。

あとがき

はじめまして。本作にて第36回ファンタジア大賞《金賞》&《細音啓特別賞》をいただきました服部大河《はっとりたいが》と申します。

死んだあとに何も残ってくれないのはすごく悲しいことだと思います。身体《からだ》は焼却され、所持品は劣化し、財産は分配される。自分が死んでしまったあとに、大抵のものは残存しない。それがすごく嫌で、怖くて、私が死にたくない理由の九割ほどを占めています。不死身になりたい。しかし、形あるものは朽ちていきますが、継承される意志だったり、授けた感情だったり、託した願いだったり、掛けた呪いだったり、そういった形ないものは割と残るかもしれない。記述もです。物語とかは死んだあとも割と長く残るかもしれない。そうだといいなと思います。救いがある気がしてきます。

以下、謝辞になります。

ファンタジア大賞選考委員の先生方。いただいた講評を暗唱できるほどに読み返し、執筆をする上での指針にしました。本作を評価してくださり、本当にありがとうございました。

編集部をはじめとした、本作の出版に携わってくださった皆さま。たくさんの人達の協力があって本作が出版されました。本当にありがとうございました。

イラストレーターの河地りんさま。最初にイラストを見たとき、思わず書いてきてよかったと呟《つぶや》きました。絵が神すぎてほんまにやばいって思いました。本当にありがとうございました。

担当編集さま。右も左もわかっていない私を導いてくださり、本当にありがとうございました。優しすぎるのでもっと厳しくしてくださっても大丈夫です、やれます。担当したことを、選んだことを誇っていただける作家になりたいです、なります、頑張ります。

そして、本作を読んでくださった皆さま。自分の頭の中にあるだけでは満足できなくて、たくさんの誰かに読んでほしくて、この物語を書きました。楽しんでいただければ幸いです。数ある作品の中から本作を選んでくださり、本当にありがとうございました。

両親へ。仕事辞めました。無職です。ほんますまん。

特別な力も優れた才能もありませんが、私は人にだけは恵まれます。唯一誇れる長所です。あと豪運。改めまして、本当にありがとうございました。

服部大河

富士見ファンタジア文庫

はじめよう、ヒーロー不在《ふざい》の戦線《せんせん》を。

令和６年10月20日　初版発行

著者——服部大河《はっとりたいが》

発行者——山下直久

発　行——株式会社KADOKAWA
〒102-8177
東京都千代田区富士見2-13-3
0570-002-301（ナビダイヤル）

印刷所——株式会社暁印刷

製本所——本間製本株式会社

※定価はカバーに表示してあります。
●お問い合わせ
https://www.kadokawa.co.jp/（「お問い合わせ」へお進みください）
※内容によっては、お答えできない場合があります。
※サポートは日本国内のみとさせていただきます。
※Japanese text only

ISBN978-4-04-075615-8 C0193　◇◇◇

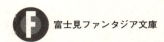

切り拓け！キミだけの王道
ファンタジア大賞
原稿募集中！
賞金
《大賞》300万円
《金賞》50万円
《銀賞》30万円
選考委員
細音啓「キミと僕の最後の戦場、あるいは世界が始まる聖戦」
橘公司「デート・ア・ライブ」
羊太郎「ロクでなし魔術講師と禁忌教典《アカシックレコード》」
ファンタジア文庫編集長
前期締切 8月末日
後期締切 2月末日
公式サイトはこちら！ https://www.fantasiataisho.com/
イラスト／つなこ、猫鍋蒼、三嶋くろね